Bösartig

Psychothriller

Caitlyn Bennett

Lektorat: https://www.joerg-piesker.de/autoren-uhu/

Umschlaggestaltung: https://www.joerg-piesker.de/cover/ Studio Barcelona / Adobe Stock.

Bösartig

Von Caitlyn Bennett

Über das Buch

Pfeile durchbohren den Leib, aber böse Worte die Seele ...

»Lange schaute ich durchs Fenster, sah dort das Pärchen zusammensitzen, ihre Hände berührten sich und beide lachten. Lässig pustete ich den Rauch aus und griff in meine Manteltasche. Ich zog einen kleinen Block mit Stift raus und fing an, schnell Notizen zu machen. Einen kurzen Moment lang überlegte ich, mein Blick schweifte in die Ferne. Mit einem vergnügten Grinsen schrieb ich als letzten Satz: Die Schlampe muss sterben!«

Beängstigende Schlagzeilen ... anonyme Anrufe ... heimliche Blicke ... lang gehütete Geheimnisse ... Nichts ist mehr so, wie es war! Was wird geschehen, wenn jene Geheimnisse unfreiwillig gelüftet werden? Und wird Alicia ihre verschwundene Kollegin und beste Freundin Lara lebend wiedersehen?

Prolog

Über Wochen war ich ihr gefolgt und hatte sie beobachtet. Mittlerweile wusste ich auswendig, wann sie Feierabend hatte, und in welche Restaurants, Bars und Klubs sie gerne ging. Auch heute eilte sie wieder, wie so oft, von der La Sagrada Familia kommend, Richtung Hafen. Es war zwar schon Mitte Oktober, aber selbst gegen neun Uhr abends noch angenehme achtzehn Grad. Hinter einer großen Gucci-Werbetafel verborgen, gehüllt in einen langen dunklen Mantel, harrte ich aus. Gelassen zog ich an einer Zigarette, den Schirm meiner schwarzen Schiebermütze tief im Gesicht. Heute schien sie ganz besonders gut gelaunt. Ihr verdammtes Grinsen war ja noch breiter als sonst. Und wie ihre grünen Augen glänzten. Sie hatte sich mächtig aufgedonnert mit ihrem knielangen Kleid, der dunkelblauen Jeansjacke und den goldenen Stöckelschuhen. Herrje, anscheinend hatte sie in ihrem orientalischen Parfüm gebadet. Ein kräftiger Windzug trieb eine mächtige Duftwolke zu mir rüber, als sie mit ihren Schuhen an mir vorbeischritt, klack ... klack ... klack. Sie summte ein fröhliches Lied und blieb stehen, um in ihrer kleinen, goldenen Handtasche herumzuwühlen und ihr Smartphone heraus zu nehmen. Mit ihren sorgfältig manikürten und knallrot lackierten Fingernägeln begann sie zu tippen, als Antwort ertönte ein helles *Pling*. Ihr leises Lachen erklang. Es widerte mich an und ich verzog das Gesicht. »Du Miststück!«, zischte ich und schnippte wütend meine Kippe aufs Kopfsteinpflaster. Ein eng umschlungenes Pärchen kam ihr entgegen.

»Hola«, hörte ich ihre weiche Stimme. Sie lächelte das Pärchen süßlich an. Als das Paar außer Hörweite war, murmelte sie vor sich hin »Vielleicht kann ich ja auch bald wieder Händchen halten!« Erneut musste sie lachen. Unauffällig folgte ich ihr. Sie setzte sich auf eine Bank und öffnete die Handtasche auf ihrem Schoß.

»Weiber und ihre blöden Taschen!«, knurrte ich leise. Nervös trug sie roten Lippenstift auf, warf einen prüfenden Blick in den kleinen runden Kosmetikspiegel, klappte ihn zu und fuhr sich durch ihre langen, braunen Haare. Aufgeregt schaute sie sich um. Drei Jugendliche standen zusammen und unterhielten sich. Eine ältere Frau saß auf einer entfernten Bank und ein Junge übte Kunststücke auf seinem Skateboard. Ich lehnte an einer Laterne und gab vor, einen Stadtplan zu studieren. Ihr Blick blieb länger an mir kleben. Jedoch wartete sie auf den Kerl, der mit ihr zusammen im Sportverein dieses lächerliche Bogenschießen lernte und der sah, Gott sei Dank, ganz anders aus als ich. Gleich würde er auftauchen. Nervös schaute sie auf ihre Armbanduhr. Von weitem kam ein junger Mann in Lederjacke auf sie zu. Da war er. Sie grinste und erhob sich von der Bank. »Hola, da bist du ja. Schön, dich zu sehen.« Ihre Stimme klang sanft. Er lächelte sie schüchtern an und gab ihr verlegen einen Kuss auf die Wange. Was für ein Weichei!

»Ich hoffe, du hast nicht zu lange auf mich gewartet!« Wieder lächelte er zaghaft.

»Marilyn Monroe hätte bestimmt gesagt: Es kommt nicht drauf an, *wie lange* man wartet, sondern *auf wen*. Doch ich kann dich beruhigen. Ich bin selbst gerade erst angekommen!« Sie gingen einige Schritte. Ihre kleine Hand schob sich in seine. »Wollen wir los? Ein Tisch ist für uns reserviert und ich sterbe schon fast vor Hunger!« Der Kerl lachte und meinte, dass es ihm genauso ginge. Sie schlenderten zur Tapas-Bar, über Gott und die Welt redend. Heimlich folgte ich ihnen. Meine Ohren schaltete ich jedoch auf Durchzug, weil ich das Gesäusel nicht mehr ertragen konnte. Ganz Kavalier hielt er ihr die Tür auf und sie verschwanden plappernd ins Restaurant. Ich setzte mich vor die Bar, an einen leeren Straßentisch und winkte einem Kellner, der zügig und lautstark einen Nachbartisch abräumte.

»Ey du da, bring mir mal schnell die Weinkarte, aber zack, zack«, brüllte ich und zündete mir genüsslich eine weitere Zigarette an. Der Ober warf mir einen erbosten Blick zu. Lange schaute ich durchs Fenster und beobachtete dort das Pärchen. Beide hielten Händchen, saßen eng beisammen und lächelten sich die ganze Zeit an. Ich fühlte mich wie ein verdammter Fernsehzuschauer, der sich eine kitschige Seifenoper ansieht. Lässig pustete ich den Rauch aus und griff in meine Manteltasche. Ich zog einen kleinen Block mit Stift raus und fing an, schnell Notizen zu machen. Einen kurzen Moment lang überlegte ich, mein Blick schweifte in die Ferne. Mit einem vergnügten Grinsen schrieb ich als letzten Satz: *Die Schlampe muss sterben!*

Kapitel Eins

Alicia schlug geräuschvoll die Haustür zu und warf ihren Rucksack wütend aufs Sofa. Erschrocken hob Joker, ihr weiß-brauner Jack Russell-Terrier, seinen Kopf, bellte und sprang aus seinem Hundekörbchen auf. »Verdammter Mist«, rief Alicia, gab dem Sofa einen kräftigen Fußtritt und setzte sich schwungvoll hin. Ihr Freund Dario und die gemeinsame vierjährige Tochter Elena lagen mit einem ausgebreiteten, angefangenen Disney-Puzzle auf dem Teppichboden und blickten Alicia erstaunt an. Dario erhob sich und kam auf sie zu.

»Hey Schatz, was ist denn passiert? Du bist ja total auf hundertachtzig.« Alicia sah ihn grimmig an und verschränkte die Arme vor der Brust.

»Oh ja. Heute kam im Reisebüro wirklich alles zusammen. Ich hatte so ein anstrengendes Paar mit einem Kleinkind. Das Pärchen war extrem wählerisch und anspruchsvoll. Sie wollten dies nicht und sie wollten das nicht. Und als sie sich endlich für eine Reise in die Camargue und ein schönes Hotel entschieden hatten, gingen sie wieder, weil ihr Baby nicht zu schreien aufhörte. Sie meinten, sie kämen ein anderes Mal wieder. Ich habe so viel Zeit und Mühe investiert. Dann fiel mir dauernd die verdammte Deko für das Schaufenster zusammen. Ich musste viermal ganz von vorne anfangen. Daniel machte wieder einen auf miesen Chef mit seinem anzüglichen Grinsen und seinen zweideutigen Sprüchen. Und auf dem Rückweg hatte ich nur rote Ampeln. Es reicht wirklich für heute.« Gereizt schaute sie Dario an und holte tief Luft. Er seufzte und fuhr sich durch die Haare. Dann ging er vor ihr in die Hocke und ergriff ihre kalten Hände.

»Schon wieder Daniel. Wie lange willst du dich denn noch quälen? Du bist so gut in deinem Job. Such dir ein anderes Reisebüro. Worauf wartest du? Der Typ wird sich nie ändern.« Alicia schaute frustriert und knabberte dabei auf ihrer Unterlippe herum.

»Das hat Lara neulich auch schon gesagt. Sie meinte, eher lernt eine Kuh Schlittschuhlaufen, bevor Daniel sich ändert. Ihr gegenüber benimmt er sich oftmals wie ein Elefant im Porzellanladen. Sie kritzelt dann heimlich auf ihrem Notizblock herum, weil sie so wütend auf ihn ist.« Elena erhob sich, hielt dabei ihre Lieblingspuppe fest an sich gedrückt und tapste zögernd auf Alicia zu.

»Mama, warum bist du so böse?«, fragte sie mit großen, ängstlichen Augen.

Alicia nahm sie auf den Schoß und strich ihr beruhigend über die dunklen Locken. »Einige Leute haben

Mama geärgert und nun ist sie etwas geknickt, Mausi.« Sie gab ihr schnell einen Kuss auf die Stirn und wuschelte ihr durchs verstrubbelte Haar.

»Schatz, ich habe eine Idee«, rief ihr Dario aus der Küche zu. »Du gehst mit Joker Gassi. Es ist wieder Zeit. Das beruhigt dich bestimmt. Und vielleicht hat Elena auch Lust. Sie könnte schaukeln. Möchtest du?« Elena strahlte übers ganze Gesicht.

»Au ja Mama, bitte.«

»Du gehst eine Runde Gassi mit beiden und ich koche uns was Schönes. Tortilla vielleicht?« Widerwillig musste Alicia lächeln.

»Das klingt wirklich gut. Ich gehe nur eben schnell ins Bad.« Kurze Zeit später kam sie zurück ins Wohnzimmer, wo Dario Elena eine Jacke überzog. Er warf Alicia die Hundeleine zu, die sie problemlos auffing. Sie grinste. Freudig wedelte Joker mit dem Schwanz und lief ihr aufgeregt fiepend um die Beine. Alicia leinte Joker an und sie verließen das Haus. Nachdem sie ein Stück gegangen waren, merkte sie, wie sie ruhiger wurde. Dario hatte recht, sie sollte sich wirklich eine andere Arbeit suchen. Daniel würde nie aufhören, seine Angestellten zu belästigen. Gerade Lara hatte er immer im Visier. »Sie wird so froh sein, dass sie Urlaub hat. Ich sollte sie anrufen und fragen, wie es ihr geht«, überlegte sie im leisen Tonfall. Vor ihr gingen Elena und Joker. Ihre Tochter drehte sich zu ihr um.

»Mama. Mama. Können wir in den Park gehen? Bitte, bitte. Ich möchte so gerne die Schildkröten angucken. Die sind so lustig.« Erwartungsvoll schaute sie ihre Mutter an. Alicia zögerte, dann seufzte sie.

»Na gut, ausnahmsweise. Ich gebe eben Papa Bescheid, dass wir dort hinfahren und etwas später zurück sind!« Sie gingen in Richtung Bahnhaltestelle, denn sie wohnten etwas außerhalb von Barcelona, in einer ruhigen Wohngegend. Bald standen sie vor dem Parc del Laberint, der bekannt war für sein Hecken-Labyrinth und seinen Wasserfall. Es war mittlerweile fast sechs Uhr abends.

Sie betraten den gut besuchten Park und gingen am imposanten, mit Säulen sowie einem Turm verzierten Palais vorbei, das eine Fachbibliothek beherbergte. Alicia liebte diese Parkanlage mit den Gärten, den Tempeln und dem romantischen Kanal. Hier tankte sie jedes Mal neue Energie. Alicia setzte sich auf eine Bank, um eine Pause einzulegen und die Leute zu beobachten. Ihr zu Füßen lag Joker. Sie ermahnte Elena, immer in Sicht- und Hörweite zu bleiben. Alicia schloss die Augen, atmete tief ein und wieder aus. Sie genoss die Sonne und das Vogelgezwitscher. Unbewusst begann sie ein Lied zu summen. Plötzlich erfasste sie eine innere Unruhe und ihr Nacken fühlte sich an, als würden Spinnenbeine rüber huschen. Ihre Härchen auf den Unterarmen stellten sich auf. Beobachtete sie etwa jemand? Dieses Gefühl hatte sie das letzte Mal vor einigen Jahren verspürt. Alarmiert riss sie die Augen auf, aber sie konnte nichts Verdächtiges erblicken. Das ungute Gefühl, dass sie jemand heimlich anstarrte, blieb trotzdem. Hatte sie es sich nur eingebildet? *Ich sollte weniger Thriller und*

Horrorfilme lesen und dafür mehr Liebesromane, dachte sie. Alicia sprang auf, drehte sich langsam um die eigene Achse und blickte sich dabei suchend um. Elena saß auf der Bank nebenan und spielte mit ihrer Puppe. Alicia gegenüber lag eine junge Frau im Gras, die eine Sonnenbrille und Kopfhörer trug. In einiger Entfernung spielte ein Straßenmusiker im Schneidersitz auf seiner Gitarre. Etwas weiter weg stand ein jüngerer, schlaksiger Mann, der lange zu ihr rüber sah, sich dann aber schnell abwandte. *Eigenartig!* Alicia behielt ihn im Blick. Der schlaksige Mann ging gemächlich weiter und rempelte dabei einen entgegenkommenden Fußgänger an. Dieser schien etwas zu ihm zu sagen. Der Schlaksige hob entschuldigend seine Hände, schaute noch einmal rasch zu Alicia und ging von dannen. Alicia betrachtete ihn argwöhnisch und atmete tief durch. Sie gab Joker ein Zeichen aufzustehen, und ging zu ihrer Tochter. »Komm Elena, lass uns nach Hause gehen. Wir kommen ein anderes Mal wieder. Dann schauen wir uns beide zusammen in Ruhe die Schildkröten an, ja?« Elena zog einen Schmollmund, stand aber auf.

»Großes Indianer-Ehrenwort Mama?« Alicia schmunzelte.

»Ja, Mäuschen, versprochen.« Sie traten den Rückweg an. Dabei fiel Alicias Blick auf die Bank, auf der sie bis eben noch gesessen hatte.

Sie schluckte: Dort lag eine gefaltete Zeitung mit der riesigen Schlagzeile *Wieder eine Frauenleiche nahe der Sagrada Familia entdeckt.* Daneben war ein gemalter Smiley zu sehen, der aussah wie mit Blut gezeichnet.

Alicia war sich hundertprozentig sicher, dass diese Zeitung noch nicht da gelegen hatte, als sie dort saßen. Sie fröstelte. Wer malt bei so einem Zeitungsartikel einen Smiley hin? Nein, das konnte kein Blut sein. Sie hob die Zeitung auf und sah sie sich genauer an. Vielleicht doch Blut? Ihr Handy klingelte, Alicia zuckte zusammen und schaute aufs Display. Dario. »Hallo Hasi!«, meldete sie sich mit belegter Stimme.

»Hey, kommt ihr drei auch mal wieder nach Hause? Das Essen ist längst wieder kalt. Ihr seid schon bald zwei Stunden weg.«

»Was? Solange schon? Ich habe völlig die Zeit vergessen. Wir beeilen uns. Ich muss dir was erzählen, wenn wir daheim sind.«

»Ist dir schon wieder was Blödes passiert? Ich glaube, du brauchst eine schöne, lange Rückenmassage zur Entspannung. Macht schnell, ich habe echt riesigen Hunger.« Er beendete den Anruf. Alicia zögerte kurz, entschloss sich aber dann doch diese rätselhafte Zeitung mitzunehmen. Mit raschen Schritten machten sie sich wieder auf den Heimweg. Alicia war felsenfest davon überzeugt, dass ihr bohrende Blicke folgten.

Kapitel Zwei

Am nächsten Tag kniete Alicia im Schaufenster und unternahm fluchend einen erneuten Versuch, die verhasste Deko von gestern aufzubauen. Die Pyramiden aus aufeinandergestapelten, kupferfarbenen Klötzchen und die gefalteten Kamele und Palmen raubten ihr den allerletzten Nerv. »Ich hasse Ägypten«, murmelte sie. Ihre Gedanken schweiften ab zum gestrigen Abend. Als sie vom Park zurückgekehrt waren, hatte sie Dario vom merkwürdigen Ausflug erzählt. Vom Gefühl, beobachtet worden zu sein und von der Zeitung, die scheinbar mit Blut bekritzelt war. Dario hatte sich bemüht, sie zu beruhigen. »Das hast du dir garantiert eingebildet. Die Zeitung lag bestimmt schon auf der Bank, als du dich da hingesetzt hast, und du hast sie übersehen. Es ist seltsam, da gebe ich dir recht. Vielleicht war es ein geschmackloser Scherz und es ist gar kein Blut, sondern einfach nur Farbe. Und was du gespürt hast, war möglicherweise bloß ein Luftzug. Lass dich doch nicht so leicht in Angst und Schrecken versetzen, Schatz.« Alicia hatte ihn angeschaut und geschwiegen. Beim Abendessen war der Vorfall kein Thema mehr gewesen und sie hatten die leckeren Tortillas mit Hähnchenbrust und Chilibohnen genossen. Zum Nachtisch hatte es Crema Catalana gegeben, es war köstlich gewesen. Alicias Laune hatte sich merklich gebessert gehabt. Später war sie wider Erwarten schnell in einen tiefen, traumlosen Schlaf gefallen. Am Morgen hatte sie sich erholt gefühlt, gut gelaunt brach sie zur Arbeit auf. Kaum, dass sie im Büro war, hatte sich Daniel, ihr alleinstehender Chef, von seinem Schreibtischstuhl erhoben und irgendein übellauniges Zeug geredet, das sie krampfhaft überhörte. Nun kniete sie im Schaufenster und Daniel lungerte neben ihr herum. Lauernd schaute er ihr zu, seine Hände in die Hosentaschen versenkt. Ihre Laune sackte stetig in den Keller. »Na, meinst du, du schaffst es heute noch, das Ganze aufzubauen? Verstehe ich nicht. Du hast doch flinke Finger und bist bestimmt damit bei allem sehr geschickt.« Alicia warf ihm einen bösen Blick zu. Daniel lachte dreckig und wandte sich einem fremden Mann zu, der das Reisebüro betrat. Gemeinsam verschwanden sie in Daniels Büro. Sie scherzten miteinander wie alte Freunde. Bald wurde es ruhiger, da sie sich leise unterhielten. Alicia schaute auf ihre Deko und schnaufte.

»Bleib jetzt stehen, du blöder Kram. Ich sollte mal nach Klebstoff gucken. Ach, ich werde gleich bei Lara anrufen und fragen, wie ihr der Urlaub bekommt.« Sie kletterte aus dem Schaufenster und warf noch einen prüfenden Blick auf ihr fertiges Werk. Dann ging sie zu ihrem Schreibtisch, vorbei am Azubi, der Reisekataloge auspackte und in die Regale einsortierte. Sie lächelte ihn an. »Na Alejandro, alles in Ordnung bei dir? Wenn du Hilfe brauchst, ruf mich okay?« Er nickte schüchtern. Der Junge war ihr ein Rätsel. Warum wählte jemand, der ziemlich introvertiert und wortkarg war, einen Beruf mit so viel Kundenkontakt? Wollte *er* diese Ausbildung machen oder war es ein Wunsch seiner Eltern? Alicia nahm ihr Smartphone und wählte Laras Nummer aus. Sie hörte kurz das Freizeichen, dann sprang der Anrufbeantworter an. Fast halb elf, vielleicht schlief sie und hatte das Handy ausgestellt. Daniels Bürotür flog schwungvoll auf und beide Männer kamen zufrieden grinsend heraus. Sie blieben stehen und der fremde Herr schaute sich interessiert um. Daniel fragte Alicia »Bist du denn jetzt fertig mit der Deko? Oh, ich sehe schon. Vielen Dank, das sieht richtig toll aus.« Alicia runzelte irritiert die Stirn, kniff misstrauisch die Augen zusammen und dachte *Was ist denn mit dem los? So freundlich? Seit wann bedankt er sich? Bestimmt, weil er Besuch hat, und nicht wie ein Mistkerl dastehen will.* Sie legte ihr Handy in die Schreibtischschublade, erhob sich und ging zu Laras Schreibtisch, um Klebstoff zu holen. Alicia zog die oberste Schublade auf, nahm die Tube heraus und wollte sie schon schließen, als ihr Blick auf Laras Notizblock fiel. Es waren einige Zick-Zack-Linien zu sehen, Kreise, die wie Wollknäuel aussahen und Smileys mit wütenden Gesichtern. Sätze wie *"Ich will nicht mehr,", "Ich muss weg.", "Ich ertrage das Ganze nicht mehr." und "Bye bye*

Welt", tauchten zwischendrin immer wieder auf. Alicia musste schlucken. Ging es Lara wirklich so schlecht? Alicia schob schnell die Schublade wieder zu und ging zu ihrem Platz zurück. Daniel bat Alejandro freundlich darum, vor dem Geschäft zu fegen. Wortlos nickte er, holte Besen, Kehrblech und Müllbeutel und ging hinaus. Wind wirbelte Staub, Prospekte und Zeitungsseiten durch die Luft. Eine junge Katze jagte spielend hinterher. Alejandro kehrte sorgfältig alles zusammen und kam mit dem Müllbeutel wieder herein.

Er wollte den Wust an Papieren in den Papierkorb werfen, als sein Blick auf eine ausgerissene Seite einer Zeitung fiel. »Mann, krass, schau mal, Alicia. Hier ist ein zwei Jahre alter Artikel. Da steht *16-Jährige tot am Barceloneta Beach aufgefunden.* Und daneben ist ein Totenkopf gemalt. Wie krank ist das denn?« Mit klopfendem Herzen riss Alicia ihm den Artikel aus der Hand. »Gib mal her.« Sie überflog die Seite und schüttelte den Kopf. »Gestern erst habe ich so was gesehen. Eine ähnliche Schlagzeile, nur mit einem blutroten Smiley dahinter. Was soll das? Hat da ein kranker Bastard etwa Langeweile?« Die Glöckchen des Windspiels bimmelten und schreckten beide auf, der unbekannte Mann verließ das Reisebüro. Fix nahm Alicia die Zeitungsseite an sich. Daniel kam auf sie zu. »Habt ihr beide nix zu tun? Wofür zahle ich euch überhaupt so viel?« Seine Freundlichkeit war wie weggeblasen und er war der alte Daniel. Alejandro leerte rasch den ganzen Müll und widmete sich wieder den Katalogen. Alicia setzte sich beleidigt an ihren Schreibtisch, warf ihrem Chef einen schnellen, vernichtenden Blick zu und legte die Seite in die Schreibtischschublade. Daniel ging zurück in sein Büro und ließ sich auf seinen Bürostuhl fallen, der ächzend knarzte. Alicia druckte seufzend eine Buchungsbestätigung aus, tackerte alle Seiten zusammen und dachte an die Schlagzeile mit dem Totenkopf. *Komisch das Ganze. Ich bekomme allmählich Paranoia.* Sie erhob sich, um zu schauen, ob ihre Deko noch stand. Erleichtert atmete sie auf, nahm herumliegende Kataloge hoch, um sie in die Regale zurückzustellen. Als sie an Daniels Büro vorbeiging, bemerkte sie, dass er mit seiner stets leicht heiseren Stimme telefonierte. »Nein, nein, du hast mich schon richtig verstanden, als du eben hier warst, Carlos. Ich bin sehr unzufrieden mit Lara Cortez und möchte, dass sie mit dir zusammen ein Reisebüro in Caldetas aufbaut. Ja, ich traue ihr das absolut zu.« Alicia blieb interessiert stehen. Daniel malte währenddessen auf einem Zettel herum.

»Nein, sie ist immer ordentlich und nett zu ihren Kollegen und Kunden, das ist es nicht. Aber zwischen ihr und mir ... nun ja, die Chemie stimmt nicht. Ich möchte eine neue Mitarbeiterin einstellen und dann ist für Lara hier kein Platz mehr. Ja, ja, sie ist Single und würde sich bestimmt über ein üppiges Gehalt als Geschäftsführerin freuen. Sie gibt immer ordentlich Geld für Klamotten und Make-up aus. Weiber halt.« Er lachte laut. »Ich werde mit ihr reden und veranlassen, dass sie dir die Bewerbung mitsamt den Unterlagen zukommen lässt. Ich denke, ich bekomme das hin. Genau, du sagst es, ich *bin* überzeugend.« Sein Blick fiel auf Alicia, die an der

Bürotür stand und ihn mit offenem Mund anstarrte. Daniel räusperte sich. »Du Carlos, ich muss Schluss machen. Wir sprechen uns demnächst wieder. Ich rufe dich an. Adios.« Er beendete das Telefonat, legte das Handy wieder auf den Tisch und schaute Alicia mit einem herausfordernden Grinsen an.

»Du willst sie abschieben?«, fragte Alicia ihn entsetzt. »Nach Caldetas? Der Ort ist für Leute, die ihre Ruhe haben möchten. Lara würde da eingehen.« Ihre Stimme wurde laut. »Sie braucht den Trubel und sie liebt ihren Nebenjob als Fremdenführerin. Du willst dich doch nur an ihr rächen, weil sie nicht auf dich anspringt.« Das Gesicht von Daniel rötete sich immer mehr und seine Halsschlagader schwoll an. Er schlug mit der Faust auf den Tisch und schnaufte.

»Was unterstellst du mir denn da? Das ist ja das Letzte. Du hast mir überhaupt nix zu sagen. Du bist *meine* Angestellte. Überspanne den Bogen ja nicht.« Er hob drohend den Zeigefinger. Alicia ging mit schnellen Schritten in die kleine Küche und öffnete dort mit zitternden Fingern eine Flasche Mineralwasser. Sie musste dringend noch mal versuchen, ihre Freundin zu erreichen. Als hätte Daniel ihre Gedanken gelesen, folgte er ihr in die Küche, stellte sich hinter sie und zischte ihr ins Ohr. »Wage es ja nicht, sie darauf anzusprechen. Das mache ich und kein anderer. Hast du mich verstanden?« Alicia drehte sich um und schaute ihn lange an. Auf seiner Stirn sammelten sich allmählich winzige Schweißperlen. *Gleich kriegt er einen Herzinfarkt,* dachte sie gehässig. Sie nickte resigniert, goss sich ein Glas Wasser ein und trug es zu ihrem Arbeitsplatz. Alejandro saß an seinem Schreibtisch und schrieb mit knallroten Ohren in seinem Berichtsheft.

Der Ärmste muss alles mit anhören. In so einem Betrieb macht die Ausbildung doch richtig Spaß, dachte sie. Frustriert trank sie einen Schluck und da kein Kunde im Reisebüro war, holte sie ihr Handy aus der Schublade. Es brannte ihr unter den Nägeln, Lara zu sprechen, denn ihr fiel ein, dass sie am Wochenende eine Verabredung gehabt hatte. Vielleicht war sie ja gar kein Single mehr, wie Daniel behauptete. Alicia lächelte und drückte auf die Wahlwiederholung. Das gleiche Ergebnis wie vorhin. Das Windspiel riss sie aus ihren Gedanken. Eine ältere, elegant gekleidete Dame trat ein und schaute sich um. »Ich möchte gerne eine Luxus-Kreuzfahrt unternehmen. Wer kann mich da beraten?« Alicia winkte sie zu sich heran und freute sich auf eine großzügige Provision vom Reiseveranstalter. Zum Feierabend hatte Daniel sich wieder beruhigt und wünschte Alejandro und ihr einen schönen Abend. Als Alicia auf die Straße trat, umgab sie sofort das angenehme Stimmengewirr. Sie versuchte erneut, Lara zu erreichen. Wieder ertönte nur der Anrufbeantworter. Alicia schüttelte fassungslos den Kopf und schrieb Dario, dass sie heute gerne kochen würde. Er antwortete ihr mit einem Smiley. Umgehend erschienen wieder die Schlagzeilen vor ihrem inneren Auge und sie fröstelte. Was war denn bloß los mit ihr? Sie war doch sonst nicht so schreckhaft. Dario hatte bestimmt recht, dass es für alles eine einfache Erklärung gab und sie nur Gespenster sah. Alicia blieb stehen und zog den selbstgestrickten Schal aus ihrem Rucksack, den sie sich rasch mehrmals um den Hals schlang. Es war kühl und windig. Sie hätte eine Jacke mitnehmen sollen. Kaum hatte sie einige Schritte zurückgelegt, war es wieder da: das Gefühl, dass sie jemand förmlich mit Blicken durchbohrte. Sie schaute sich um. Alicia sah zwar nichts Bedrohliches, dennoch beschleunigte sie ihren Gang. Auch wenn sie es sich nicht eingestehen wollte, die Kritzeleien auf Laras Notizblock hatten sie zusätzlich beunruhigt. Hatte Lara wirklich massive psychische Probleme, von denen sie nie etwas erwähnt hatte? Nicht mal ihrer besten Freundin gegenüber? War sie deshalb auf Tauchstation gegangen und telefonisch nicht erreichbar? *"Ich will nicht mehr"*, lautete einer von Laras Sätzen.

Wenn Alicia nicht bald mit Lara telefonierte, würde sie bei ihr zu Hause vorbeischauen. Alicia ging weiter und rieb sich die Oberarme. Die klamme Kälte zog ihr in die Knochen. Sie sollte sich wirklich beeilen. In einiger Entfernung sah Alicia sie plötzlich. Lara stand mit dem Rücken zu ihr gewandt, lachend telefonierend an einem Schaufenster eines Juwelierladens. Oft hatte Alicia diesen langen, blauen Jeansmantel bewundert. »Lara!« Freudig verfiel sie in einen Laufschritt. Doch als die Frau ihr Handy einsteckte, sah Alicia, dass es *nicht* ihre beste Freundin war. Sie stöhnte enttäuscht auf und blieb niedergeschlagen stehen. »Alicia«, rief plötzlich eine kräftige Männerstimme hinter ihrem Rücken. Erschrocken fuhr sie herum und sah einen zornig dreinblickenden Mann, der seine großen, schaufelartigen Hände in die Hüften stemmte.

Kapitel Drei

Alicia blieb stocksteif stehen. Mit weit aufgerissenen Augen starrte sie ihn verwundert an, ihre Stimme bebte leicht. »Wer sind Sie? Woher kennen Sie meinen Namen?« Er schien durch sie hindurch zu sehen, als wäre sie unsichtbar. Er ging in die Hocke und breitete seine Arme aus. »Jetzt sei ein braves Mädchen und komm zu deinem Papa.« Alicia vernahm schnelle Trippelschritte und sah aus den Augenwinkeln, dass ein kleines, etwa dreijähriges Mädchen lachend an ihr vorbeischoss und sich vor Freude quietschend in die Arme ihres Vaters warf. Alicia bemerkte, dass sie vor Schreck die Luft angehalten hatte, und atmete keuchend aus. Der Mann nahm seine Tochter auf den Arm und schien erst jetzt *die große* Alicia wahrzunehmen. »Oh Gott, Sie sehen aus, als hätten Sie einen Geist gesehen. Habe ich Sie so erschreckt? Das tut mir wirklich leid.« Er schaute sie beschämt an. »Ich konnte ja nicht ahnen, dass Sie wie meine Tochter heißen. Sie ist so schnell und so weit weggelaufen, dass ich Angst hatte, sie in der Menschenmenge aus den Augen zu verlieren.« Die kleine Alicia schlang ihre kurzen Arme um seinen Hals und plapperte, »Ja, schnell wie der Wind bin ich. Meine Freundin Ines ist nicht so schnell. Die ist eine Schnecke.« Sie kicherte. Alicia schluckte und brachte ein schiefes Grinsen zustande.

»Ja, ich kenne das. Meine kleine Elena ist genauso. Aber nun muss ich los. Ich wünsche Ihnen noch einen schönen Abend.« Sie nickte ihm kurz zu und ging langsam weiter, ihr Herz pochte immer noch ganz aufgeregt. *Ich bin überempfindlich,* dachte sie, *ich werde langsam paranoid. Was ist denn bloß los? Das bin gar nicht ich. Jetzt aber rasch nach Hause.* Abends wollte sie Lara anrufen. Vielleicht hatte sie diesmal Glück und konnte sie endlich fragen, wie es ihr ging und wie ihr Date verlaufen war. Einige Zeit später, nachdem sie selbst gemachte Albondigas mit Kartoffeln und als Nachtisch spanischen Milchreis gegessen hatten, wählte sie Laras Nummer. Immer noch erklang die monotone Stimme, die darum bat, Name und Rufnummer zu hinterlassen. »Lara, ich bin's. Bitte ruf mich dringend zurück. Ich fange wirklich an, mir Sorgen zu machen, weil ich nichts von dir höre. Hab dich lieb. Adios.« Sie seufzte, legte ihr Handy auf den Wohnzimmertisch und schüttelte nachdenklich den Kopf.

Dario, der an seinem PC saß und seine E-Mails checkte, sah zu ihr herüber und nahm seine Brille ab. »Dario, es sieht Lara wirklich überhaupt nicht ähnlich, dass sie so lange das Handy ausgestellt hat. Entweder geht es ihr überhaupt nicht gut oder ihr Telefon ist kaputt. Jedenfalls stimmt hier etwas nicht. Falls sie sich nicht bei mir meldet, gehe ich morgen nach Feierabend hin. Sie würde mir auf *jeden* Fall berichten, wie ihr Date verlaufen ist. Ich bin ihre beste Freundin.«

»Ja, mach das mein Schatz. Du wirst sehen, es gibt bestimmt eine ganz simple Erklärung. Genau wie mit dem Herrn, der deinen Namen gebrüllt hat. Pass aber auf, dass du dich nicht wegen Daniel verplapperst.«

»Also, ich werde Lara auf gar keinen Fall ins offene Messer laufen lassen. Natürlich werde ich sie vorab warnen. Was wäre ich sonst für eine Freundin?«

»Du hast ja recht. Ich würde wahrscheinlich auch so handeln.« Alicia erhob sich vom Sofa, strich Joker über den Kopf und gab Dario Bescheid, dass sie schlafen gehen würde. Kurze Zeit später lag sie im Bett und las, bis ihr immer wieder die Augen zufielen. Gedämpft hörte sie das Telefon klingeln und Darios Schritte. »Hola, Dario Vazquez. Hola, mit wem spreche ich? Wer ist denn da? Wieso sagen Sie nichts? Hola? Aufgelegt, komisch. Bestimmt verwählt.« Alicia hörte Dario noch etwas Unverständliches murmeln, seine Schritte entfernten sich wieder. Sie legte das Buch beiseite, löschte rasch das Licht und fiel in einen unruhigen Schlaf.

Kapitel Vier

Marco war vor einigen Wochen von Madrid nach Barcelona gezogen und hatte eine Stelle als Kellner angenommen. Seine Arbeit machte ihm sehr viel Spaß, obwohl es wegen seiner Arbeitszeiten schwierig war, neue Leute kennenzulernen. Die meisten seiner Freunde wohnten direkt in Madrid oder im Umkreis. Sie waren leider einfach zu weit weg, um sich mal spontan zu treffen. Deshalb war er dem Sportverein Barcelona beigetreten. Seufzend wickelte er seine Teller, Tassen und Gläser aus Zeitungspapier aus. *Die Kartons werden einfach nicht weniger. Bei einem Umzug merkt man erst, wie viel Kram sich ansammelt. Gut, dass ich keine Leseratte wie Lucia bin. Mit ihren Unmengen an Büchern hätte sie glatt drei Buchhandlungen füllen können. Ich hoffe, dass Lara nicht so ein extremer Bücherwurm ist,* dachte er. Die Chemie zwischen ihm und Lara hatte auf Anhieb gestimmt. Sie hatten sich beim Bogenschießen im Sportverein kennengelernt und vergangenes Wochenende ihr erstes Date. Lara war ganz anders als seine Ex Lucia: witzig und selbstbewusst. Lara und er wollten sich ein weiteres Mal verabreden. Marco stapelte das ausgepackte Geschirr neben dem Spülbecken in seiner noch spartanisch wirkenden roten Küche, die er vom Vormieter übernommen hatte. Ebenso einen viereckigen Holztisch und zwei wackelnde Stühle. Alles recht kippelig, aber für den Anfang brauchbar. Über dem Tisch hing eine traurige, nackte Wandlampe ohne Schirm. Marco öffnete das Küchenfenster ein Stück. Sofort drangen Popmusik und laute Stimmen von der belebten Straße herein. Er schnappte sich den Aschenbecher, der auf dem Kühlschrank stand, zündete sich eine Zigarette an und setzte sich an den Holztisch. Seit einer knappen Stunde hatte er Feierabend. Es war ein guter Tag für ihn gewesen, an dem er eine schöne Stange Trinkgeld erhalten hatte. Sein neuer Chef war sehr zufrieden mit ihm, da Marco auch gerne Wochenend- und Feiertagsschichten übernahm. Schließlich war jeder Euro willkommen nach seinem teuren Umzug. Wenn es noch mit Lara klappen könnte, dann wäre er wunschlos glücklich. Bis jetzt hatte sie noch nicht bei ihm angerufen. Heute war Mittwoch und ihr Date war vergangenen Samstag gewesen. Er begann wieder an sich zu zweifeln. War er ihr zu schüchtern? Störte es sie, dass er rauchte? War er vielleicht doch nicht ihr Typ? Den Eindruck erweckte sie zwar nicht, doch war sie in dieser Hinsicht auch ehrlich?

Vielleicht war sie einfach nur höflich und traute sich nicht, ihm zu sagen, dass sie sich doch keine Beziehung mit ihm vorstellen konnte. Marco überlegte, ob er den ersten Schritt machen und sich melden sollte. Er dachte dauernd an sie. Vorgestern, am Montag, war er in den Park gegangen. Er hatte einen freien Tag gehabt und die herrliche Sonne genießen wollen. Gut gelaunt war er im Park spazieren gegangen. Unterwegs hatte er eine hübsche junge Frau entdeckt, die mit einem kleinen Mädchen auf einer Bank gesessen hatte. Vermutlich ihre Tochter. Marco hatte lange fasziniert zu ihr rüber geschaut, da die Frau eine große Ähnlichkeit mit Lara aufwies. Er hatte sich vorgestellt, dass es Lara mit der gemeinsamen Tochter sei. *Es wäre schön, eine eigene Familie zu haben,* war es ihm durch den Kopf gegangen. Als diese Frau zu ihm geblickt hatte, hatte er sich schnell abgewandt. *Oh Gott, nicht dass sie denkt, ich wäre ein Stalker oder sowas,* hatte er in dem Moment gedacht. Als er weiter gegangen war, war er mit einem älteren Herrn zusammengeprallt. Kurz darauf hatte sich Marco auf den Heimweg gemacht. Zurück zu den nervigen Kartons. Lara hatte Urlaub, er könnte gleich bei ihr anrufen und brauchte nicht zu warten, bis sie von der Arbeit kam. Er versuchte sein Glück, bekam jedoch nur den Text des Anrufbeantworters zu hören. »Dann eben später oder morgen«, seufzte er und beschloss, sich noch eine Weile an seinen PC zu setzen. Dort konnte er immer total abschalten und entspannen. Marco drückte die Zigarette aus, schloss das Fenster, machte sich zwei Sandwiches, ging zurück an seinen PC und hörte nebenbei etwas Musik. Er merkte nicht, wie schnell die Zeit verging, bis sein Magen laut knurrte. Kurz vor zehn? Waren wirklich schon drei Stunden um? Der fast leere Kühlschrank drängte ihn zum Einkauf. Rasch holte er sich noch den letzten Schokoriegel aus dem Küchenschrank. Marco griff nach seiner schwarzen Lederjacke an der Garderobe, steckte Zigaretten, Handy, Schlüssel und etwas Geld ein und verließ seine Wohnung im zweiten Stock. Auf der Treppe hinunter zum Erdgeschoss begegnete er Mercedes, seiner älteren Nachbarin, eine nette, etwas korpulente Dame, schätzungsweise um die sechzig.

Mit geröteten Wangen kam sie ihm schnaufend entgegen, einen vollen und vermutlich auch schweren Einkaufskorb schleppend. Marco blieb stehen. »Hallo Mercedes, wie geht es dir? Wie ich sehe, warst du schon einkaufen. Ich muss fix zum Port Vell. Mein Kühlschrank hat fast nur noch Licht im Angebot.« Sie lächelte und holte tief Luft.

»Hallo Marco, meine Knie schmerzen mal wieder. Hätte ich geahnt, dass du gehst, hättest du mir ja vielleicht diesen Gang abnehmen können.«

»Ja, das stimmt. Schade. Wenn du nächstes Mal etwas brauchst, klingel einfach bei mir und gib mir Bescheid. Dann kann ich dir bestimmt behilflich sein.«

»Ach, das wäre wirklich sehr lieb von dir, Marco!« Er stieg weiter die Stufen hinab.

»Ich muss jetzt weiter! Ich wünsche dir und Jose´ noch einen schönen Abend! Grüß ihn mal von mir.« Sie nickte lächelnd.

»Das mache ich gerne, da freut er sich! Dir auch noch einen schönen Abend Marco und bis bald!« Der alte Jachthafen Port Vell war für ihn schnell zu Fuß erreichbar. Dort gab es einen riesigen Einkaufskomplex mit vielen Geschäften und Restaurants. Es war windstill und angenehm mit achtzehn Grad. Wärmer als die Tage zuvor. Marco summte unterwegs ›Don´t worry be happy‹ von Bobby McFerrin. Mit schnellen Schritten ging er über die Rambla del Mar im Hafen, den wellenförmigen Holzsteg, der zum Einkaufszentrum und zum Aquarium führte. Von diesem Steg aus gab es eine fantastische Aussicht auf die Hafenseilbahn und auf den Hügel Montjuic. Mitten in der Woche waren kaum Menschen dort. Garantiert waren die meisten Barceloner zuhause und manche schliefen bestimmt längst. Marco betrat eine Dönerbude und kam kurz danach mit einem Lahmacun wieder heraus. Seinen Einkauf würde er gleich erledigen. Viertel nach zehn zeigte seine Armbanduhr an. Er setzte sich auf das Brückengeländer und genoss seine türkische Pizza. Lara fiel ihm wieder ein und er nahm sich fest vor, sie morgen anzurufen und nach einem zweiten Treffen zu fragen. Es kostete ihn zwar Überwindung, aber er wollte nicht mehr herumgrübeln. Er wollte endlich Klarheit haben, auch wenn sie schmerzen würde. Marco hatte sein Lahmacun verspeist. Nun saß er da bei Vollmond und blickte aufs Meer mit den schunkelnden Booten und Schiffen. Er verspürte eine leicht hypnotische Wirkung. Allmählich fielen ihm die Augen zu. *Anscheinend bin ich müder als gedacht.* Marco musste gähnen. Plötzlich hörte er Schritte. Schlagartig war er hellwach und schaute nach links, von woher das Geräusch kam. Ein Mann trat auf ihn zu. Ein dunkelbrauner Vollbart und eine Brille erschwerten das Einschätzen, wie alt er wohl sein mochte. »Entschuldigen Sie bitte«, sprach der Typ Marco freundlich an.

»Ja, wie kann ich Ihnen helfen?« Marco hopste von dem Geländer herunter.

»Ich habe vorhin hier im Möbelgeschäft eine Vitrine gekauft und suche jemand, der so nett wäre, mit mir die Teile in meinen Transporter zu hieven. Die Glasscheiben sind nicht ohne, da bräuchte ich ein zweites Paar Hände beim Sichern!« Marco schaute zu dem dunklen Geschäft.

»Ich verstehe«, sagte er, »Sie waren der letzte Kunde und man hat Sie, weil Feierabend ist, damit einfach allein gelassen.«

»Ganz genau.« Der Mann nickte und lachte.

»Klar helfe ich Ihnen schnell. Wo ist denn Ihr Transporter?« Marco sah sich suchend um. »Dort hinten, es ist überhaupt nicht weit!« Gemeinsam schlenderten sie zum anderen Ende des Stegs. Es war keine Menschenseele weit und breit zu sehen. Marco ignorierte das leicht flaue Gefühl in seiner Magengegend. Sie erreichten einen weißen, schlichten Transporter mit geöffneten Hecktüren und laufendem Motor. An der Fahrerseite lehnten hochkant einige Bretter und Schubladen für den Schrank. Der Mann deutete hinein. »Da ganz hinten steht schon der Unterbau der Vitrine.«

»Aha, das ist ja schon mal was!« Marco steckte den Kopf rein. »Hm, hier liegen aber nur ein paar Decken und Tücher.« Er runzelte die Stirn und drehte sich zum Mann um. Aus den Augenwinkeln sah Marco eine rasche Bewegung und ein explodierender Schmerz breitete sich in seinem Kopf aus. Marco sackte zusammen.

Nur noch verschwommen sah er, wie der Kerl das Brett polternd zu Boden fallen ließ. Marco nahm noch ein triumphierendes Flüstern wahr: »Endlich habe ich dich, *Marco.*«

Kapitel Fünf

Marco erwachte aus tiefer Bewusstlosigkeit mit pochenden, dumpfen Kopfschmerzen und schlug die Augen auf. Doch es blieb immer noch alles schwarz, eine absolute Dunkelheit. Es herrschte eine abscheuliche Kälte. Nicht der Hauch eines Lichtstrahls war zu sehen. Marco fasste sich an seinen schmerzenden Kopf und ertastete eine Beule. Diese fühlte sich leicht klebrig an. Blut? Für eine Sekunde blitzte das Bild eines Transporters vor seinem inneren Auge auf. Ihm war schwindelig und er verspürte eine große Übelkeit. Marco setzte sich vorsichtig auf und erhob sich. Er tastete langsam suchend mit seinen Händen nach rechts, nach links und nach vorne. Wände erfühlte er nicht. Zögerlich setzte er einen Fuß vor den anderen, um nicht zu stolpern. *Bloß nicht verletzen,* schoss es ihm durch den Kopf. Seine Kehle war wie zugeschnürt. Gedanken jagten durch sein Gehirn. Wo war er? War er blind? Würde er Lara jemals wiedersehen?

Sollte er sich bemerkbar machen oder lieber doch nicht? Hatte er überhaupt etwas an? Er tastete seinen Körper ab, fühlte seine Lederjacke, das Shirt und seine Jeans, die Sportschuhe trug er auch noch. Der Schwindel ließ ihn taumeln, langsam setzte er sich hin. Es fühlte sich wie ein unebener, trockener Steinfußboden an. Marco lauschte. Seine Verwunderung wich und eine große Angst ermächtigte sich seiner. Nur Stille bis auf seinen Atem, der sich immer mehr beschleunigte. Die Stille lastete wie Zementsäcke auf seinen Schultern, die stetig schwerer wurden und ihn körperlich zu erdrücken drohten. Sein Kopf fühlte sich an, als würde er platzen. »Oh Gott, was ist passiert? Was soll ich jetzt bloß tun?«, flüsterte er aufgeregt, fasste sich an den Hals und strich sich mit zitternden Händen durch sein gewelltes Haar. Panik und Verzweiflung ergriffen Besitz von ihm. »Das ist doch nur ein Albtraum. Gleich erwache ich in meinem Bett mit dem quietschenden Bettgestell, der durchgelegenen Matratze und lache über diesen Traum.« Er atmete einige Male langsam tief ein und aus, um sich zu beruhigen. Marco starrte ins Dunkel. »Bitte, nur ein Traum, bitte«, wisperte er und schloss die Augen. Ein Gedanke erfasste ihn mit voller Wucht, füllte ihn völlig aus und bestand nur aus einem einzigen Wort: »HILFE!«

Kapitel Sechs

Mit ängstlichem Blick hatte ich am Rand des riesigen Swimmingpools gestanden. Mit sechs war mir alles gigantisch vorgekommen: Vater, Mutter und das furchteinflößende, monströse Sprungbrett. Meine reichen Eltern hatten damals ein großes, prächtiges Anwesen besessen, mit einem üppigen, gepflegten Garten und einem beachtlichen Pool, umschlossen von hohen, blickdichten Hecken. Keine Chance für neugierige und neidische Blicke der Nachbarn. Mein Vater war lange Zeit Leistungsschwimmer gewesen, sogar zweimal im olympischen Team. Der Einsatz von Dopingmitteln hatte jedoch seine Karriere vorzeitig beendet, einige Medaillen waren ihm deshalb aberkannt worden. Er hatte ganz dicht vor mir gestanden, mich dabei abschätzig betrachtet und mich angebrüllt: »Hilfe? Wieso willst du denn schon wieder Hilfe? Was bist du? Schwachsinnig? Das kann doch nicht so schwer sein. Schwimmen kann jeder, Chiara doch auch. Nur du nicht? Der Sohn eines Leistungsschwimmers?« Er hatte mir eine schallende Ohrfeige verpasst. Schmerzerfüllt hatte ich aufgeschrien und mir die pochende Wange gehalten. Meine Unterlippe hatte zu zittern begonnen. Ehe ich mich versah, waren mir Tränen aus den Augen geschossen. Ich hatte es nicht verhindern können. Mein Vater hatte es immer gehasst. »Hör sofort mit dem Geflenne auf. Du weißt, ich mag das nicht. Und deine Mutter auch nicht. Männer weinen nicht«, hatte er leise gezischt, mit vor Wut verzerrtem Gesicht. Wie sich viel später herausstellte, hatte mein Vater als kleines Kind allerdings selbst erbärmliche Angst vor Wasser gehabt. Diese Angst hatte er erst mit psychologischer Hilfe abgelegt, bevor er es zum Olympiaschwimmer gebracht hatte. Aber diesen Teil der Geschichte hatte er natürlich stets verschwiegen. »Dumm bist du. Ein richtiges Baby. Wenn du jemand sein willst im Leben, musst du alles dafür tun. Selbst wenn es verboten ist. Du darfst nicht schwachsinnig und feige sein, niemals. Merk dir das. Und nun los. Ab aufs Sprungbrett. Geh jetzt verdammt, sonst mach ich dir Beine!« Er hatte mich grob Richtung Sprungbrett geschoben. Ich hatte gewusst, dass jeder Widerstand und jedes Aufmucken sinnlos war und das Ganze nur noch verschlimmern würde. Meine Nase hochziehend war ich mit wackeligen Beinen Richtung Sprungbrett gegangen, so wie mein Vater es befohlen hatte. Mein Blick war zum Haus gewandert.

Ich hatte gesehen, dass mich meine kleine Schwester Chiara am Fenster des Kinderzimmers ängstlich beobachtet hatte. Vater hatte sich auf eine Poolliege gesetzt und mir hinterhergestarrt. Wimmernd hatte ich meine Schritte beschleunigt, einen weiteren Blick zum Fenster geworfen, als meine Mutter Chiara mit einem heftigen Ruck dort wegzog. Ich hatte kurz innegehalten und war zaghaft weiter gegangen.

»Schneller, verdammt.« Mit zitternden Knien und bangem Herzen war ich auf die Stufen des gefürchteten Drei-Meter-Sprungbretts gestiegen. Viel zu schnell war ich oben angekommen. Wie erstarrt war ich stehen geblieben und hatte angsterfüllt auf den Boden des Pools geschaut. Ich hatte mich an die Griffe geklammert. Meine Zähne hatten wie Kastagnetten wild aufeinandergeschlagen. »Wieso bist du noch nicht unten, Junge?«, hatte Vater gefragt. »Muss ich dir wirklich helfen? Das wolltest du doch vorhin unbedingt.« Schluchzend war ich wie in Zeitlupe ganz nach vorne ans Brett geschlichen. Zu allem Überfluss hatte ich gemerkt, wie meine Badehose nass wurde. "Wenn Vater das sieht, gibt es wieder Extraprügel. Wie immer, wenn ich mir in die Hose mache", hatte ich entsetzt gedacht. Um es vor ihm geheim zu halten, hatte ich begonnen, mit zusammengekniffenen Augen auf und ab zu wippen, dann war ich mit einem schrillen Angstschrei ins Wasser gesprungen. »Na endlich!«, hatte ich noch aufgeschnappt, bevor ich in den Pool klatschte. Wasser überall, auch in meinen Ohren. Wie wild hatte ich in Panik mit den Armen gerudert und mit den Beinen gestrampelt. Mein Hals war wie zugeschnürt gewesen. Mir war es vorgekommen, als hätte ich Gewichte an den Füßen gehabt, die mich erbarmungslos hinabzogen. Meine Kehle hatte sich angefühlt, als würde sie jemand zudrü-

cken. Langsam hatte mich die Kraft verlassen. Meine Füße hatten bald den Boden berührt und meine Beine waren immer schwerer geworden. Mir war schwarz vor Augen geworden. Ich war an einem Punkt angelangt, an dem ich am liebsten für immer eingeschlafen wäre, endlich in Sicherheit und Frieden. Plötzlich war irgendwo über mir ein lauter Klatscher zu hören gewesen. Erschrocken hatte ich gespürt, dass etwas an mir zerrte und sich der Boden mit einem schnellen Ruck wieder von mir entfernte. In meinen Ohren hatte es lautstark gerauscht und gegluckert. Das Nächste, was ich wieder richtig wahrgenommen hatte, war der blaue Himmel, der verhasste Sprungturm und das Weinen meiner Schwester.

Ich hatte hustend den Kopf zur Seite gedreht, und sie angeschaut. Ein riesiger Schwall Wasser war aus meinem Mund geschossen. Dann hatte ich gesehen, wie meine Mutter sich über mich beugte und mich aufmerksam betrachtete. »Gut, du lebst! Du bist nicht mehr aufgetaucht und da habe ich dich gerettet!«, hatte sie emotionslos gesagt. Ihr Gesicht war ausdruckslos und leer geblieben, weder Furcht noch Liebe oder Angst hatte ich darin erblicken können. »Was sollen denn sonst die Nachbarn denken, wenn du hier im Pool ertrinkst?« Chiara hingegen hatte mich erleichtert angesehen und zaghaft gelächelt. Vater hatte immer noch auf der Sonnenliege gesessen. Seelenruhig hatte er dabei zugeschaut, wie ich da lag: hustend, Wasser spuckend und keuchend. Er war zu mir gekommen. »Das machen wir morgen noch mal. Vielleicht geht es dann, ohne dass ich mich aufregen muss!

Herrgott, reiß dich verdammt noch mal zusammen, du bist schließlich der Sohn eines Olympiaschwimmers.«

Mit dieser Erinnerung legte ich mich hin und starrte in die Dunkelheit. Heutzutage musste ich lächeln, wenn ich daran dachte. Dieses Ereignis hatte geholfen, mich zu dem zu machen, der ich heute war. Ob mein Vater stolz gewesen wäre, wusste ich nicht und es interessierte mich auch nicht mehr. Er war tot, genauso wie Mutter und Chiara. Den kleinen ängstlichen Jungen gab es nicht mehr. Und so, wie ich nun war, gefiel ich mir am besten. Ich sah fabelhaft aus, trieb Sport und war freundlich und höflich zu fast allen Menschen. Keiner wusste, was ich für eine Kindheit gehabt hatte. Nicht mal die Frauen in meinen Beziehungen. Ich war nun ›jemand‹ und meine Eltern hatten dafür gesorgt. Mit diesen Gedanken schlief ich irgendwann ein.

Kapitel Sieben

Alicia verließ zufrieden ihr Fitnessstudio in L 'Eixample. Sie löste ihren Pferdeschwanz, schüttelte ihre braunen, langen Haare und eilte gut gelaunt die Treppe hinunter. Lächelnd schickte sie Dario eine kurze Nachricht, dass sie fertig sei. Er antwortete ihr, dass er Elena aus dem Kindergarten abgeholt hatte und nun mit ihr auf dem Heimweg war. Nun, da sie ebenfalls nach Hause wollte, fiel ihr Lara wieder ein. Sie hatte im Reisebüro kaum Zeit für einen Anruf gehabt. Lara hatte sich immer noch nicht gemeldet. Das war mehr als ungewöhnlich. Alicia runzelte besorgt die Stirn, überlegte kurz und teilte Dario mit, dass sie ganz spontan bei ihr vorbeischauen würde. Lara wohnte nicht weit weg. In weniger als fünfzehn Minuten würde Alicia vor ihrer Tür stehen und dann hoffentlich Bescheid wissen, ob mit ihr alles in Ordnung war. Vielleicht lag ihre Freundin ja mit einer dicken Grippe im Bett und schlief fast die ganze Zeit. Bei Lara angekommen, blieb sie vor der Haustür stehen. Alle Jalousien waren oben und die Vorhänge zur Seite gezogen, nirgendwo brannte Licht. Alicia klingelte, klopfte und rief Laras Namen. Keine Reaktion. Alicia ging ums Haus herum, schaute auf die Terrasse und durch die Fenster und verrenkte sich dabei fast den Hals. »Kann ich Ihnen helfen?«, schnarrte plötzlich eine raue Frauenstimme. Alicia stieß vor Schreck einen Schrei aus und wandte sich abrupt um. Da stand eine Frau vor dem Nachbarhaus, die ungefähr in ihrem Alter sein musste. Sie war sehr schlank, hatte mittelblonde, kinnlange Haare und eine spitze Nase. Sie stand mit einer großen, prall gefüllten, braunen Papiertüte in den Armen vor einer Mülltonne und beäugte Alicia misstrauisch. Diese atmete tief durch.

»Hola, ich bin die beste Freundin von Lara Cortez und wollte sie besuchen. Ist sie nicht da? Seit ein paar Tagen habe ich sie weder gesehen noch gehört!« Die Nachbarin räusperte sich vernehmlich, stopfte den Beutel in die Mülltonne und ließ den Deckel sehr geräuschvoll zufallen. Ziemlich verärgert gab sie der Tonne einen leichten Tritt.

»Ich vermute, dass sie *nicht* da ist. Ich war für einige Tage weg und sie hatte angeboten, sich um meine Pflanzen zu kümmern, während ich fort bin. Seit einer halben Stunde bin ich wieder hier und die Hälfte meiner Gardenien und Orchideen habe ich gerade weggeworfen, weil sie eingegangen sind. Sogar mein schöner Bonsai ist hinüber.«

Ihre Nasenflügel bebten und sie presste die Lippen

zusammen. Alicia schaute sie mit großen Augen verwundert an.

»Wann sind Sie denn weggefahren, wenn ich fragen darf?«

»Ich bin Freitagabend los. Da hatte sie mir noch freundlich gewunken, als ich ins Auto stieg und mir einen schönen Urlaub gewünscht. Total nett, die Cortez. Deswegen verstehe ich das nicht. Wenn sie nicht weg ist, wäre es sehr unhöflich, meine Pflanzen zu vergessen. Die waren nicht gerade billig und ich hatte sie schon so lange«, klagte die Frau und verschränkte die Arme vor der Brust. Alicia merkte, dass ihr die nörgelnde Nachbarin allmählich auf die Nerven ging. »Ja, da haben Sie allerdings Recht! Lara ist aber eigentlich immer sehr gewissenhaft. Wenn sie eine Zusage macht, dann erledigt sie es auch. Komisch!« Alicia schaute wieder zu Laras Haus hinüber.

»Sie sagen es. Eher ärgerlich als komisch, wenn man es ganz genau nimmt. Ich gehe jetzt wieder hinein. Ich muss mich weiter um meine Pflanzen kümmern und gleich Essen kochen. Ich wünsche Ihnen noch einen schönen Abend«, sagte die Nachbarin. Sie ging seufzend und wütend vor sich hinmurmelnd zurück ins Haus. Alicia schaute ihr nachdenklich hinterher, begab sich erneut zur Laras Haustür und klingelte ein weiteres Mal. Alles blieb still und dunkel. Sie wollte sich abwenden und gehen, als ihr Blick auf den kupfernen Briefkasten fiel. An den hatte sie gar nicht gedacht. Sie zuckte zusammen, denn der Briefkasten quoll fast über vor Post und Prospekten. Eine Zeitung steckte drin, die hinaushing.

Was war denn los? Sie zog vorsichtig die Zeitung aus dem Briefkasten und bekam eine Gänsehaut. Eine weitere riesige Schlagzeile lautete *Erneut eine Frauenleiche am Port Vell gefunden.* Dieses Mal war wieder ein Totenkopf daneben gezeichnet. Ihr wurde heiß, sie nahm die Zeitung an sich und wollte zurück nach Hause, um sie Dario zu zeigen. Das mit den Zeitungen war kein Zufall, sondern pure Absicht. Aber nicht nur sie, auch Lara erhielt diese verzierten Schlagzeilen. Ob sie beide die Einzigen waren? Warum das Ganze? Eine Drohung oder nur ein kranker Scherz? Einer Eingebung folgend ging sie zum Haus der wütenden Quasselstrippe und klingelte zweimal. Die Frau öffnete die Tür einen kleinen Spalt. »Eduardo, du bist ja heute... oh, Sie schon wieder. Was gibt es denn noch?« Sie steckte kurz den Kopf raus und schaute rasch nach links und rechts.

»Entschuldigen Sie bitte vielmals. Ich will Sie auch nicht lange aufhalten, wirklich nicht«, beteuerte Alicia und hielt ihr die Zeitung hin. Die Frau blickte sie erstaunt an und öffnete die Tür noch ein Stück weiter.

»Was soll ich denn damit?«

»Ich mache mir wirklich große Sorgen um meine Freundin. Schauen Sie sich bitte die Schlagzeile an.« Die Nachbarin tat ihr tief seufzend den Gefallen und hielt dabei die Zeitung von sich weg. »Haben Sie oder ihre Nachbarn ebenfalls solche bemalten Todesmeldungen im Briefkasten gehabt? Über sowas redet man doch garantiert untereinander!« Die Frau schüttelte den Kopf.

»Also *ich* habe so etwas Geschmackloses nicht erhalten. Und die wenigen Nachbarn, mit denen ich vor meinem Kurzurlaub gesprochen habe, anscheinend auch nicht. Keiner hat was davon erwähnt!« Sie gab ihr die Zeitung wieder zurück, hob die spitze Nase und schnupperte. »Nun entschuldigen Sie mich aber *bitte*, sonst brennt meine Paella noch auf dem Herd an! Einen schönen Abend wünsche ich Ihnen.« Sie nickte und schlug Alicia eilig die Tür vor der Nase zu.

»Hätte ja klappen können!«, murmelte Alicia vor sich hin und trat nachdenklich den Heimweg an. Als sie später das Wohnzimmer betrat, liefen ihr auch schon Joker und Elena entgegen. Die Kleine rief ganz aufgeregt »Mama, Mama, Papa und ich haben das Puzzle endlich geschafft. Willst du mal gucken?« Alicia hockte sich vor Elena hin, nahm sie in die Arme und drückte ihr einen Kuss auf die Stirn »Später meine Süße. Ich muss Papa erst einmal was erzählen. Und dann koche ich uns was Schönes. Ich habe Hunger. Was wollen wir denn heute essen? Hast du eine Idee?« Liebevoll strich Alicia ihr durch die Haare. Elena überlegte, legte dabei den Zeigefinger an die Lippen und schaute an die Zimmerdecke. Dann lächelte sie ihre Mutter an.

»Also ich möchte Hühnersuppe mit Mandeln!« Alicia stand wieder auf.

»Na, das ist doch eine gute Idee! Wo ist denn der Papa?«

»Aufm Klo!«, sagte Elena und kicherte.

Alicia musste lachen, setzte sich aufs Sofa und warf die Zeitung auf den Tisch. »Na, dann warte ich mal. Er kommt ja bestimmt gleich.« Elena lief in ihr Kinderzimmer. Kurz darauf betrat Dario das Wohnzimmer und setzte sich zu Alicia aufs Sofa.

»Hallo Schatz. Und? Warst du bei Lara? Wie geht es ihr?« Sie schaute ihn an, hob ahnungslos die Schultern und sagte ernst »Sie ist nicht da, Hasi! Ich habe geklingelt, geklopft und durch die Fensterscheiben geschaut. Es brannte nirgends Licht und es war weder etwas zu sehen noch zu hören.«

»Bist du dir sicher? Vielleicht ist sie wirklich nur krank oder war kurz einkaufen. Ruf sie doch noch einmal an.«

Alicia erhob sich, verdrehte genervt die Augen und tigerte nervös auf und ab.

»Dario, glaube mir. Sie ist *nicht* da. Und hör bitte endlich auf, alles so verdammt optimistisch zu sehen. Lara hatte Samstag ein Date, heute ist Donnerstag. Selbst wenn sie krank wäre, würde sie mich anrufen und mir davon berichten. Und wenn ihr Handy kaputt wäre, dann würde sie zu uns kommen.« Dario schwieg, er schaute Alicia eindringlich an, dann nickte er.

»Okay, okay, ich gebe mich geschlagen. Du hast recht! Sie ist deine beste Freundin. Und sie hätte dich auf den neuesten Stand gebracht, was ihre Verabredung angeht, egal wie. Ich habe es gut gemeint. Es muss nicht immer sofort etwas Schlimmes passiert sein! Mitunter bist du halt zu schnell besorgt und zu pessimistisch!« Alicia blieb kurz stehen, schaute ihn trotzig an und seufzte.

»Meistens ja auch mit Recht!« Sie begann wieder mit

verschränkten Armen durch die Wohnung zu gehen, den Blick auf den Boden gerichtet.

»Ihre Nachbarin meinte vorhin, Lara hätte ihr angeboten, ihre Blumen zu versorgen. Einen Teil davon hat die Nachbarin in die Mülltonne geworfen, da diese hinüber waren. Auch das ist nicht Laras Art.« Sie setzte sich neben Dario auf die Couch. »Daniel hat vorhin im Reisebüro auch versucht, sie anzurufen. Nun ist die Leitung tot. Vor kurzem sprang wenigstens noch der Anrufbeantworter an. Jetzt ist nichts mehr zu hören, wenn man ihre Nummer wählt.« Dario seufzte und strich ihr über den Rücken.

»Ja, es klingt alles nicht so gut. Nun verstehe ich, dass du dir so große Gedanken machst, Schatz.« Sein Blick fiel auf die zusammengerollte Zeitung. »Ist das unsere?«

»Nein, die ist aus Laras Briefkasten. Weißt du, was gruselig ist? Schau dir die Schlagzeile an und das daneben. Furchtbar oder?«

»Ja, es gibt schon komische Leute!", entgegnete Dario nach einem kurzen Blick.

»Mama, essen wir bald? Ich habe so einen Hunger«, beschwerte sich Elena, die ihren Kopf ins Wohnzimmer steckte.

»Ja, gleich mein Schatz. In fünf Minuten koch ich uns was!«, beruhigte sie Alicia lächelnd. Elena zog eine Flunsch und schlurfte in ihr Kinderzimmer.

»Ich habe gerade Laras Nachbarin gefragt ... die mit den Blumen. Sie hat so was nicht erhalten und anscheinend auch kein anderer in ihrer Nachbarschaft. Das ist kein Zufall Dario. Nur Lara und ich? Da steckt doch System dahinter.« Dario schaute nachdenklich.

»Hast du deswegen Angst?«, erkundigte er sich. Alicia legte den Kopf schief und überlegte. »Angst wäre zu viel gesagt. Eher ein mulmiges Gefühl. Ich werde ja nicht verbal oder körperlich bedroht.« Alicia stand auf, um die Suppe zu kochen. Auf dem Weg zur Küche klingelte das Telefon, sie machte kehrt. Sie meldete sich mit Namen, keine Antwort. Nur Stille, nach einigen Sekunden Atemgeräusche, dann wurde aufgelegt. Alicia zuckte die Achseln und ging in die Küche. »Hat sich jemand verwählt?«, fragte Dario neugierig.

»Ja, kann sein. Ich denke, ich werde morgen zur Polizei gehen und Laras Verschwinden melden. Und diese Zeitung nehme ich mit. So, und nun werde ich mich an die Hühnersuppe machen. Wir haben schließlich alle Hunger.« Dario kam ihr hinterher.

»Ich werde dir helfen. Erstens geht es schneller und zweitens vermeide ich so, dass du vielleicht statt Salz Zucker in die Suppe gibst, weil du mit deinen Gedanken ganz woanders bist!« Er zog sie an sich ran und gab ihr einen Kuss auf den Mund. Alicia schaute ihn dankbar an.

»Das ist mir mehr als recht, danke. Tut mir leid, wenn ich dich eben etwas angeraunzt habe. Ich weiß, du meinst es nur gut.« Dario nickte lächelnd. »Und wenn du beim Kochen mithilfst, schmeckt das Ganze umso besser. Mal ehrlich Schatz: Vielleicht solltest du deine Arbeit als Apotheker an den Nagel hängen und Koch werden!« Er lachte schallend.

»Oh nein, bloß nicht! Mir gefällt meine Arbeit. Kochen ist für mich ein Hobby, was mir Spaß macht und mich entspannt. Das ist viel besser so.«

Alicia nahm Suppengrün und Speck aus dem Kühlschrank, während Dario schon dabei war, Zwiebeln klein zu schneiden.

Als Brillenträger hatte er beim Zwiebelschneiden einen großen Vorteil. Sie stimmte ihm schmunzelnd zu.

»Du hast recht! Wenn du den ganzen Tag kochen würdest, hättest du zu Hause vielleicht keine Lust mehr und das wäre sehr schade!«

»Siehst du!«, sagte Dario und warf aus Spaß ein Stück Zwiebelschale nach ihr. Sie lachte und war dankbar, dass er es immer wieder schaffte, sie abzulenken und zum Lachen zu bringen. Erst recht in schwierigen Situationen. Nicht zum ersten Mal dachte sie daran, ihm einen Heiratsantrag zu machen. Für Lara wünschte sie sich auch so einen Mann wie Dario. Möglicherweise hatte sie so ein Exemplar am Wochenende kennengelernt. *Diese verfluchte Ungewissheit. Vielleicht liegt Lara tot in ihrer Wohnung. Die meisten Unfälle passieren schließlich zuhause*, überlegte Alicia. Schnell schob sie diesen Gedanken beiseite.

Kapitel Acht

Marco verdrängte sein Schwindelgefühl samt Kopfschmerzen und erhob sich vorsichtig. Sogleich zuckte ein stechender Blitz durch seinen hämmernden Schädel, er kniff die Augen zusammen. »Egal, ich muss wissen, wo ich hier bin«, flüsterte er. Zaghaft tapste er durch die Dunkelheit, mit weit ausgestreckten Armen, aufmerksam lauschend. Doch er hörte nur seinen eigenen, zitternden Atem. Marco tastete mit den Händen, ob er auf ein Hindernis treffen würde. Der Boden schien ebenerdig zu sein, ohne jegliche Stolpergefahr. Nach einigen zögerlichen Schritten stieß er mit seinen Händen plötzlich gegen eine harte Fläche. Erschrocken strich er darüber, es fühlte sich glatt an, aber auch hölzern. Marco klopfte leicht dagegen und zuckte beim dumpfen Echo zusammen. Sollte das etwa eine Tür sein? Er fuhr über die Oberfläche und mit lang ausgestrecktem Arm gelangte er an eine Stelle, die sich wie Eisen anfühlte, zwei Scharniere tastbar. *Viel-*

leicht eine Klappe zum Öffnen, dachte Marco. Ein ganzes Stück weiter unten schien eine Art Schlüsselloch zu sein, er drückte die Türklinke runter und zog. Wie zu erwarten, öffnete sich die Tür nicht. Er wandte sich nach links, ging einige Schritte und konnte eine Wand ertasten. Sie schien aus dicken, unebenen Steinen zu bestehen. *Keine Ziegelsteine, vielleicht ein älteres Gemäuer.* Er ging die Wand entlang, immer weiter. Marco stellte fest, dass der Raum eine nahezu viereckige Form hatte und dass er offensichtlich darin eingesperrt war. Wie lange er wohl schon hier war? Mit hängenden Schultern blieb er stehen und starrte vor sich hin. »Ich muss nachdenken. Oh Mann, ich könnte eine Zigarette gebrauchen. Irgendwie muss ich mich beruhigen.« Hastig griff er in die Innentasche seiner Lederjacke, um sich eine Zigarette anzuzünden, doch die Tasche war leer. Er klopfte auf seine Hosentaschen. Das Handy, die Schlüssel und das Geld fehlten ebenfalls. Das Einzige, was er noch dabeihatte, war sein Schokoriegel, den er zögerlich aufaß. Richtigen Hunger hatte er zwar nicht, aber er brauchte eine Beschäftigung und er wusste nicht, was sonst noch alles geschehen würde. Er setzte sich an eine Wand und schloss die Augen. Ein Geräusch schreckte ihn auf. Tatsächlich war er eingenickt. Er lauschte. Da war jemand! Und derjenige pfiff eine Melodie. Marco rief, ohne groß nachzudenken »Wer ist da? Hilfe! Bitte helfen Sie mir. Ich bin hier eingesperrt.« Die Melodie verstummte.

Marco hielt die Luft an und sprang auf. Einige Sekunden hörte er nichts, dann erklang von draußen eine tiefe, heisere Lache. Vermutlich von einem Mann. Die Härchen von Marcos Unterarmen stellten sich auf, ihm fröstelte innerlich, seine Kopfschmerzen hämmerten. Dann wieder Stille. Marco dachte, der Mann wäre verschwunden, bis er plötzlich ein quietschendes, scheppperndes Geräusch vernahm. Etwas Licht fiel hinein. Marco schaute sich rasch um. Tatsächlich war er in einer Art Zelle mit altertümlichen Steinmauern ohne Fenster, geschweige denn Lichtschalter. Durch eine DIN-A4-große Metallklappe, die man zur Seite hin öffnen konnte, drang helles Licht hinein, kein Tageslicht. Als Marco wieder Richtung Tür sah, schauten ihn zwei Augen an. Sie schienen böse zu funkeln. »Ja, du bist eingesperrt. So soll es sein. Und du *bleibst* auch eingesperrt! Mach es dir gemütlich. Ich schaue nun öfter vorbei und bringe dir auch ab und zu etwas zu essen.« Die Stimme verstummte kurz. »Wenn ich Zeit und Lust dazu habe. Und natürlich, wenn du artig bist.«

»Wer sind Sie? Was wollen Sie von mir? Was soll ich tun?« Marco stotterte, ihm wurde kalt. Wieder das heisere Lachen.

»So viele Fragen auf einmal! Das wirst du alles noch erfahren. Wenn du meine Fragen offen beantwortest und mich nicht anlügst, bekommst du angemessene Verpflegung von mir.« Der Unbekannte hielt eine Flasche, vermutlich Wasser in die Höhe, so dass Marco sie durch die Klappe sehen konnte. Mit der anderen Hand zeigte er ihm eine Brötchentüte. »Du bekommst heute einen kleinen Vertrauensvorschuss von mir!« Der Unbekannte warf ihm beides durch die Metallklappe hindurch. Mit einem lauten Knall kam die Plastikflasche auf dem Steinfußboden auf und die Tüte mit einem Klatscher daneben. Marco zuckte zusammen.

»Ach, weißt du, ich habe gerade Lust darauf. Ich stell dir jetzt ein, zwei Fragen, quasi zum warm werden, okay? Wohnst du schon immer hier in Barcelona?« Marco hob rasch die Tüte und die Flasche auf und eilte wieder zurück an die gegenüberliegende Wand. Er schaute zum Augenpaar und bildete sich ein, einen amüsierten Ausdruck wahrzunehmen. Kopfschüttelnd antwortete er »Nein, ich bin erst seit kurzem hier. Vorher habe ich in Madrid gelebt!«

»Aha, okay und als was arbeitest du?«

»Ich bin Kellner.« Der Unbekannte gab zustimmende Geräusche von sich und er schien leise zu kichern.

»Na, das war ja schon mal nett für den Anfang. Wir sehen und hören uns wieder. Vielleicht. Adios«, erwiderte er, schloss mit einem erneuten Quietschen die Klappe und ließ den Gefangenen wieder im Dunkel zurück. Einige Augenblicke lang war eine drückende Stille. Plötzlich durchlief es ihn kalt, denn eine zitternde Stimme fragte leise »Marco, bist du das?« Er schüttelte ungläubig den Kopf.

Kapitel Neun

Das konnte nicht sein. Er bildete es sich hoffentlich ein. Noch mal die gleiche verweinte Stimme. »Marco, bist du das? Sag doch etwas.«

»Lara?«

»Ja, ich bin es«, raunte sie. Es klang, als wäre sie nebenan.

»Mein Gott, das ist nicht wahr. Wie lange bist du schon hier? Und wo sind wir?", flüsterte Marco aus Angst, dass der Unbekannte plötzlich wieder vor seiner Tür stehen würde. Vorsichtig ging er zur Wand, hinter der er Lara vermutete. Nun war sie schon deutlicher zu hören, diese Mauer musste relativ dünn sein.

»Marco, ich habe jegliches Zeitgefühl verloren. Ich weiß nur noch, dass ich am Montag mit dem Rad Richtung Port Vell unterwegs war. Ich wollte mich hinsetzen und etwas chillen. Dann wollte ich dich anrufen und um ein zweites Date bitten. Ich wollte dich ganz schnell wiedersehen.« Sie fing an zu schluchzen. Marco hörte ihr aufmerksam zu.

»Sprich weiter Lara, bitte.«

»Welchen Tag haben wir heute Marco?«

»Donnerstag glaube ich. Erzähl schon. Bitte!«

»Also, ich saß auf einer Bank und da tauchte dieser Mann auf, der mich fragte, ob ich mich hier auskenne. Ich vermutete gleich einen Touristen. Ich begleitete ihn ein ganzes Stück, um ihm die Richtung zu zeigen, wo er lang müsste. Wahrscheinlich kam wieder bei mir die Fremdenführerin durch. Ich weiß nicht, wie spät es war. Jedenfalls war kein anderer Mensch in Sichtweite. Auf einmal packte er mich von hinten und ich roch irgendein komisches Zeug wie aus dem Krankenhaus. Das Nächste, was ich weiß, ist, dass ich hier zu mir kam.«

»Wahrscheinlich Chloroform oder etwas Ähnliches, ein Narkotikum auf jeden Fall. Wo sind wir hier?« Lara seufzte.

»Ich weiß es nicht. Die dicken Steinmauern könnten auf ein Schloss oder eine Burg hindeuten, aber ich bin mir absolut nicht sicher.«

»Weißt du, wer er ist oder warum er uns das antut?«, fragte Marco.

»Nein, ich habe nicht die geringste Ahnung. Ich will hier nur raus. Bestimmt macht sich Alicia schon Sorgen.« Marco berichtete, was ihm passiert war.

Sein Kopf begann wieder zu pochen und zu schmerzen. Er hatte immer noch mächtige Erinnerungslücken. Danach verstummten beide und lauschten angestrengt. Doch ihr Peiniger blieb fern.

»Hat er dir was angetan, Lara?« Sie schwieg kurz.

»Nun ja, ich sitze hier im Dunklen und habe furchtbare Angst. Er bringt mir Essen und Trinken. Körperlich hat er mir nichts angetan. Wer weiß, was noch kommt. Wir müssen hier ganz schnell raus. Aber wie?«

»Er hat natürlich unsere Handys abgenommen. Wir können niemanden anrufen. Davon mal abgesehen, haben wir hier wohl eh keinen Empfang«, sagte Marco und setzte sich an die Wand neben Lara. Er nahm einen Schluck aus der Flasche, eindeutig Mineralwasser. Jetzt erst merkte er, wie durstig er war. Doch er ermahnte sich, sparsam zu sein. Der Unbekannte hatte angedeutet, er käme vorbei, wenn er Zeit und Lust dazu hätte. So ein Bastard. »Hast du noch was zu trinken?«, wollte Marco von ihr wissen.

»Ja, ich teile mir das ein. Man weiß ja nie!« Marco drehte den Verschluss der Flasche zu und griff in die Tüte. Es fühlte sich wie zwei belegte Brötchen an. Wider Erwarten hatte er doch etwas Hunger. Marco biss von einem Brötchen ab und packte den Rest wieder ein. Er hörte nebenan ein raschelndes Geräusch.

»Marco, ich lege mich hin und versuche etwas zu schlafen. Gott sei Dank hatte ich Montag Abend eine lange Jacke an. Die werde ich als Kissen nehmen und die Augen zu machen. Wir müssen versuchen, einigermaßen bei Kräften zu bleiben.« Marco beschloss es ihr gleichzutun, zog seine Lederjacke aus und legte sich hin. Er bettete seinen Kopf darauf und schloss die Augen. Irgendwann musste er eingenickt sein, denn ein Geräusch ließ ihn hochschrecken. Er richtete sich ruckartig auf. »Hast du gehört, Marco? Da ist er«, wisperte Lara. Beide lauschten. Da war es wieder, das gepfiffene Lied. Er überlegte, woher er es kannte, es war sehr bekannt. Plötzlich fiel es ihm ein. Es war der Refrain von *Always look on the bright side of life* aus dem Film ›Das Leben des Brian‹. Was war das für ein Mistkerl, dass er so ein fröhliches Lied trällerte? Das Pfeifen wurde lauter, er schien näher zu kommen. Dann verstummte es. Es folgte ein lautes Hämmern gegen die Türen, dann einige Sekunden Stille.

Dann bellte eine Stimme: »Macht es euch beide schön gemütlich. Vielleicht komme ich morgen vorbei, vielleicht aber auch nicht! Euch noch einen netten Abend.« Erneutes Klopfen gegen die Türen, dann lachte er und ging pfeifend wieder von dannen.

»Was machen wir, wenn er wieder kommt? Und was, wenn nicht?«

»Ob er weiß, dass wir uns kennen? Was für ein Motiv könnte er haben?«, überlegte Marco laut und fuhr sich nervös durch seine dunklen, gewellten Haare. Sein Verlangen nach einer Zigarette war übermächtig. Es war wirklich ein ganz schlechter Moment, um mit dem Rauchen aufzuhören. Er nahm sich vor, gar nicht erst wieder damit anzufangen, wenn er hier wieder rauskam. *Falls* er hier rauskam.

Kapitel Zehn

Er stand vor einer Imbissbude, an einen der hohen Tische gelehnt und trank eine Cola. Es war windig, sodass er seine brennende Zigarette kurz in den Aschenbecher ablegte und rasch den Kragen seines schwarzen Mantels hochstellte. Seine finsteren Blicke schweiften über die lachenden Menschen, die hier eine Kleinigkeit essen oder trinken und sich unterhalten wollten. Er griff wieder nach der Zigarette, nahm einen langen Zug, verharrte einen Moment, dann wählte er eine Nummer auf seinem Handy. Einige Sekunden verstrichen, bis sich sein Gesprächspartner meldete. »Ja, hier ich. Bist du zu Hause? Das ist so laut bei dir. Ach der Fernseher, ja ja. Du pass mal auf. Ich brauche etwas von diesem starken Mittel. Ich habe den verdammten Namen vergessen. Was ich meine? Da haben wir doch gestern erst drüber geredet. Benebeln dir die Drogen schon so stark das Gedächtnis?« Er lachte, drückte den Glimmstängel aus, sein Blick fiel auf den

Boden. Er trat nach der Taube, die auf der Erde nach etwas Essbarem suchte. »Hau ab, du verdammte Taube, sonst mache ich dir Beine. Du ekeliges Drecksvieh!« Die Taube gurrte laut, machte einen Hüpfer und flog schließlich davon.

»Was heißt hier arme Taube? Wie bist du denn drauf? Ach so, das war nur Spaß.« Er rollte mit den Augen. »Die kann froh sein, dass sie weg ist. Ich hasse Tiere!« Wieder redete die andere Person. »Das geht dich gar nix an, warum. Dich hat nur die Übergabe zu interessieren. Ja, von diesem Zeug in der abgesprochenen Dosis für zwei Leute. Dann noch den anderen Stoff, davon brauche ich aber nicht so viel. Da reichen ein paar Gramm. Ja, genau, du hast es erfasst. Das wird ein Spaß.« Lautes Hundegebell erklang. Angewidert schaute er in die Richtung. Eine junge Frau ging mit ihrem Hund spazieren. Der Tierhasser beobachtete sie interessiert, dann verzog er verächtlich das Gesicht und widmete sich wieder seinem Telefonat. »Ja, ich bin noch dran. Nee, ich habe gerade nicht zugehört. Bis wann kannst du das Zeug besorgen? Ja, am besten natürlich vorgestern, was dachtest du denn?« Die Frau lief mit ihrem Hund ein Stück weiter, der nächste Baum wurde ausgiebig beschnüffelt. »Am besten alle Köter vergiften«, wetterte der Mann. Einige Leute drehten sich daraufhin empört zu ihm um. Jemand entgegnete einen wütenden Spruch. Doch er ignorierte alles. Die Frau mit dem Hund seufzte genervt.

Sie zog auffordernd an der Hundeleine. »Ach Joker, nun mach mal schneller. Es ist echt zu kalt und zu windig. So lange wollte ich nicht mit dir draußen bleiben.

Die Bäume sind morgen und übermorgen auch noch da. Die kannst du auch ein anderes Mal untersuchen. Mach das mal bei Herrchen!« Sie musste wider Willen lachen. »Na komm.« Traurig und mit hängenden Ohren gab der Hund nach und setzte sich mit einem enttäuscht klingenden Schnaufen wieder in Bewegung. Er bellte noch ein paar Mal, vermutlich aus Protest.

»Halts Maul du Köter, ich verstehe hier nichts. Wiederhole das noch mal! Hier bellt gerade so ein widerliches Drecksvieh. Da versteht man ja sein eigenes Wort nicht mehr, so laut ist der.« Er nickte eifrig. »Okay, ich warte, bis du alles hast und mich anrufst. Dann gibst du mir das Ganze schnellstmöglich, ja? Hast du eine Ahnung, was mich der Spaß kostet? Aha ... okay. Ich hebe sowieso gleich Geld ab, da ich noch einkaufen muss.

Ja, ja und nun beeil dich. Adios!« Er beendete das Telefonat, warf das Handy auf den Tisch und kramte in seiner Manteltasche nach seinem Zigarettenetui. Er legte das edel aussehende, rotgoldene Etui neben das Handy, zündete sich eine weitere Zigarette an und rauchte sie genüsslich. Die Frau war mit ihrem Hund außer Sichtweite und er hatte wieder seine Ruhe. Er hasste Tiere und hatte schon als kleiner Junge angefangen, sie zu quälen. So hatte er damals eine Riesenfreude daran gehabt, einer lebenden Spinne die Beine auszureißen, eins nach dem anderen oder Kaninchen das Genick zu brechen. Er mochte das kurze Zappeln, gefolgt vom knackenden Geräusch. Irgendwann haben entsetzte Erwachsene eingegriffen - auch um zu verhindern, dass er sich über kurz oder lang an Menschen austobte. Er wurde in diverse Heime für schwer erziehbare Kinder gesteckt. Nachdem er die Zigarette ausgedrückt hatte, packte er wieder sein Handy und das Etui ein und suchte den nächsten Geldautomaten auf. An dem stand eine jüngere Frau, die gerade ihre PIN eingeben wollte. Sie schaute ihn an und stellte sich nervös so hin, dass er nicht sehen konnte, welche Zahlen sie tippte.

Er lächelte sie an und sagte im freundlichen Ton »Keine Sorge, ich schau schon nicht hin. Ich drehe mich weg und betrachte die Bäume, wenn Ihnen das lieber ist!« Die Frau musste schmunzeln und bediente fix das Tastenfeld. Sie wartete, bis das Geld ausgegeben wurde, verstaute es schnell in ihrer Hosentasche und lächelte verkniffen.

»Tut mir leid, man muss heutzutage so aufpassen.«

»Kein Problem, Sie haben ja recht. Es gibt leider zu viele böse Menschen. Früher war das anders. Da musste man noch nicht so viel Angst haben«, stimmte der Mann ihr mit einem warmen Lächeln zu. Er deutete auf ihre Hose. »Genau deswegen sollten Sie das Geld sicher verwahren und nicht in die Hosentasche stecken. Auch nicht das Portemonnaie in der Hand halten, wenn Sie unterwegs sind.« Die Frau seufzte und lächelte ihn an. *Sie schaut mich an, als würde sie mich am liebsten vernaschen,* dachte er amüsiert.

»Ja, Sie haben ja recht. Aber ich wollte eh gleich nach Hause. Das nächste Mal denke ich dran, versprochen!« Sie wandte sich sehr zögernd von ihm ab und winkte ihm noch kurz zu. »Ich muss los. Ich wünsche Ihnen ein schönes Wochenende.« Dann ging sie fast widerwillig weg. Der Mann schaute ihr sauer hinterher und wurde laut, als sie außer Sichtweite war.

»Da lässt sie mich einfach so stehen, haut ab und nimmt mich nicht ernst. Typisch Weiber. Man wird nur gedemütigt. Die brauchen doch alle *mindestens* eine Tracht Prügel, wenn nicht sogar noch mehr!« Wütend schlug er mit der Faust gegen den Geldautomaten, dann atmete er einmal ganz tief durch und hob Geld ab. Er strich sich durchs Haar und suchte eine Carnisseria auf, da er noch Fleisch und Schinken kaufen wollte. Kurze Zeit später verließ er den Laden, der zwar sündhaft teuer, aber gerade gut genug für ihn war. Er trug einen großen, herrlich duftenden Serranoschinken unter dem Arm, in der anderen Hand hielt er eine Tüte mit Fleisch und Würsten. Gleich würde er entspannt baden und dazu ein Glas Rotwein trinken. Und dann wäre auch schon Zeit, dass er sich auf den Weg zu seinen Bekannten machte. Er merkte, wie sich seine Stimmung wieder hob.

Nachdem er gebadet, sich frisch gemacht und angezogen hatte, schnappte er einige Sachen und packte diese in seinen schwarzen und auf Hochglanz polierten Bentley. Für seinen heutigen Besuch hatte er eine Clownsmaske organisiert. Den blauen Seat ließ er in der Garage stehen. Gut gelaunt ließ er seinen Bentley an und legte den ersten Gang ein. Er genoss es, wie die Leute sich unterwegs bewundernd umdrehten, wenn er mit schnurrendem Motor an ihnen vorbeiglitt. Er fing an zu pfeifen und fuhr damit fort, bis er an seinem Ziel angekommen war: dem Hügel Montjuic.

Kapitel Elf

Marco schreckte aus einem unruhigen Schlaf hoch und lauschte. Wieder vernahm er den gepfiffenen Refrain von "Always look on the bright side of life". Nebenan hörte er, wie Lara einen spitzen Schrei ausstieß. »Marco, bist du wach? Er kommt. Hörst du?« Ihr lautes Keuchen drang durch die Wand. Das Pfeifen verstummte. Einige Sekunden herrschte Stille. Plötzlich hörte Marco, wie die quietschende Tür zu Laras Verlies geöffnet wurde und Lara erschrocken aufschrie. »Hallo, bist du heute auch so fröhlich wie ich?«, fragte der Entführer sie in einem freundlichen Tonfall. Er schien sich zur Wand zu drehen, denn etwas lauter ertönte die Frage »Und du, Nachbar? Lauschst du?« Marco blieb stumm. Er hörte Geräusche, konnte sie aber nicht zuordnen. »Trink, verdammt nochmal! Entweder du trinkst allein oder ich helfe dir dabei, Weib! Na siehst du. Das war gar nicht so schwer, oder? Teil es dir schön ein, es ist nur eine Literflasche.« Marco hörte, wie Lara aufstöhnte. Der Entführer sprach weiter. »So schönes Haar, aber so schmutzig! Du solltest mal wieder duschen, Weib!« Das letzte Wort spie er verächtlich aus. Lara atmete schneller.

»Bitte ... lassen Sie uns doch gehen. Wir verraten auch nichts. Versprochen!« Der Peiniger stieß ein heiseres Lachen aus.

»*Das* soll ich dir glauben? Für wie dumm hältst du mich? Außerdem *möchte* ich euch beide nicht gehen lassen. Ich habe so viel Spaß mit euch. Ich werde jetzt mal deinem Nachbarn einen Besuch abstatten!« Er schien Laras Zellentür von außen zu verschließen. Nach einigen Schritten hämmerte der Entführer mit der Faust gegen Marcos Tür. »Nachbar, du bist doch wach, oder? Du hast uns doch zugehört, das weiß ich.« Rasch schloss er die Tür auf, die sich ächzend öffnete. Marco erhob sich von seiner Lederjacke, auf der er geschlafen hatte. Ein greller Lichtstrahl fiel in seine Zelle. Reflexartig kniff er die Augen zusammen. Vorsichtig öffnete er sie wieder und sah seinen Entführer. Der trug eine Maske, die das weiße, lachende Gesicht vom Clown ›Pennywise‹ aus dem Stephen King-Film ›Es‹ darstellte. Marco schrie auf. Er hatte große Angst vor Clowns. Auslöser dafür war genau eben dieser Stephen King-Film, den er als Kind gesehen hatte. Nächtelang hatte er Albträume gehabt.

Der Clown trat ein und schloss die Tür. Er stellte Marco eine volle Plastikflasche und eine Papiertüte auf den Steinboden, dann zuckte er mit den Schultern. »Keine Zigaretten dabei. Vielleicht ein anderes Mal. Nun trink!« Zuerst zaghaft, dann energisch, schüttelte

Marco den Kopf. Daraufhin verpasste der Clown ihm eine schallende Ohrfeige. Marco taumelte zurück. Ein Hieb mit der Faust in sein Gesicht folgte. Marco schnappte nach Luft und plumpste auf seine Jacke. Drohend baute sich der Clown vor ihm auf und befahl erneut mit gefährlich ruhiger Stimme »Trink jetzt! Sonst nehme ich dir alles wieder weg und der Kleinen nebenan auch!«

»Nein, nein. Ist ja gut, ich trinke schon.« Marco setzte zitternd die Flasche an seinen Mund und nahm vorsichtig einen Schluck. Schmerzerfüllt verzog er sein Gesicht. Es schien sich um ganz normales Mineralwasser zu handeln.

»Du solltest sparsam damit sein. Ich weiß nicht, wann ich das nächste Mal wieder hier bin. Das kann morgen sein, aber vielleicht auch erst übermorgen.« Marco stellte das Wasser ab und hielt sich die schmerzende Wange.

»Was haben wir verbrochen, dass Sie uns gefangen halten? Und wo sind wir überhaupt? Noch in Barcelona?« Keuchend wischte er sich mit dem Handrücken über den Mund. An den Händen zeigten sich rote Spuren. Der Clown schwieg kurz, dann betonte er jedes Wort langsam und deutlich.

»Ihr stellt viel zu viele Fragen. Das fängt langsam an, mich zu ärgern.« Er ging zur Tür, drehte sich aber noch einmal zu Marco um. »Ja, ihr seid noch in Barcelona! So lange wart ihr nicht bewusstlos. Und nun Schluss mit der Fragestunde.« Marco steckte einen Finger in den Mund und fuhr damit über seine Zähne. Er bemerkte eine größere Lücke oben links. Zwei Zähne fehlten ihm. Der Clown blickte ihn kurz an, entfernte sich und verschloss rasch die Zellentür.

»Lara? Hörst du mich?«, rief Marco, erhielt aber keine Antwort. ›Pennywise‹ öffnete nun wieder Laras Zellentür, aber alles blieb still. Marco hörte, wie der Clown leise lachte.

»Da liegt sie und hört mich nicht. Weib, bist du wach oder nicht?«

Wieder keine Antwort. »Du Schlampe, ich rede mit dir. Sag gefälligst was, wenn du wach bist und mich hörst. Du wirst es sonst bereuen!« Es blieb einen Moment still, dann hörte Marco, wie der Clown scheinbar zufrieden lachte und ein Geräusch, das klang wie Schnitte mit einer Schere. Kurz darauf ein anderer Laut, so, als würde man mit einem kräftigen Ruck dünnen Stoff zerreißen, gefolgt von einem Rascheln sowie dem Öffnen eines Reißverschlusses. Der Clown lachte, dieses Mal klang es gehässig und er zischte leise »Du dreckiges Miststück!« Marco vernahm klatschende Ohrfeigen und dumpfe Faustschläge. Es folgte ein zittriges, kaum hörbares Keuchen, welches anschwoll, immer schneller wurde und sich zu einem Hecheln steigerte. Irgendwann schrie er kurz auf, seufzte und verstummte dann. Marco war wie erstarrt. Hatte sein Peiniger tatsächlich eine bewusstlose Lara verprügelt und vergewaltigt? Oder war sie schon gar nicht mehr am Leben? Der Clown erhob sich und zog lachend den Reißverschluss seiner Hose wieder zu. Dann hörte Marco ein Geräusch, das wie ein weiterer, kräftiger Tritt klang.

»Das wiederholen wir mal, oder? Dann aber doch mit ein bisschen Action. Sollte doch die leichteste Übung für dich sein, du wertloses, jämmerliches Stück Dreck!« Marco merkte, wie ihm die Sinne schwanden, Er stütze sich an der Mauer ab und versuchte verzweifelt gegen eine nahende Ohnmacht anzukämpfen. Doch vergeblich. Er hörte noch dumpf, wie der Clown fröhlich pfeifend Laras Zelle verließ und die Tür wieder verschloss. Marco sackte in sich zusammen.

Kapitel Zwölf

»Hola, Alicia Morales hier… Hola, mit wem spreche ich? Wieso sagen Sie nichts?«, fragte Alicia irritiert. *Nur atmen, sonst nichts. Falsch verbunden?* »Hola, haben Sie sich verwählt?« Sie hörte ein heiseres Lachen am anderen Ende der Leitung. Alicia bekam eine Gänsehaut und schluckte. Ihr Blick fiel aufs Telefondisplay, ›Private Nummer‹ wurde angezeigt. Es klang nach einer tiefen Stimme, wie die eines Mannes. Leg auf! sagte ihr Bauchgefühl. Die Stimme lachte und erwiderte rau »Neeeein, nicht falsch verbunden.« Dann beendete der Anrufer das Gespräch. Alicia starrte den Hörer an und legte ihn, mit rasendem Puls, zurück auf die Station. Sie atmete tief durch und ging mit einem mulmigen Gefühl ins Badezimmer, um sich frisch zu machen. *Bestimmt ein Spaßvogel, der gerne Leute erschreckt,* dachte sie, um sich wieder zu beruhigen. Es war Samstagvormittag. Heute würde sie mit Dario zur Polizei gehen und Lara als vermisst melden. Gestern Abend hatte Alicia eine befreundete Nachbarin gefragt, ob sie für eine Weile bei Elena und Joker bleiben könnte. Sie kam, wie verabredet, kurz nach dem Frühstück vorbei. Der Himmel war voller dunkler Regenwolken. Es war frisch und windig, als Dario und Alicia das Haus verließen. Sicherheitshalber hatte Dario zwei Regenschirme mitgenommen. »Das Wetter passt zu meiner Stimmung«, meinte Alicia und setzte sich noch rasch eine Mütze auf. »Oh Gott, wenn ich nun zu lange gewartet habe. Wenn Lara nicht mehr lebt, werde ich mir das nie verzeihen, Schatz.«

»Du musst versuchen, positiv zu denken. Warte. Hast du das Foto von ihr eingesteckt?« Alicia griff sich an die Stirn.

»Ach verdammt. Ich kehre schnell um und hole es. Das Foto liegt auf dem Esstisch.« Sie eilte zurück ins Haus. Mit der Bahn fuhren sie zur Polizei, direkt ins Zentrum von Barcelona. Auf dem Weg dorthin erwähnte sie den merkwürdigen Anruf. »Schatz, das war echt schon etwas unheimlich. Auf der Anzeige stand ›Private Nummer‹. Das hatte ich vor kurzem schon mal. Es klang wie ein Mann. Zuerst hat er nur geatmet und gelacht, und als ich ihn fragte, ob er sich verwählt hat, hat er Nein gesagt. Dann war er weg.«

»Ich hatte vor einigen Tagen einen Anruf, kurz nachdem du zu Bett gegangen bist. Aber da war nichts weiter zu hören, außer laute Atemgeräusche. Vielleicht hat jemand einfach Langeweile gehabt.«

Dario zuckte mit den Schultern und betrachtete die schnell vorbeiziehende Landschaft. Gleich kamen sie in

Barcelona an. »Ich habe Angst, Dario. Was ist, wenn Lara nicht mehr lebt? Dann bin ich schuld daran.«

»Jetzt hör aber auf. Du hast gedacht, dass sie im Urlaub mal ungestört sein möchte. Außerdem ist Lara eine erwachsene Frau. Du kannst doch nicht die ganze Zeit neben ihr sitzen, sie überwachen und beschützen.« In Barcelona angekommen, stiegen sie aus und gingen zu Fuß zur Polizei. Nach zwanzig Minuten waren sie am Ziel. Alicia verlangsamte furchtsam ihre Schritte. Dario griff nach ihrer Hand und drückte sie tröstend. Das Polizeigebäude war ein freundlich wirkendes Haus im Gaudi-Stil: leuchtende Farben, mit geschwungenen Linien und einigen Gecko-Motiven. Das Gebäude hatte viele Fenster, besaß eine kleine, bunte Treppe und war umgeben von Palmen. Alicia schaute zu Dario, er nickte ihr aufmunternd zu. Sie traten ein, meldeten sich an und nahmen im Wartebereich Platz. »Dario, es mag vielleicht albern klingen. Doch ich spüre so was wie eine böse Energie hier. Ziemlich erdrückend. Geht es dir auch so?« Alicia deutete auf die zahlreichen Steckbriefe und ging nahe an Darios Ohr heran. »Schau nur«, flüsterte sie, ihr Gesicht wirkte angespannt. Plötzlich flog eine Tür auf und ein wütend aussehender, wild gestikulierender Mann mittleren Alters kam heraus. Alicia zuckte zusammen. »Nein, ihr verfluchten Bullen. Ich habe damit nichts zu tun, verdammt noch mal.« Im Weggehen drehte sich der Mann noch einmal zu dem schmächtigen Polizisten um, der in der Tür stehen geblieben war.

»Ich sage es Ihnen zum dritten Mal. Verlassen Sie in nächster Zeit bloß nicht die Stadt. Das hat sonst Konsequenzen!«, ermahnte ihn der Polizist. Dabei schaute er ihm fest in die Augen und verschränkte die Arme vor der Brust. Der wütende Typ schwieg und starrte feindselig zurück, dann wandte er sich grummelnd ab und ging Richtung Eingangstür. Sein aggressiver Blick fiel dabei auf Alicia und Dario.

»Ist was? Was glotzt ihr denn so? Sucht ihr etwa Ärger?« Seine grauen Augen wirkten kalt und zornig. Mit einem genervten, tiefen Atmen verließ der wütende Mann das Polizeirevier. Der schmächtige Polizist mit dem Spitzbart wandte sich Alicia und Dario zu.

»Hola, ich bin Inspector Javier Diaz. Wie können wir Ihnen weiterhelfen?« Alicia erhob sich.

»Ich möchte ... muss ... eine Vermisstenanzeige aufgeben.«, stammelte sie und schaute Dario hilfesuchend an. Der Polizist nickte kurz.

»Bitte warten Sie einen Moment. Comissario Santos wird Sie dann aufrufen.« Alicia schaute ängstlich. Der Polizist lächelte ihr aufmunternd zu. »Nur keine Angst. Er ist wirklich einfühlsam und sehr nett.« Es dauerte eine ganze Weile, doch dann öffnete sich eine Zimmertür und ein Herr, geschätzt um die Vierzig, schaute in den Vorraum.

»Hola, ich bin Comissario Santos. Kommen Sie bitte herein? Ich hoffe, Sie haben keine Angst vor Hunden. Mein Schäferhund Athos liegt immer neben meinem Schreibtisch. Er ist mein Diensthund und meistens ganz friedlich.« Comissario Santos war um die 1,90 m groß, von einer etwas bulligeren Statur mit einem rundlichen Gesicht, warmen braunen Augen und einer leichten

Knollnase. Sein Haar war kurz, schwarz und dicht, akkurat geschnitten. Er hatte eine sonore Stimme und leichte Augenringe, wahrscheinlich schlechtem Schlaf zu verdanken. Alicia musste wider Willen lächeln.

»Aber nein. Wir haben selber einen Hund. Einen Jack Russell-Terrier namens Joker.«

Sie betraten den Raum. Athos lag dort, den Kopf auf den Vorderpfoten, und schien zu schlafen. »Bitte nehmen Sie doch Platz.« Er deutete auf zwei Stühle vor seinem Schreibtisch. Alicia und Dario setzten sich. Inspector Diaz nahm an seinem gegenüberliegenden Schreibtisch Platz. Comissario Santos legte Zettel und Stift vor sich hin. Alicia merkte, wie durch die ruhige Art des Comissario die Anspannung und die Nervosität etwas von ihr abfielen. Er wandte sich Ihnen lächelnd zu. »Sie wollen also eine Vermisstenanzeige aufgeben. Dann nennen Sie mir doch zuerst bitte Ihre Namen und Kontaktdaten und in welcher Beziehung Sie zu dem Gesuchten stehen.« Alicia räusperte sich, nahm ihre Mütze ab und strich sich durchs Haar.

»Also ich heiße Alicia Morales und neben mir sitzt mein Lebensgefährte Dario Vazquez. Gott, ich bin immer noch so nervös. Ich war seit einer gefühlten Ewigkeit nicht mehr bei der Polizei. Ich vermisse meine beste Freundin Lara Cortez.« Sie nannte ihm ihre Kontaktdaten und atmete tief durch. Comissario Santos schrieb eifrig mit, ohne aufzusehen.

»Wie alt ist Lara und wo wohnt sie?«

»Lara ist dreißig und wohnt in L´Eixample.« Sie gab ihm Straße und Hausnummer.

»Ist sie verheiratet, geschieden oder in einer Beziehung?«

»Nein, sie lebt alleine.«

»Wie groß ist ihre Freundin ungefähr?«

»Sie ist etwas kleiner als ich. Ich denke, ca. 1,67 m. Denn ich bin 1,69 m groß.«

»Hat sie Kinder?«

»Nein.«

»Woher kennen Sie sich?«

»Wir sind Kolleginnen im ›Reisebüro Simon‹, der Inhaber ist Daniel Simon. Lara ist außerdem noch Fremdenführerin für die Touristeninformation am Plaça Catalunya.«

»Wann haben Sie Lara das letzte Mal gesehen?«

»Heute vor einer Woche. Letzten Samstag war das.«

»Wissen Sie noch ungefähr, welche Kleidung Lara trug?«

»Leider nein, aber ich kann Ihnen sagen, was Lara Samstag Abend anziehen wollte. Sie hatte ein Date, dafür waren wir ja extra shoppen. Also, sie hatte so ein ärmelloses gelbes Kleid gekauft. Das stand ihr wirklich gut. Sie hatte noch erwähnt, dass sie ihre halblange blaue Jeansjacke überziehen und goldene Stöckelschuhe tragen wollte. Ich glaube kaum, dass sie sich noch umentschieden hat.«

»Wissen Sie auch noch ungefähr, wie viel Uhr es war Señora Morales?«

»Ich glaube, das war gegen zwei Uhr. Sie erzählte mir, dass sie nach Hause wollte. Wir waren zu der Zeit ungefähr fertig mit Shoppen, haben noch in einem Café gesessen und einen Kaffee getrunken. Dann ist sie gegangen. Da habe ich sie das letzte Mal gesehen!«

Ihre Stimme fing an zu zittern, sie bekam einen Kloß im Hals und merkte, dass ihre Augen langsam feucht wurden.

»Besteht die Möglichkeit, dass sie einfach nur weggelaufen ist und vielleicht bald wieder auftaucht?«

»Daran habe ich auch schon gedacht, aber dafür ist sie eigentlich gar nicht der Typ!«

»Nimmt sie irgendwelche wichtigen Medikamente, ohne deren Einnahme Lebensgefahr bestünde?« Alicia sah erst Dario, dann Comissario Santos entsetzt an.

Kapitel Dreizehn

Dario griff nach Alicias Hand. »Was ist denn los, Schatz?« Sie schüttelte den Kopf.

»Ich hoffe, dass sie solche Medikamente *nicht* benötigt. Oh Mann, ich kenne sie doch nicht so gut, wie ich dachte.« Alicia blinzelte aufkommende Tränen weg. Comissario Santos schaute sie mitfühlend an.

»Alles okay? Oder brauchen Sie ein Taschentuch?« Alicia schüttelte den Kopf.

»Danke, es geht schon wieder.« Comissario Santos fuhr fort.

»Wissen Sie, mit wem sie sich treffen wollte und wo? In welcher Stimmung war sie?«

»Ich kann mich nicht mehr erinnern, wohin sie gehen wollten. Aber ich weiß, wie er heißt. Sie war sehr freudig und aufgeregt, sie konnte nicht aufhören von ihm zu schwärmen. Er heißt Marco, Marco Escobar. Beide habe sich beim Bogenschießen kennengelernt.« Comissario Santos schaute überrascht.

»Na, das ist doch mal ein ausgefallenes Hobby. Aber ich bleibe lieber beim Angeln und Meditieren.« Er machte sich energisch weitere Notizen. »Señora Morales, wissen Sie etwas über Laras Familie? Haben Sie und Lara vielleicht gemeinsame Freunde?« Alicia schüttelte zögernd den Kopf.

»Also, über ihre Familie weiß ich überhaupt nichts. Ich glaube, ihre Eltern wohnen in Valencia, bin mir aber absolut nicht sicher. Gemeinsame Freunde haben wir, denke ich, nicht. Sie ist zwar meine beste Freundin, aber wir kennen uns noch nicht so lange. Vielleicht eineinhalb Jahre.«

»Ist Lara zufrieden mit ihrem Leben oder macht sie einen eher unglücklichen Eindruck auf Sie? Ist sie der Typ, der sich selbst oder vielleicht auch anderen etwas antun würde?« Alicia schwieg einige Sekunden, dann schaute sie unsicher zu Dario. Zögerlich wandte sie ihren Kopf zu Comissario Santos.

»Nun ja, ich dachte eigentlich bis jetzt, dass sie im Großen und Ganzen schon zufrieden ist, so wie die meisten halt. Allerdings habe ich kürzlich etwas gesucht und in ihrer Schreibtischschublade einen Notizblock entdeckt, wo sie Sätze wie "*Kill Daniel!*"

"*Ich will nicht mehr*" oder "*Bye bye Welt!*" geschrieben und wild aussehende Kritzeleien hinterlassen hat. Sie hat mir nie erzählt, ob sie größere psychische Probleme hat. Das machen ja viele nicht, weil sie sich schämen.

Es wäre fatal, wenn Lara auf ein Antidepressivum angewiesen wäre und dieses nicht nehmen kann. Ich weiß wirklich nicht, ob sie suizidgefährdet ist oder anderen was antun könnte.« Alicia schwieg, schaute auf ihre Hände und begann sie nervös zu kneten und zu reiben.

»Haben Sie zufällig ein aktuelles Foto von Lara mitgebracht?«, fragte Comissario Santos und schlug die Seite seines Notizblocks um. Alicia nickte, nahm ihre Handtasche auf den Schoss, griff kurz hinein und legte es auf den Tisch. Er musterte das Foto »Nett, nett!« Der Polizist legte es neben seinen Block. »Sie haben viel Ähnlichkeit miteinander. Fast wie Schwestern. Aber ihre Freundin hat, glaube ich, grüne Augen?«

»Ja, sie hat grüne Augen und ich blaue.«

»Meine letzten Fragen fürs Erste, Señora Morales. Haben Sie eine Idee, wo Lara sein könnte? Hat sie irgendwelche Feinde, die ihr schaden wollen?« Alicia schaute zu Dario rüber und dann wieder zum Polizeibeamten, sie hob ahnungslos die Schultern.

»Sie ist beliebt und zu allem und jedem freundlich. Lara ist auch mehrmals im Monat Fremdenführerin neben ihrer Arbeit im Reisebüro. Sie ist ein wahrer Philanthrop. Lara hält sich gerne am Hafen und natürlich im Sportverein auf. Sie spaziert auch oft durch den Parc de la Ciutadella. Das Café, wo wir beide saßen, bevor sie verschwand, ist ihr absolutes Lieblingscafé. Sonst ist mir nichts eingefallen.« Comissario Santos schrieb noch einige Zeilen und erhob sich dann rasch von seinem Stuhl.

»So, ich habe alles aufgenommen und ein gutes Foto habe ich auch von Lara. Sollte Ihnen noch irgendetwas einfallen, wenden Sie sich bitte an mich oder meine

Kollegen. Hier ist meine Visitenkarte. Falls wir noch Fragen oder auch Antworten haben, kommen wir natürlich auf Sie zu. Ich hoffe, wir finden bald Ihre Freundin! Dann wünsche ich Ihnen trotz allem ein schönes Wochenende. Lenken Sie sich etwas ab und unternehmen Sie was Schönes. Sie können ja eh gerade leider nicht mehr machen, außer warten und Daumen drücken.« Dario und Alicia verabschiedeten sich und verließen das Polizeigebäude. Draußen atmete Alicia tief durch. Sie war erleichtert, dass sie es hinter sich gebracht hatte.

»Das hast du klasse gemacht, Schatz. Ich bin wahnsinnig stolz auf dich«, strahlte Dario, gab ihr einen langen Kuss auf den Mund und versprach »Ich koche uns was Schönes, wenn wir wieder daheim sind. Das hast du dir wirklich verdient.« Gemächlich schlenderten sie zurück zur Bahnstation und redeten dabei über Gott und die Welt, nur nicht über die verschwundene Lara. Abrupt blieb Dario stehen.

»Was ist los, Hasi?«, fragte Alicia und blickte ihn verwundert an. Er deutete mit dem Kopf zu zwei Männern, die in einiger Entfernung zusammenstanden. Beide unterhielten sich angeregt und lautstark. Alicia folgte seinem Blick. »Ist das nicht der Stinkstiefel, der uns vorhin bei der Polizei so angeschnauzt hatte? Ja, ich denke, er ist es«, sagte sie. Der Mann, der vorhin so wütend war, lachte laut nach einer Bemerkung die sein Bekannter machte. »Dario«, zischte Alicia ihm aufgeregt zu,» er hört sich an, wie dieser unheimliche Anrufer vorhin. Der hatte ebenfalls so ein fieses Lachen, auch die

Stimme klang genauso. Wenn er das nun ist?« Dario blickte sie an, sah zu dem lachenden Mann hinüber und schaute Alicia ins Gesicht.

»Ja, *wenn* er das ist. Und was dann? Du weißt es nicht, *ob* er es war und er hat dich nicht am Telefon bedroht. Du kannst jetzt nichts machen. Ich vermute, viele Männer klingen so ähnlich wie der Anrufer. Du bist wirklich sehr verunsichert und ängstlich, Schatz. Komm, lass uns los.« Zögerlich schritt Alicia weiter. Sie drehte sich halb um, als der andere Mann sich offenbar lautstark verabschiedete und davon ging. »Adios Emilio! Pass in Zukunft besser auf, du Pfeife. Du landest sonst wieder bei den Bullen und irgendwann doch noch im Knast.« *Emilio heißt er also. Den Namen und das Gesicht werde ich mir merken,* dachte Alicia, während sie sich ihre Mütze aufsetzte. Dario und sie machten sich auf den Heimweg.

Kapitel Vierzehn

Marco und ich stehen zusammen vor der La Sagrada Familia, mit dem Smartphone ein Selfie knipsend, die Kathedrale im Hintergrund. Die Sonne scheint herrlich, es sind angenehme achtzehn Grad, eine stetige Brise weht, Kinderlachen ertönt. Melodien der Straßenmusiker ziehen durch die Gassen. Ein Künstler pustet riesengroße Seifenblasen und bildet daraus echte Kunstwerke. Es duftet nach wildem Jasmin, Magnolienbäumen und nach knusprigen, warmen Waffeln. Auf den Gehwegen picken grüne Papageien nach Essbarem. Tauben sitzen auf dem Rand eines riesigen, runden Brunnens und einige nehmen laut gurrend, sich schüttelnd und mit den Flügeln schlagend ein erfrischendes Bad. Ein Zeichner fertigt mit Bleistift ein detailgetreues Porträt eines Passanten an, um sich etwas Geld dazuzuverdienen. Marco und ich beschließen, uns in eine Eisdiele zu setzen. Dort bestellen wir uns zwei herrlich schmeckende Eisbecher, mit frischen Früchten und einem riesigen Berg Sahne. Danach lassen wir uns auf einer Bank gegenüber der La Sagrada Familia nieder, bestaunen die immer noch unfertige Kathedrale und beobachten das bunte Treiben auf den Straßen. Gleich beginnt die Führung durch dieses beeindruckende Bauwerk von Antoni Gaudi und wir müssen uns in die lange Warteschlange stellen. Mit Kopfschmerzen ....

Kopfschmerzen? Lara stellte stöhnend fest, dass ihr Kopf übel pochte. Nein, sie stand leider nicht mit Marco in der langen Warteschlange, sondern lag auf einem harten Steinfußboden. Es war nur ein schöner Traum. Für einen kurzen Moment wusste sie nicht, wo sie überhaupt war. Lara spürte, dass es sehr kalt war, da sie zitterte. Sie wollte sich aufrichten. Als Antwort schoss ein glühend heißer, stechender Schmerz durch ihren ganzen Körper. Lara schrie auf und begann zu weinen. »Marco, bist du da?« Es blieb still. »Marco?«, hakte sie nach.

»Ja, ich bin hier, Lara.«

»Ich war besinnungslos und kann mich nicht erinnern. Was ist geschehen?« Sie lehnte sich mit dem Rücken gegen die Mauer. Ihr brach der Schweiß aus und ihr wurde schwindelig. »Konntest du hören, was passiert ist?« Abermals schwieg Marco.

Laras Stimme wurde lauter. »Warum sagst du nichts? Sage mir, was du gehört hast.«

»Ich kann nicht«, flüsterte er.

»Sag es mir ... bitte!« Er seufzte ganz tief und stieß mühsam Worte hervor, die sie erstarren ließen.

»Ich glaube, er hat dich vergewaltigt.« Lara schwieg.

»Das ist nicht wahr«, platzte es aus ihr heraus. »Du lügst.«

»Lara, ich weiß, was ich gehört habe und für mich klang es so. Du sagst doch selbst, dass du besinnungslos warst. Es tut mir so leid.« Wieder Schweigen.

»Du hast dich verhört!« Zorn stieg in Lara hoch.

»Lara, ich bin mir natürlich nicht sicher. Doch warum hast du eben geschrien? Du hast Schmerzen, habe ich recht?« Einen Moment sagte sie nichts, dann lachte sie bitter und versuchte, sich anders hinzusetzen. Wieder spürte sie entsetzliche Schmerzen, sie schrie auf und schluchzte.

»Du hast es wirklich mit angehört, Marco?«, stieß sie hervor.

»Blieb mir was anderes übrig? Ich glaube, er hat uns beiden K.O.-Tropfen verabreicht. Auch ich war bewusstlos. Am liebsten möchte ich dieses verdammte Schwein umbringen.« Lara saß wie betäubt an der Wand und starrte ins Dunkel. Sie hörte ein Geräusch, als würde Marco kräftig mit seiner Faust gegen die Mauer schlagen.

»Konntest du was von seinem Gesicht sehen, Marco? Oder ist dir sonst etwas aufgefallen? Ich erinnere mich nur noch an eine fürchterliche Clown-Fratze.«

»Nein, ich habe auch nichts weiter entdeckt. Das ist doch bloß ein entsetzlicher Albtraum. Gleich wache ich auf, liege in meinem Bett, stehe auf und mache mir Frühstück.« Marco seufzte tief.

»Hat er dich auch verletzt?«, fragte sie leise.

»Mir fehlen bloß zwei Zähne. Alles halb so wild.«

»Wieso ist mir bloß so eiskalt?«

»Es hörte sich so an, als hätte er deine Kleidung zerschnitten oder zerrissen und vielleicht bist du vollkommen nackt. Vermutlich stehst du auch unter Schock.«

Lara erhob sich unter Qualen und tastete auf dem Boden nach ihren Klamotten. Sie fühlte, dass ihre gesamte Kleidung nahezu zerstört war. Ihre Unterwäsche war unbrauchbar, ebenso ihr kupferfarbenes Etuikleid. Ihre Jacke hatte er verschont, zudem trug sie immer noch ihre Pumps. Lara nahm ihre Jacke auf, setzte sich wieder mit hochgezogenen Knien an die Wand und deckte sich damit halbherzig zu. Eine Zeit lang wiederholte sie leise ein einziges Wort: »Ekelig!« Dann wieder Schweigen. Kurze Zeit später ein leiser Aufschrei und unterdrücktes Schluchzen und Weinen.

»Lara, was ist los?«

»Dieser Mistkerl hat mir meine Haare abgeschnitten, als ich bewusstlos war. Sie sind ganz kurz! Wieso tut er mir das alles an?« Sie weinte vor sich hin. Bald herrschte nur noch Stille. Marco sagte in einem gedämpften Tonfall »Wenn du reden willst, kannst du das gerne tun. Du bist nicht alleine. Okay?« Kurze Stille.

»Ja, danke Marco. Ich will jetzt einfach nur meine Ruhe.« Sie holte tief Luft, schloss die Augen und versuchte, ein wenig zu dösen. Nach einigen Minuten gab sie es auf.

»Marco?«

»Oh, ich dachte, du schläfst. Ja, Lara?«

»War es meine Schuld?«

»Was meinst du?«

»Bin ich dran schuld, dass es passiert ist? War ich zu freizügig? Vielleicht habe ich etwas falsch gemacht.«

»Um Gottes Willen. Rede dir bitte so etwas nicht ein. Du hättest wahrscheinlich auch einen Kartoffelsack tragen können und es wäre trotzdem passiert. Das ist ein kranker Wichser, mehr nicht!«

»Ich fühle mich so gedemütigt, schmutzig und benutzt. Und ich habe solche Schmerzen. Am liebsten würde ich duschen und nie wieder damit aufhören.«

»Ja, das verstehe ich nur zu gut. Ich fühle mich so verdammt hilflos. Am liebsten würde ich ganz laut schreien. Doch das hilft uns nicht weiter. Mein Chef wundert sich garantiert, dass ich ohne eine Nachricht nicht zur Arbeit erscheine. Vielleicht ist er schon zur Polizei gegangen. Oder Alicia hat es schon erledigt. Möglicherweise sucht man bereits nach uns. Hast du eigentlich noch zu essen und zu trinken?«

»Ja, ich habe noch ein Croissant und eine halb volle Flasche Wasser. Ich habe aber gerade überhaupt keinen Hunger.«

»Ein Croissant habe ich auch noch und ein halbes Brötchen. Wir sollten etwas essen, damit wir nicht noch schwächer werden. Meine Flasche Wasser ist noch fast ganz voll. Dieser Mistkerl hat uns garantiert unbemerkt ein Sedativum verabreicht. Deswegen waren wir auch beide bewusstlos. Wir müssen aber trinken. Sonst werden wir in absehbarer Zeit qualvoll sterben, wenn wir uns weigern, etwas zu trinken.«

»Müssen wir das nicht eh, Marco? Meinst du, wir kommen hier lebend raus?«

»Ich weiß *genau*, dass wir hier beide *lebend* herauskommen!«

»Marco, kannst du mir nicht was Schönes erzählen? Etwas, das mich ablenkt?« Sie zog ihre Jacke noch fester um sich und schloss die Augen.

»Uff, ich bin ganz schlecht im Geschichtenerzählen. Okay, ich fange mal an: Neulich, es ist schon etwas her, war ich nach meiner Arbeit das erste Mal zum Sportverein Barcelona gegangen. Ich hatte ins Bogenschießen reinschnuppern und neue Freunde kennen lernen wollen. Au Mann, das kommt mir mittlerweile wie eine völlig andere Welt vor. Na ja, wie auch immer. Schon als Kind war ich ein Fan von Robin Hood-Filmen gewesen. Da war ich nun im Sportverein gewesen, in einem Raum voller Leute. Aber ich hatte nur Augen für eine bestimmte Person gehabt! Sie hatte aus allen anderen herausgestochen. Eine hübsche Frau mit grünen Augen und einem umwerfenden Lachen. Da hatte ich gleich gewusst, dass ich die Frau auf jeden Fall kennenlernen möchte. So schnell wie möglich! Vielleicht weißt du, wen ich meine?«, fragte er Lara schelmisch. Ein leichtes Lächeln huschte ihr übers Gesicht. Sie entgegnete »Ja, das war ein toller Moment, als ich dich dort sah. Du hast mir gleich gefallen, bevor du überhaupt eine Silbe gesagt hattest. Nur ... « Marco hob verwundert den Kopf.

»Nur, Lara?«

»Nur, wenn wir kein Date gehabt hätten, dann würdest du heute vielleicht entspannt im Park oder an deinem Computer sitzen und dabei Musik hören. Und nicht hier eingesperrt hocken. Neben mir. Es ist alles meine Schuld.« Ihre Stimme wurde dünn und sie fing wieder an zu schluchzen.

»Nein! Du weißt gar nicht, wo ich sonst gewesen wäre, wenn wir uns nicht kennengelernt hätten. Was dann passiert wäre. Höre bitte mit den Selbstvorwürfen auf und zerfleische dich nicht selbst.«

»Marco …«, begann sie, dann schrie sie auf.

»Was ist los?« Er spitzte die Ohren.

»Oh nein, das Lied! Er ist zurück. Er kommt, gleich ist er bei uns!«

Kaum, dass sie es ausgesprochen hatte, bollerte es auch schon lautstark an Marcos Tür.

Kapitel Fünfzehn

Comissario Santos saß an seinem Schreibtisch und erstellte an seinem PC die *Vermisstenmeldung Lara Cortez*. Er beherrschte eine Art Vier-Finger-System auf seiner Tastatur. Sein Blick huschte zwischen seinen Notizen und dem Monitor hin und her. Er las sich halblaut die Wörter vor, die auf dem Bildschirm erschienen. Athos lag immer noch friedlich schlafend auf seiner Kuscheldecke. Gelegentlich hörte man mal mehr, mal weniger lautes, tiefes Schnarchen. »Verdammt, ich kann meine eigene Schrift nicht lesen.« Laut seufzend nahm der Comissario den Notizblock vom Schreibtisch, hielt ihn sich dicht unter die Nase und kniff dabei halb die Augen zusammen. »Ach ›Reisebüro Simon‹ soll das heißen, das Reisebüro, in dem Alicia und Lara arbeiten. Ich sollte mir wirklich angewöhnen, sauberer zu schreiben oder am besten gleich am PC.«

»Ja, in der Tat Miguel. Das wäre sehr hilfreich«, pflichtete ihm sein Kollege, der acht Jahre jüngere

Inspector Diaz, bei. Sein Telefon klingelte. Dreimal ließ er es läuten, dann meldete er sich. Er strich sich über seinen Spitzbart. »Hola, Polizei Barcelona, Inspector Diaz. Was kann ich für Sie tun?«

»Hola, hier ist Alicia Morales. Wir waren vor kurzem bei Ihnen. Ich würde gerne Comissario Santos sprechen.«

»Moment bitte, ich schaue nach.« Er ließ das Telefon sinken. »Miguel, bist du da oder nicht? Alicia Morales möchte dich sprechen«, fragte er leise.

»Hat sie was vergessen? Sie war doch erst vor einer Stunde hier. Stell sie bitte mal rüber zu mir Javier, ja?« Er schaute auf sein Telefon, was kurz darauf läutete. Nach dem ersten Klingeln hob er ab. »Comissario Santos. Hola, Señora Morales, ist Ihnen noch etwas eingefallen?«

»Ja. Zwei Tage, nachdem ich Lara das letzte Mal gesehen habe, war ich mit meiner Tochter im Park. Da hatte ich das Gefühl, beobachtet zu werden. Und nachdem ich mich suchend umgeschaut hatte, fand ich plötzlich eine Zeitung auf meiner Bank. Die war noch nicht da, als ich aufstand. Die riesige Schlagzeile *Wieder eine Frauenleiche nahe der Sagrada Familia entdeckt* stach sofort ins Auge. Daneben war ein roter Smiley zu sehen, der sah aus wie mit Blut gezeichnet.« Comissario Santos notierte sich zügig die Infos und bemühte sich rasch um eine deutlichere Handschrift.

»Hat Ihnen das Angst gemacht?«, fragte er.

»Ich war beunruhigt und habe die Zeitung mitgenommen, als wir wieder nach Hause gefahren sind.«

»Aha, okay. Konnten Sie feststellen, ob Sie jemand beobachtet hat?« Alicia zögerte.

»Da stand weiter entfernt ein fremder, jüngerer Mann. Er hat mich und meine Tochter länger angeschaut. Aber der wirkte eigentlich nicht bedrohlich, eher unbeholfen.« Comissario Santos schrieb eifrig mit.

»Ist noch was Ungewöhnliches passiert?«

»Allerdings. Einen Tag später fand unser Azubi eine andere Zeitung vor unserem Reisebüro. Da war wieder eine Schlagzeile *16-jährige tot am Barceloneta Beach aufgefunden*, da drunter war ein böser Totenkopf gemalt.«

»Sehr merkwürdig«, sagte Comissario Santos.

»Und vergangenen Donnerstag war ich bei meiner Freundin zuhause, weil ich schauen wollte, ob sie da ist. Und was mit ihr los ist. Da war in ihrem Briefkasten einiges an Post und eine weitere Zeitung hing heraus, mit der reißerischen Schlagzeile *Erneut eine Frauenleiche am Port Vell gefunden.* Wieder mit einem gezeichneten Totenkopf. Diese und auch die andere Zeitung vom Reisebüro habe ich mitgenommen.« Comissario Santos schaute auf seinen Notizblock.

»Ich kann verstehen, dass Sie das beunruhigt, Señora Morales! Ich werde schauen, ob ich was finde in unseren Akten und dem Archiv! Vielleicht bräuchten wir die Zeitungen noch, die sie mitgenommen haben. Also bitte nicht wegwerfen! Noch irgendetwas?« Alicia zögerte.

»Seit einigen Tagen bekommen wir gelegentlich Anrufe übers Festnetz und oft sind nur Atemgeräusche, Seufzer oder ein bösartiges Lachen zu hören. Kürzlich hatte ich den Anrufer dran. Ich fragte, ob er sich verwählt hat und er verneinte das. Dann legte er auf. Ich denke zumindest, dass es ein Mann ist, der Stimme nach zu urteilen. Auf dem Display steht ›Private Nummer‹.«

»Haben Sie eine Ahnung, wer das sein könnte?«

»Ich überlege schon dauernd, wer dahinterstecken könnte. Aber ich komme beim besten Willen nicht darauf.«

Kurz darauf verabschiedete sich Alicia und legte auf. Nachdenklich schaute Comissario Santos auf seinen Notizblock. Er erhob sich und ging im Büro auf und ab. Das war wirklich alles sehr merkwürdig. Sein Kollege Inspector Diaz fragte neugierig, um was es bei dem Telefonat gegangen war. Comissario Santos fasste das Ganze kurz zusammen. Inspector Diaz kratzte sich nachdenklich an der Stirn. »Eine komische Sache mit den Zeitungen. Vielleicht nur ein makabrer Scherz von irgendwelchen Jugendlichen, die es witzig finden. Mit den Anrufen genau das Gleiche.« Der Inspector atmete einmal tief durch und schüttelte irritiert den Kopf. »Miguel, ich finde, wir sollten mit unseren Befragungen beim Chef des Reisebüros, Daniel Simon, starten. Lara Cortez ist nebenbei Fremdenführerin. Möglicherweise hat der Chef noch einige Namen für uns. Dann hätten wir noch ihr Date Marco Escobar, sowie die Nachbarn von Lara Cortez. Und im Sportverein könnten wir auch noch nachhaken, wo sie Bogenschießen lernt. Da hatte sie diesen Marco ja das erste Mal getroffen. Der Fall Lara Cortez steht online auf unserem Vermisstenportal und vielleicht treffen ja bald einige sachdienliche Hinweise ein. Darüber hinaus habe ich auch schon mal in unserem Archiv recherchiert, Miguel.«

»Da bin ich sehr gespannt, Javier.«

Inspector Diaz winkte Comissario Santos zu sich an den Tisch.

»Sieh dir das mal an. In der einen Schlagzeile, die uns Señora Morales nannte, war die Rede von einer Frauenleiche an der Sagrada Familia. Das war vor knapp neun Jahren. Die Leiche war als die vierundvierzigjährige Fernanda Alvarez identifiziert worden, sie war verheiratet gewesen und hatte einen Sohn hinterlassen, der zu der Zeit schon längst erwachsen war. Ihr Mann war damals schon seit einigen Jahren tot gewesen. Sie war gestorben, weil der Täter sie mit einem dieser saumäßig scharfen, japanischen Küchenmesser regelrecht abgeschlachtet hatte. Über dreißig Messerstiche!« Comissario Santos Blick fiel kurz auf das Foto der Frauenleiche, schaudernd wandte er sich kopfschüttelnd wieder ab.

»Wurde der Mörder gefasst, Javier?«

»Nein. Es hatte damals kaum Spuren oder Hinweise gegeben, es verlief alles im Sand!«

»Was ist mit den anderen Schlagzeilen und den anderen Leichen? Hast du da schon was rausgefunden?« Inspector Diaz nickte eifrig.

»Ja, am Barceloneta-Beach hatte man die sechzehnjährige Katie Hayes vor fast fünfzehn Jahren stranguliert aufgefunden, der Täter hatte sie zudem auch post mortem vergewaltigt!« Comissario Santos verzog angewidert das Gesicht. »Es war eine britische Touristin, die zu der Zeit einen Urlaub mit ihrer Freundin in Barcelona verbracht hatte. Ihre Reisebegleitung hatte noch Glück gehabt. Der Freundin hatte er nichts angetan gehabt. Auch hier war der Täter leider nicht gefasst worden.« Comissario Santos ging zur Kaffeemaschine, um wieder seinen Becher aufzufüllen. Er drehte sich zu seinem Kollegen um.

»Rede ruhig weiter, Javier, ich höre dir ganz aufmerksam zu!«

»Der nächste Mord hatte sich nur wenige Tage später ereignet. Kurz nachdem die arme Katie, warum auch immer, sterben musste, hatte sich der Killer die dreiundzwanzigjährige Valeria Mendoza geschnappt. Man hatte sie am Port Vell auf einer dieser superteuren Jachten gefunden. Sie hatte an Deck gelegen, nackt und mit aufgeschlitzter Bauchdecke. Valeria war eine Obdachlose gewesen, anscheinend ohne Angehörige, niemand hatte sie als vermisst gemeldet oder betrauert. Auch hier war der Täter davongekommen, ohne gefasst zu werden. Wenn es ein Serienmörder ist, hatte dieser Mistkerl entweder verdammt viel Glück oder war verflucht clever.« Comissario Santos stellte sich mit seinem Becher an den Schreibtisch seines Kollegen.

»Gibt es irgendwelche Auffälligkeiten oder Gemeinsamkeiten Javier? Wurde schon etwas vermerkt oder hast du vielleicht noch etwas entdeckt?« Inspector Diaz saß an seinem Computer, scrollte kurz durch die Berichte, warf einen Blick auf die drei Fotos der Opfer und schüttelte nach kurzem Zögern den Kopf.

»Nein, ich habe leider nichts entdeckt. Das Einzige, was mir auffällt, ist, dass Katie und Valeria optisch eine gewisse Ähnlichkeit mit Lara haben.« Er zupfte nachdenklich an seinem Spitzbart.

»Und ebenfalls mit Alicia«, fügte Comissario Santos hinzu, »das *kann* Zufall sein, vielleicht aber auch nicht. Danke für deine Recherchen, Javier. Du siehst aus, als könntest du Kaffee vertragen. Ich hol dir eben einen. Und dazu ein paar Mandelkekse.« Comissario Santos zwinkerte ihm zu.

Kapitel Sechzehn

Der Entführer hämmerte immer lauter an die Tür. »Nachbar, bist du da?« Er lachte dreckig. Er öffnete die Metallklappe und schaute hinein. Lichtstrahlen fielen in den kühlen Raum. Marco sprang auf und schwieg. Sein Peiniger schloss auf, und mit einem durch Mark und Bein gehenden Quietschen öffnete er Marcos Zellentür. Der Unbekannte trat langsam ein. Dieses Mal trug er eine Donald Duck-Maske und einen kleinen Stoffbeutel in der Hand. Er schloss die Tür. »Warum antwortest du nicht, wenn ich dich was frage?«, wollte er wissen. Er sprach sehr leise und deutlich mit leicht rauer Stimme. Dann schrie er: »Warum?«

»Ich ... ich weiß es nicht«, stotterte Marco ängstlich. Ohne Vorwarnung trat er blitzschnell Marco mit voller Wucht in die Genitalien. Dieser schrie auf, krümmte sich und sackte keuchend auf dem Steinboden zusammen. Bäuchlings lag er da und schnappte nach Luft. Der

Entführer kniete sich neben ihn und öffnete seinen Stoffbeutel. Dann drehte er mit Gewalt Marcos linken Arm auf den Rücken, und den rechten ebenfalls. Marco schlug dabei mit dem Kinn am Boden auf. Sein Kidnapper hatte ein Seil gezückt und fesselte mit wenigen, schnellen Handgriffen Marcos Hände stramm auf dem Rücken.

»Nun hör auf zu jammern, sonst bekommst du Nachschlag, im wahrsten Sinne des Wortes!« Der Unbekannte stieß ihn noch einmal kurz und kräftig mit dem Fuß an. »Ich komme nachher noch mal vorbei, wenn ich Lust und Zeit habe.« Er ging zur Tür, drehte sich zu ihm um und hob winkend die Hand. »Bis demnächst! Ich besuche mal wieder deine stinkende Nachbarin. Die sitzt bestimmt da und lauscht.« Er zog die Tür hinter sich zu und verschloss sie wieder. Die Klappe ließ er diesmal offen, so dass noch etwas Licht in die Zelle kam. Er ging pfeifend ein paar Schritte und hämmerte dann gegen ihre Tür. Lara stieß einen kurzen Schrei aus. »Hola, Frau Nachbarin. Ich wollte mal schauen, wie es dir so geht«, hörte Marco ihn sagen. Offenbar öffnete er ebenfalls bei Lara die Metallklappe. Marco vernahm, dass Lara immer schneller atmete und schließlich »Nein, nein, bitte nicht« flüsterte. Der Entführer schien Laras Zelle zu betreten. »Ist dir so kalt, dass du dir die Jacke bis oben hin hochziehst? Nackt gefällst du mir um einiges besser. Die neue Frisur steht dir übrigens gut.« Er lachte hämisch.

»Nein, nein. Nicht anfassen«, brach es aus ihr heraus. Sie weinte schluchzend. Wieder lachte er.

»Ich fasse dich so oft und so lange ich will an, merke

dir das. Du bist meine Gefangene und hast mir gar nichts zu sagen. Ich rate dir, mich nicht wütend zu machen!« Er schien ihr eine schallende Ohrfeige zu verpassen. Sie schrie auf. »Du bist schmutzig und stinkst. Du bräuchtest mal wieder eine kräftige Dusche, Weib!« Zwischenzeitlich war Marco mühsam aufgestanden, hatte sich an die Mauer geschleppt und lauschte mit angehaltenem Atem, was in Laras Zelle vor sich gehen mochte. Er sprach kein Wort. Zu groß war seine Angst, dass er den Entführer damit noch wütender machen würde. Und vielleicht müsste Lara dann dafür büßen, wenn er sich einmischte. Ihr Peiniger schrie zornig auf. »Du wagst es, nach mir zu schlagen und mich zu treten? Na warte, ich werde dich genauso fesseln wie deinen Nachbarn, der garantiert lauscht. Aber dir werde ich noch zusätzlich die Füße fesseln. Das ist dir hoffentlich eine Lektion!« Marco hörte Geräusche, als würde der Entführer mit Lara ringen.

»Nein, nein. Aufhören. Was habe ich Ihnen denn getan? Womit habe ich das verdient? Was hat Marco denn verbrochen?« Er lachte höhnisch.

»Vielleicht erzähle ich es euch, vielleicht aber auch nicht. Ich weiß nur, dass ich mit dir Spaß haben möchte. Doch es sollte schon etwas lebhafter zugehen als letztes Mal und vielleicht auch mal ein paar andere Stellungen oder mit Spielzeug! Ach, mir fällt garantiert etwas ein!« Marco blickte wütend vor sich hin und atmete tief durch. Der Entführer lachte, seine Schritte entfernten sich. »Ich komme später vielleicht noch mal zu euch.« Dann schloss er Laras Zellentür zu und verschwand wieder mit seinem gewohnten Pfeifen. Sekundenlang war es still. Lara begann zu schluchzen.

»Marco, hörst du mich?«

»Ja, schon die ganze Zeit. Dieses verfluchte Schwein. Er hat mir in die Weichteile getreten und mir die Hände auf den Rücken gefesselt. Dir auch?«

»Ja, ich habe seine Hand weggeschlagen, als er mein Gesicht berühren wollte und ihn getreten. Deshalb hat er noch meine Füße gefesselt. Später kommt er wieder. Vielleicht. Was hat er nur vor?«

»Gute Frage, Lara. Etwas, dass uns nicht gefallen wird, fürchte ich.«

»Ich weiß gar nicht, was ich schlimmer finde. *Dass* er wieder kommt oder dass er *vielleicht* wiederkommt. Wenn er will, taucht er nie wieder auf und lässt uns hier qualvoll verhungern und verdursten.« Marco schluckte, sein Kopf dröhnte und sein Unterleib schmerzte immer noch gewaltig.

»Du hast recht. Dieses ›vielleicht, vielleicht auch nicht‹, ist fast noch schlimmer. Wenigstens ist es jetzt etwas heller hier drin.«

»Ja, ich habe bisher gar nichts sehen können, bis auf die wenigen Momente, in denen er da war. Ich weiß schon gar nicht mehr, welchen Wochentag wir haben und ob es Tag oder Nacht ist.« Marco sah sich in seiner Zelle um.

»Das weiß ich mittlerweile auch nicht mehr. Aber wir haben jetzt zumindest etwas Licht. Es sieht aus wie von einer Lampe, nicht wie Tageslicht. Vielleicht Leuchtröhren. Ich wüsste zu gerne, wo wir sind. Das könnte uns möglicherweise helfen, hier irgendwie rauszukommen.«

»Du bist noch nicht so lange hier wie ich und noch optimistisch. Ich habe die Hoffnung aufgegeben, hier mal rauszukommen. Und wenn überhaupt, dann nicht lebendig!« Marco ging langsam in seiner Zelle umher und schaute sich alles sehr ausführlich an.

»Bitte sag so etwas nicht, Lara. Du darfst nicht aufgeben. Negative Gedanken ziehen Negatives an. Deswegen musst du versuchen, positiv zu denken, auch wenn es verdammt schwer ist und du verzweifelt bist. Wir müssen doch dafür sorgen, dass der Kerl seine gerechte Strafe erhält. Ist dir irgendwas Markantes an ihm aufgefallen, an der Stimme oder am Körper? Muttermale, Narben, Tattoos?«

»Nein, leider nicht.«

»Was hat dieser Wichser mit dir gemacht, bevor ich hierherkam?«

»Körperlich nichts. Er hat mir Essen und Trinken reingeworfen, er hat mich beschimpft, beleidigt, mir gedroht und mir Angst eingejagt. Meistens war es die ganze Zeit pechschwarz. Bis vor kurzem war er auch noch nie in meiner Zelle drin.«

Marco schaute zu der Wand, hinter der Lara saß. »Was meinst du denn mit Angst eingejagt?«

»Na ja, zum Beispiel dieses ›Vielleicht-vielleicht-auch-nicht-Spielchen‹, was er so gerne macht. Oder er sagte mal, dass mich eh keiner finden wird, mich keiner vermisst und niemand nach mir sucht. Das alles meine Schuld sei. Dass er mir nie wieder Trinken und Essen bringt. Oder dass ich es zutiefst bereue, wenn ich nicht brav bin. So etwas halt!« Marco schüttelte fassungslos den Kopf.

»Einer der schlimmsten Sätze war: Wenn du nicht brav bist, werden andere draußen wegen dir leiden.« Marco stampfte wütend mit dem Fuß, Lara schrie auf.

»Entschuldige bitte, ich wollte dich nicht erschrecken. Aber dieser Mistkerl.

Er muss dafür büßen, auf jeden Fall!« Einen Moment war es still.

»Ja, allerdings! Und deshalb muss ich mich ab jetzt zusammenreißen, damit wir überleben und hier wieder rauskommen.«

»Genau, wir müssen ihn irgendwie zum Reden bringen und bei Kräften bleiben. Deswegen sollten wir versuchen, etwas zu schlafen«, schlug Marco vor.

»Du hast recht. Das sollten wir.«

Nach einiger Zeit hämmerte es plötzlich wieder lautstark an ihre Türen. Marco schrak hoch, Lara stieß einen spitzen Schrei aus.

»Seid ihr wach, Häftlinge?« Der Unbekannte lachte ausgelassen. Er schien etwas vor den Türen abzustellen und hin -und herzuschieben. Marco lauschte angespannt.

»Ich habe mir gedacht, ihr könntet etwas Unterhaltung gebrauchen, es ist ja immer so still bei euch. Musik ist doch was Schönes, oder? Hier können wir auch die Boxen so laut aufdrehen, wie wir mögen. Ihr habt mich ja öfter gefragt, wo ihr seid. Ich verrate euch etwas: Wir sind in einem Kellergewölbe und stören keine Menschenseele mit unserer Musik. Niemand kann uns hören, keine

Angst!« Marco schwante Böses. Ihr Peiniger schien einige Knöpfe und Schalter zu drücken und auf einmal erklang klassische, beruhigende Musik. »Könnt ihr was hören?«, erkundigte er sich. »Ihr sagt ja nix. Ich glaube, ich muss noch etwas lauter machen.« Gesagt, getan.

Musik in ohrenbetäubender Lautstärke erfüllte die Zellen, Marco und Lara schrien auf. »So, das sollte doch ausreichen«, brüllte der Entführer. »Ich wünsche euch beiden einen schönen Abend und später eine gute Nacht. Bis morgen.« Dann war nur noch dröhnende, wummernde Musik zu hören. Er war wirklich wieder gegangen.

»Oh mein Gott!«, kreischte Lara, »das hält man ja nicht aus! Es vibriert und hämmert in meinem ganzen Körper!« Marco ächzte.

»Es fühlt sich an, als würde mein Kopf jeden Moment explodieren.« Lara fing an zu weinen. »Ich werde wahnsinnig! So können wir doch nicht schlafen. Wir können uns noch nicht mal die Ohren zuhalten, weil wir gefesselt sind. Was haben wir denn bloß verbrochen?«, brüllte sie, so laut sie konnte.

»Das wird er uns nicht verraten, glaube ich«, schrie Marco zurück. »Es macht ihm mehr Spaß, uns im Ungewissen zu lassen. Dieses Arschloch! Wenn ich hier jemals rauskomme, werde ich mich rächen und mach ihn fertig!« Rasend vor Wut schrie er, so laut er konnte. Vor seinem inneren Auge blitzte eine Szene auf, in der Marco seinem Entführer mit einem triumphierenden Aufschrei die Maske herunterriss. Dann würgte er ihn, bis sein Peiniger nur noch ein leises Gurgeln von sich gab. Marco schlug ihn mit dem Kopf immer und immer wieder auf den Steinboden, bis sich Blut ausbreitete und die Augen förmlich herausquollen. Schließlich kippte der Kopf seines Entführers zur Seite und er blieb leblos liegen. »Ja, ich werde dich töten!«, kreischte Marco, lachte hysterisch und trat mit dem Fuß gegen die Mauer. »Ich muss nur hier rauskommen!«

Kapitel Siebzehn

Die Musik dröhnte seit Stunden qualvoll, ohne Unterbrechung. Es gab abwechselnd Klassik, Pop, Rock, Heavy Metal, Rap und lustige Kinderlieder, alles stets in einer ohrenbetäubenden Lautstärke. Lara saß zusammengekauert auf ihrer Jacke mit angezogenen, gefesselten Knöcheln. Sie starrte ausdruckslos vor sich hin und wiegte sich dabei vor und zurück. Die Handgelenke taten ihr furchtbar weh von den Stricken, die ihr ins nackte Fleisch schnürten. Die Schultern schmerzten ebenfalls durch die erzwungene, zurückgebogene Haltung ihrer Arme. Es fiel immer noch Licht in ihre Zelle. In keiner einzigen Sekunde war Schlaf möglich gewesen. Lara fühlte sich so erschöpft und völlig übermüdet wie noch nie in ihrem Leben. Ihr ganzer Körper vibrierte und summte, verursacht durch die stetig hämmernde, durchdringende Musik. Sie hatte längst aufgegeben, sich mit Marco zu unterhalten. Es war bei dem Lärm unmöglich und eine Strapaze für die

Stimmbänder. Sie fragte sich, wie es wohl Marco erging. Er hatte zu Anfang geschrien und dann kam nur noch wenig von ihm. Wie spät es wohl sein mochte? Wie lange wurden sie schon mit der Musik gefoltert? Plötzlich hob Lara den Kopf. Sie konnte es kaum glauben. Alles war totenstill, wie auf Knopfdruck. Nur in ihren Ohren rauschte es. Ungläubig schaute sie mit großen Augen Richtung Tür, hinter der sie die Lautsprecher vermuteten.

»Marco, hörst du mich?«

»Ja, aber ziemlich dumpf. Was ist passiert? Wieso ist die Musik aus?« Lara zuckte mit den Schultern. »Ich weiß es nicht. Ist das ein gutes Zeichen?«

»Das werden wir, denke ich, bald erfahren, ob wir wollen oder nicht. *Wenn* er wieder auftaucht.« Lara keuchte. »Du meinst, *falls* er auftaucht!«

»Nein, er *wird* auftauchen, tausendprozentig! Der Mistkerl ist doch mit Sicherheit scharf drauf zu sehen, wie es uns nach seiner kleinen musikalischen Einlage geht. Er muss doch gaffen kommen!« Lara kniff die Augen zusammen.

»Da magst du wahrscheinlich recht haben. Er ist zu neugierig und will natürlich den Anblick genießen!«

»Autsch, ich glaube, ich habe mir einen Tinnitus eingefangen! Mein rechtes Ohr pfeift ganz schön!«, klagte er.

Lara hörte Schritte. Marco schien wohl langsam in seiner Zelle hin und her zu gehen. »Und wie geht es dir sonst Lara? Hast du immer noch so starke Schmerzen?« Lara senkte traurig den Blick. »Es ist schon etwas besser geworden. Danke, dass du fragst. Und wie sieht es bei dir aus?« Marco lachte freudlos.

»Mir geht es so la-la. Aber du hast viel mehr ertragen müssen als ich. Ich kann mich auch mehr bewegen als du! Du bist ja verschnürt wie ein Paket!« Lara versuchte ihre Hände in den Fesseln zu bewegen.

»Ja, ich hätte ihn wohl nicht treten dürfen. Das mochte er anscheinend überhaupt nicht.« Es verging einige Zeit, in der es still war. Lara fielen allmählich die Augen zu, so übermüdet war sie. Marco ging es vermutlich auch nicht viel besser. Als sie schon fast am Einschlafen war, hörte sie das gefürchtete Pfeifen. Er hämmerte wieder gegen die Türen und brüllte »Na ihr beiden Knackis!« Der Entführer ging zu Laras Zelle und fragte durch die Klappe, ob sie gut geschlafen hätte. Sie sagte kein Wort und versuchte ihn zu ignorieren. »Deine neue Frisur gefällt mir heute irgendwie gar nicht. Ob ich noch mal nachschneiden muss?«, provozierte er sie laut. Lara tat so, als würde sie ihn nicht hören. »Bist du mittlerweile taub Nachbarin? Soll ich mal mit schöner Musik testen?« Er lachte gehässig.

»Nein!«, brach es aus ihr heraus, sie schüttelte heftig mit dem Kopf.

»Okay, du bist ja doch nicht taub. Ihr solltet verdammt nochmal antworten, wenn ich euch Fragen stelle. Unterhaltungen sind sonst so schwierig und einseitig. Weißt du eigentlich Nachbarin, dass du heute eine ganze Woche hier bist? Heute ist Montag und seit letztem Montag bist du hier und bereitest mir so viel Freude.« Der Entführer schien gemächlich zu Marcos

Tür zu gehen und schloss dort pfeifend die Tür auf. »Hola Häftling!«, kicherte er unter seiner Donald Duck-Maske. »Mitkommen! Los. Bewegung, Bewegung!«, forderte der Unbekannte ihn harsch auf. Lara traute ihren Ohren nicht. Wo brachte er Marco hin? Sie wusste, sie würde wahnsinnig werden, wenn sie wieder ganz allein sein müsste. Mit angehaltenem Atem lauschte sie.

»Was? Aber wo wollen Sie denn mit mir hin?«, stammelte Marco.

»Halt die Schnauze! Mitkommen. Und keine dummen Ideen Freundchen. Sonst wirst du es bereuen. Oder sie. Oder ihr beide. Und nun ein bisschen Beeilung, ja?«

Kapitel Achtzehn

Das erste Mal seit einer gefühlten Ewigkeit verließ der gefesselte Marco seine Zelle. Sein Entführer drückte ihm einen Revolver in den Rücken. »Mach ja keine Dummheiten, Freundchen, sonst wirst du es bereuen!«, knurrte er heiser. Marco versuchte, so viele Eindrücke wie nur möglich aufzunehmen. Sie gingen auf einem steinernen, unebenen Fußboden, der wie Kopfsteinpflaster aussah. Altertümliche Mauern, die dick wirkten, mehrere Leuchtstoffröhren und ellenlange, zum Teil tropfende Wasserrohre an den endlos scheinenden Wänden sowie an der Decke. Eine steinerne Treppe mit unregelmäßig wirkenden Stufen führte hinauf. Die Luft roch muffig-feucht, erdig und abgestanden. Auf dem Boden standen noch, wie vermutet, eine kleine Musikanlage und zwei Lautsprecher. Nach nur wenigen Schritten stoppten sie offenbar vor Laras Zelle. »Stehenbleiben!«, befahl der Entführer grob, schloss die Tür auf und schubste Marco in Laras Gefängnis. Überrascht starrte sie ihn an und hauchte seinen Namen. »Ich bringe dir Nachbarschaftsbesuch. Freust du dich?«, fragte ihr Peiniger. Marcos Herz krampfte sich zusammen. Er blickte Lara fassungslos an. In dem Moment wusste er, dass er ihren Anblick niemals wieder vergessen würde. Lara saß verschnürt gegen die Mauer gelehnt und sah absolut mitleiderregend aus. Sie hatte scheinbar einiges an Gewicht verloren, die Schlüsselbeine traten deutlich sichtbar hervor. Schrammen und blaue Flecken verteilten sich über ihren ganzen Körper und ihrem Gesicht. Ihre Haare waren raspelkurz und sahen aus wie von Ratten angeknabbert. Ihre verweinten Augen lagen tief, ihre Lippen waren aufgeplatzt und blutig verkrustet. Der Entführer schob Marco weiter zu ihr, immer noch mit dem Revolver an den Rippen. Dann griff er in seine Hosentasche und zog einen länglichen Gegenstand heraus, den er auseinanderzuziehen schien. Es war ein Dolch in einer Scheide. Damit näherte er sich Marco, und ehe sich dieser versah, waren seine Fesseln an den Händen durchgeschnitten. Marco rieb sich die Handgelenke und schaute seinen Peiniger erstaunt an. Dieser warf den Dolch auf den Zellenboden und wedelte mit dem Revolver vor Marcos Gesicht herum. »Los, heb den Dolch langsam auf und befreie sie von ihren Stricken, aber schön vorsichtig! Ich sehe alles!«, warnte er ihn. Zögerlich beugte sich Marco hinunter und nahm den Dolch an sich.

»Dreh dich um Lara, mit dem Rücken zu mir!", bat er

sie sanft. Umständlich folgte sie seiner Bitte. Der Dolch glitt fast wie von selbst durch die Fesseln und endlich konnte sie auch wieder ihre Arme und Hände frei bewegen. Sie atmete tief durch und massierte ebenfalls ihre Handgelenke. Fragend schaute Marco zum Kidnapper.

»Na hopp, die Knöchel auch. Oder brauchst du dafür eine Extraeinladung?«, knurrte dieser und zielte mit dem Revolver auf sein Gesicht. Marco zerschnitt auch diese Seile. Vorsichtig bewegte Lara ihre Beine und strich über ihre Knöchel. Der Entführer nickte zufrieden und meinte »So, nun kommen wir zum spaßigen Teil. Jedenfalls für mich.« Marco und Lara schauten ihm alarmiert zu, als er erneut in seine Hosentasche griff, den Revolver immer noch auf die beiden gerichtet. Er beförderte zwei sehr lange, schwarze Schals zutage, die er Marco in die Hände drückte.

»Was soll ich damit?«, fragte er irritiert.

»Du wirst ihr jetzt die Augen verbinden und zwar ganz fest und zwar so lange, bis sie nicht mehr hindurchsehen kann. Und sie macht das Gleiche bei dir!«, verlangte ihr Peiniger. Als Marco zögerte, brüllte er »Sofort!« Lara nickte Marco zu. Dann schlang er den Schal mehrmals um ihren Kopf und knotete ihn fest zusammen. Als Test machte er eine Faust und täuschte einen Boxhieb vor. Sie zuckte nicht zurück.

»Jetzt du, Lara!« Er gab ihr den anderen Schal in die Hände. Sie tastete nach Marcos Kopf und verband ihm ebenfalls, mühsam und holperig, die Augen.

»Und nun setzt euch nebeneinander an die Mauer!«

Sie taten, was er verlangte. »Sehr gut. Und nun der krönende Abschluss: Ich setze mich euch gegenüber hin. Wenn sich einer von euch bewegt, werde ich den anderen erschießen!« Wieder lachte er böse.

»Oh mein Gott«, rief Marco entsetzt. Er hörte Lara erschrocken nach Luft schnappen. Beide verharrten regungslos. Der Entführer summte gut gelaunt. Für Marco war es die reinste Qual. Eine Minute fühlte sich wie eine Stunde an. *Was ist, wenn ich niesen oder husten muss oder einen Krampf kriege?* dachte er panisch und versuchte sofort, sich lieber angenehme Sachen vorzustellen. Irgendwann hatte das Summen aufgehört, die Gefängnistür quietschte und fiel zu. War er etwa wieder gegangen?

»Ist er weg, Marco? Mein linker Arm ist eingeschlafen. Ich muss ihn bewegen.«

»Ja, es hört sich so an, als wäre er wirklich weg!«

Marco versuchte, eine angenehmere Sitzhaltung zu finden.

»*Was* habe ich vorhin gesagt? Spreche ich etwa Suaheli?« Lara kreischte auf. »Das war ein Test!« Marco raunte »Verdammt!« und nahm mit wild pochendem Herzen wieder die vorige Haltung ein. »Noch eine Bewegung und es knallt. Ich habe gerade ganz nervöse Finger, Leute.« Lara wimmerte. Marco versuchte sich krampfhaft gerade zu halten. Gerne hätte er sich mit Lara unterhalten, doch er wusste, dass es *ihn* nur noch wütender machen würde. Marcos Augen wurden schwer, alles schien zu verschwimmen. Er verlor den Kampf gegen den Schlaf und konnte nichts dagegen tun. So kippte er langsam zur Seite. Ein ohrenbetäubender Lärm folgte umgehend, ein zweiter kurz danach. Marco zuckte mit schmerzverzerrtem Gesicht zusammen. Lara schrie auf. Dann hörte er nichts mehr von ihr, eine mächtige Stille breitete sich schlagartig aus und ließ ihn bis ins Mark erschüttert zurück.

»Nein«, schrie er und immer wieder, » Lara, oh Gott, nein.« Es folgte ein verächtliches Lachen, das nicht enden wollte. Dann hörte er das erregte Atmen seines Peinigers, der immer näher zu kommen schien.

»Beruhige dich. Jetzt habt ihr noch Glück gehabt und ich habe nur auf die Mauer gezielt! Das nächste Mal mache ich ernst. Deine Nachbarin lebt, ich habe gerade ihren Puls gefühlt. Sie ist anscheinend kurz ohnmächtig geworden. Gleich müsste sie wieder zu sich kommen!« Marco stöhnte. Ihm war schlecht und er musste sich übergeben. Er hörte ein leises Aufstöhnen. Laras Stimme.

»Wo bin ich? Was ist passiert?«

»Ihr könnt die Schals nun abnehmen. Lass dir von ihm berichten, was geschehen ist. Ich werde euch jetzt verlassen und wünsche euch noch einen schönen Tag! Vielleicht bekommt ihr nachher noch etwas Verpflegung von mir. Mal schauen. Ich muss sehen, ob ich nachher noch mal Zeit habe, vorbei zu kommen! Adios Häftlinge!« Pfeifend verließ er die Zelle, schloss die Tür ab und ließ beide dort gemeinsam zurück.

Die Klappe blieb weiterhin offen. Hastig wickelten sie die Schals ab, während Marco ihr von dem absichtlichen Fehlschuss erzählte.

»Ich kann nicht mehr! Ich will nicht mehr!«, stammelte Lara und trommelte mit den Fäusten gegen die Wände. In dem Moment war ihr herzlich egal, ob der Entführer wirklich fort war oder nicht! »Ich will hier raus!«, kreischte sie.

Kapitel Neunzehn

Der silberne VW Touran hielt vor dem Gebäude des Sportvereins. Die Sonne stand gegen ein Uhr an ihrem höchsten Punkt. Comissario Santos parkte den Wagen, legte sein Jackett auf den Rücksitz und setzte seine Sonnenbrille auf. Inspector Diaz und er stiegen aus. Inspector Diaz öffnete die Heckklappe, erfreut bellend sprang Athos heraus. Comissario Santos leinte ihn an. »Kann ich Ihnen irgendwie helfen?«, rief jemand. Sie drehten sich um und sahen einen schlaksigen, recht jungen, dunkelblonden Mann in Tenniskleidung. Mit einem leicht arroganten Blick schwang er den Tennisschläger in seiner rechten Hand hin und her.

»Hola, ich bin Comissario Miguel Santos, das ist mein Kollege Inspector Javier Diaz. Wo finden wir den Trainer der Bogenschützen?« Der junge Mann zeigte auf einen älteren Herrn mit einer roten Sportkappe.

»Da haben Sie aber Glück, das ist mein Vater da

vorne, Guillermo Rodriguez! Er lehrt Bogen -und Armbrustschießen. An ihn können Sie sich wenden, wenn Sie Fragen haben.« Sein Blick fiel auf Athos, der auf der Erde saß und zu ihm hochschaute. »Aber Ihren Hund müssen Sie draußen lassen. Der darf nicht ins Gebäude!«

»Das haben wir uns schon gedacht«, meinte Comissario Santos.

»Ich muss jetzt weiter, meine nächste Trainingsstunde beginnt gleich! Ich wünsche Ihnen noch einen schönen Tag!« Der Sohn nickte den beiden zu und stolzierte steif Richtung Tennisplatz.

»Unsympathischer Kerl«, stellte Inspector Diaz fest und schaute dem Junior hinterher.

»Du musst ihn ja nicht heiraten. Na dann auf, Javier. Vielleicht hat Señor Rodriguez ja Zeit für uns.« Comissario Santos rief »Señor Rodriguez!«, winkte ihm kurz zu und ging ihm entgegen. Der Mann mit der roten Kappe hob den Kopf und sah in seine Richtung.

»Ja bitte?«

»Haben Sie einen Augenblick Zeit? Wir sind von der Polizei Barcelona!« Señor Rodriguez wirkte erschrocken.

»Oh Moment, ich bin sofort bei Ihnen, ja?« Er stand hinter einer Frau, die versuchte, ihren Bogen zu spannen und redete kurz leise mit ihr.

Sie nickte, er kam auf die Polizisten zu und blieb ebenfalls am Zaun stehen. Athos bellte zweimal und wedelte freundlich. Señor Rodriguez lächelte und fragte »Darf ich ihn mal streicheln?« Comissario Santos lachte.

»Ich fürchte, Athos besteht darauf!« Der Trainer

beugte sich hinunter und streichelte dem Schäferhund über den Kopf. Athos schloss genüsslich seine Augen. Dann richtete sich Señor Rodriguez wieder auf und blickte die beiden erstaunt an. »Ich bin Comissario Miguel Santos, das ist mein Kollege Inspector Javier Diaz.«

»Was ist passiert? Bin ich zu schnell gefahren oder so was?«

»Das wissen wir nicht. Deswegen sind wir jedenfalls nicht hier, leider. Wir haben eine Vermisstenmeldung erhalten. Wir würden Ihnen gerne einige Fragen dazu stellen, wenn es Ihnen recht ist.« Señor Rodriguez legte die Stirn in Falten.

»Um wen handelt es sich denn?«

»Es handelt sich um Lara Cortez. Sagt Ihnen der Name etwas?«, wollte Comissario Santos wissen und ließ ihn nicht aus den Augen. Der Trainer zuckte zusammen und schaute schockiert.

»Lara? Oh Gott, das ist eine meiner Schülerinnen. Vermisst sagen Sie?«

»Ja, Señor Rodriguez. Wann und wo haben Sie sie das letzte Mal gesehen?«, fragte Comissario Santos. Inspector Diaz zückte seinen Notizblock.

»Hm, lassen Sie mich überlegen. Das muss wohl Mitte des Monats gewesen sein, an einem Freitag, glaube ich. Da war sie hier und hatte trainiert. Ja, da hatte sie ihren letzten Arbeitstag vor ihrem Urlaub. Sie hatte sich so darüber gefreut und es mir erzählt. Lara war erleichtert, dass sie Daniel erst mal nicht mehr sehen musste!«

»Daniel?«, hakte Inspector Diaz nach, während er eifrig Notizen machte.

»Ja, Daniel Simon, ihr Chef im Reisebüro. Der scheint wohl mitunter ein echter Stinkstiefel zu sein, der gerne seine Angestellten schikaniert, belästigt und begrabscht.«

»Wie kommt Lara damit klar?«, fragte Comissario Santos.

»Oft überhaupt nicht. Immer wieder sagt sie, dass sie die Arbeitsstelle wechseln will, weil dieser Daniel so zudringlich ist. Und er ist wohl oft schnell aggressiv. Vielleicht, weil er bei Lara nicht landen kann. Selbst bei ihrer Freundin versucht er sein Glück. Ihr Name fängt, glaube ich, mit einem ›A‹ an!«

Señor Rodriguez steckte sich eine Zigarette an und nahm einen tiefen Zug.

»Nun mal wieder zu Ihnen. Wie würden Sie ihr Verhältnis zu Lara beschreiben, Señor Rodriguez?« Señor Rodriguez blies den Rauch aus.

»Wir mögen uns. Sie ist ein sehr freundlicher, angenehmer und zuverlässiger Mensch.« »Wollte Lara in ihrem Urlaub verreisen? Hat sie etwas erwähnt?« Señor Rodriguez schüttelte den Kopf.

»Ich habe keine Ahnung, ob sie verreisen wollte oder was sie sonst so geplant hatte.

So viel Zeit zum Reden haben wir ja auch nicht immer unbedingt.«

»Hat Lara irgendwelche Feinde oder jemanden verärgert?«

»Comissario Santos, sie ist zu allen immer sehr nett

und hilfsbereit. Obwohl, mir fällt gerade etwas auf.« Er schaute nachdenklich.

»Was denn, Señor Rodriguez?«, fragte Inspector Diaz und blickte von seinem Block auf.

»Einen meiner Schüler kann ich überhaupt nicht einschätzen. Marco ... Marco Escobar heißt er, arbeitet als Kellner in El Born. Der hat Lara immer so intensiv und ernst gemustert. Erst seit kurzem sind Lara und er mehr ins Gespräch gekommen. Mir gegenüber ist er allerdings immer noch wortkarg. Ein komischer Typ. Er war übrigens auch das letzte Mal an dem Freitag hier. Hab ihn seitdem nicht mehr gesehen.« *Er redet nicht gut von seinem Schüler und scheint ihm nicht recht zu trauen. Vielleicht ist er eifersüchtig auf diesen Marco,* überlegte Comissario Santos. Er wechselte einen Blick mit Inspector Diaz und nickte ihm zu. Dieser schloss daraufhin seinen Notizblock.

»Sie haben uns sehr geholfen, Señor Rodriguez, vielen Dank. Wenn Ihnen noch etwas einfällt, rufen Sie uns bitte an.« Sie verabschiedeten sich von ihm und brachen auf, Señor Rodriguez ging zurück zu seinen Schülern.

Kapitel Zwanzig

Comissario Santos und Inspector Diaz gingen zurück zum Wagen, Athos trottete brav hinterher. Er sprang, nachdem Comissario Santos die Heckklappe geöffnet hatte, hinein und legte sich dort auf seine Hundedecke. »Ein vorbildlicher Diensthund«, lobte Inspector Diaz und nickte anerkennend. Sie stiegen in den VW Touran und Comissario Santos ließ den Motor an. Er blickte zu seinem Kollegen und fragte »Und Javier? Was hältst du vom Trainer?«

»Er wirkte auf mich recht sympathisch, eigentlich nicht verdächtig. Oder was meinst du?«

»Auf mich wirkte er fast etwas eifersüchtig auf diesen Marco. Und sympathische Leute sind nicht immer harmlos. Ich bin unschlüssig, ob er verdächtig ist. Hm, jetzt erst mal zu Daniel Simon, oder?« Inspector Diaz nickte und schnallte sich an.

»Der klingt alleine vom Hörensagen schon suspekt, finde ich!«

»Ja, aber wie gesagt, nett heißt nicht unbedingt unschuldig. Genauso wie nicht jeder Stinkstiefel gleich ein Mörder ist. Viele Mörder wirken unheimlich sympathisch. Macht es Laras Chef gleich automatisch zu einem Verbrecher oder Entführer, nur weil er ein Choleriker ist? *Wenn* Lara Cortez überhaupt entführt wurde!«

»Davon gehe ich aus. Sie schien keinen Grund zum Weglaufen gehabt zu haben. Zumindest meinen das ja Alicia Morales und Guillermo Rodriguez!« Comissario Santos hob seine Schultern und ließ sie wieder sinken. Den Rest der Fahrt zum Reisebüro legten sie schweigend zurück, aus dem Autoradio erklangen Oldies. Als sie am Ziel angekommen waren und das Auto geparkt hatten, betraten sie das Geschäft. Das Windspiel klimperte, als sie durch die Tür gingen. Alicia sah von ihren Reiseunterlagen auf, schaute irritiert und erhob sich von ihrem Stuhl.

»Hola, Comissario Santos, Inspector Diaz. Und Athos haben Sie auch dabei. Was ist passiert? Ist was mit Lara?«

»Hola Señora Morales, nein, es gibt nix Neues, Ihre Freundin betreffend. Wir würden gerne Ihren Chef sprechen.« Comissario Santos sah sich suchend um. Alejandro, der an seinem Computer saß, starrte ihn neugierig an, strich sich seinen langen Pony aus dem Gesicht und sagte leise: »Der ist eben gerade zur Post. Er müsste aber gleich wieder zurück sein!«

»Ah okay, dann warten wir doch, bis er wieder auftaucht, oder Javier?« Sie setzten sich auf zwei der vier Stühle, die um einen kleinen runden Tisch gruppiert waren, auf dem sich Kataloge, Gläser und eine Flasche Wasser befanden. Athos begab sich im Reisebüro auf Entdeckungstour, in dem er alles aufmerksam anschaute und beschnüffelte.

»Wie geht es Ihnen, Señora Morales?«, fragte Inspector Diaz Alicia, die auf beide zu ging und ebenfalls Platz nahm.

»Ich habe nicht gut geschlafen, weil ich Albträume hatte. Der Anrufer hat sich auch wieder mit ›Privater Nummer‹ gemeldet. Er hat laut geatmet und wieder gelacht und dann wieder aufgelegt. Mir geht viel durch den Kopf«, gab sie zu und schlug die Beine übereinander. Ihr Gesicht wirkte müde und besorgt.

»Ja, verständlich, wenn die beste Freundin verschwindet und man sich Gedanken macht. Und dann noch diese komischen Anrufe. Darf Athos überhaupt hier rein oder muss er vor der Tür warten?«, wollte Comissario Santos wissen. »Ein Schild gibt es hier nicht.«

»Wir sehen das nicht so eng, wenn der Hund sich still verhält und brav ist. Da ist sogar der penible Daniel lockerer.« Erneut erklang das Windspiel und Daniel trat ein. »Wenn man vom Teufel spricht«, raunte Alicia den Polizisten zu.

»Hola, da bin ich wieder«, grüßte Daniel lautstark. Sein Blick fiel auf Athos und er blieb abrupt im Türrahmen stehen. »Wem gehört denn der Hund da? Der hat wohl unsere Kataloge zum Fressen gern.« Athos beschnüffelte das unterste Katalogregal ausgiebig. »Ist das Ihr Hund?«, fragte er Comissario Santos.

»Ja, das ist mein Diensthund. Ich bin Comissario

Miguel Santos, und das ist mein Kollege, Inspector Javier Diaz. Wir sind wegen Ihrer Angestellten Lara Cortez hier.« Daniel stellte sich an den runden Tisch und steckte seine Hände in die Hosentaschen.

»Was ist mit Lara? Sie ist doch nicht tot, oder doch?«

»Daniel!«, rief Alicia entsetzt und schaute ihn wütend an. Comissario Santos wurde sofort hellhörig.

»Wie kommen Sie denn *darauf*, Señor Simon?«

»Na ja, Comissario und Inspector klingt ja nun nicht gerade so, als wären Sie beide wegen Falschparken hier.« Daniel grinste schief.

Comissario Santos fand Daniel auf Anhieb unsympathisch, ließ es sich aber nicht anmerken und versuchte seine flapsige Art zu ignorieren. »Es liegt eine Vermisstenanzeige für Lara Cortez vor und wir befragen nun Leute, mit denen sie näheren Kontakt hat.« Daniel wirkte überrascht.

»Vermisst sagen Sie? Was wollen Sie von mir wissen?«, erkundigte sich Daniel und schaute kurz zu Inspector Diaz, der sich bereits Notizen machte.

»Wie ist ihr Verhältnis zur Vermissten?«

»Ach, ein Verhältnis könnte ich mir schon mit ihr vorstellen. Sie ist ja wirklich ein echt heißer Feger.« Daniel lachte dreckig. Alicia stand murrend auf, verdrehte die Augen und ging zurück zu ihrem Schreibtisch.

»So ein Aas«, flüsterte sie Alejandro im Vorbeigehen zu und schaute Daniel verärgert an.

»Señor Simon, beantworten Sie bitte einfach meine

Frage«, forderte Comissario Santos ihn leicht ungehalten auf, »Wie ist ihr Verhältnis zu Lara?«

»Nun ja, sie ist freundlich und immer korrekt zu unseren Kunden und ihren Kollegen. Mir gegenüber ist sie anders. Oft leicht gereizt, wenig hilfsbereit und ab und zu auch kurz angebunden. Irgendwie stimmt die Chemie zwischen uns einfach nicht!« Daniel schaute missmutig und verschränkte die Arme vor der Brust. »Ich würde sie sowieso gerne nach Caldetas versetzen, da ein Freund von mir dort dringend Leute für ein Reisebüro sucht, welches er dort eröffnen will. Sie ist, denke ich, die richtige Person für diesen Posten dort. Und ich schulde ihm eh noch einen Gefallen. Ich brauche einige Unterschriften von ihr bis diesen Freitag, aber sie lässt uns lieber hängen. Sie könnte durch diese neue Arbeit viel mehr Geld verdienen.«

»Hängenlassen, Señor Simon? Glauben Sie etwa nicht, dass sie verschwunden ist oder gar entführt wurde?«, hakte Inspector Diaz nach.

»Ja, ganz genau. Sie wird wahrscheinlich irgendwo hingefahren sein, wo sie absolute Ruhe genießt und hat halt niemandem Bescheid gegeben. Lara hat Urlaub, letzte Woche und diese Woche auch noch.« Alicia erhob sich von ihrem Platz.

»Daniel, sie würde *mir* Bescheid geben. Ich bin ihre beste Freundin.«

Daniel warf ihr einen missbilligenden Blick zu. »Du hältst dich wohl für den Nabel der Welt, oder Alicia? Ach Weiber!« Er seufzte genervt. Daniel wandte sich Comissario Santos und Inspector Diaz zu. »Sind Sie nun fertig mit ihrer Fragestunde? Es liegt noch eine Menge Arbeit für uns an. Kommen Sie ein anderes Mal wieder, wenn Sie noch weitere Fragen haben. Ihnen noch einen schönen Tag!« Daniel verschwand in sein Büro, setzte sich gelassen hin und widmete sich wieder seinem Computer. Inspector Diaz räusperte sich kräftig. Seine Nasenflügel bebten, er steckte seinen Notizblock ein. Comissario Santos kannte seinen Kollegen lange genug und merkte ihm an, dass dieser sehr verstimmt über Señor Simon war. Comissario Santos sah zu ihm und hob beschwichtigend die Hand. Die Polizisten standen vom Tisch auf. Comissario Santos rief Athos zu sich. Das Windspiel klingelte, eine Kundin trat ein. Die junge Frau schaute sich neugierig im Reisebüro um. Sie trug schwarz von oben bis unten, war stark geschminkt und hatte violett gefärbte, überschulterlange Haare. In ihrer Nase steckte ein Ring und ihre Hände waren tätowiert. Sie zitterte und sah kränklich aus. Die Polizisten und Athos verließen das Geschäft. Comissario Santos und Inspector Diaz schauten die Kundin im Vorbeigehen neugierig an. Die Blicke der jungen Frau wanderten zu den Schreibtischen und blieben dort hängen. »Alejandro«, raunte sie und hob schüchtern zum Gruß eine Hand. Er wurde blass. »Diana?«

Kapitel Einundzwanzig

Die junge Frau ging auf Alejandro zu. »Ja, ich bin´s wirklich.« Sie fuhr sich durch die Haare. »Ich sehe anders aus, oder?« Alejandro betrachtete sie von oben bis unten.

»*Das* kann man wohl sagen. Warte mal eben kurz, ja?« Er stand von seinem Tisch auf, ging zu Daniel und gab ihm Bescheid, dass er nun seine halbe Stunde Pause machen würde. Dieser nickte nur, ohne von seinen Unterlagen aufzusehen. Alejandro schloss wieder die Bürotür und wandte sich an Alicia. »Ich gehe mal eben mit meiner Schwester in die Küche, okay?« Sie schaute ihn überrascht an.

»Deine Schwester? Oh ja, natürlich, ich werde euch auch nicht stören.«

»Wir haben uns einiges zu erzählen. Zwei Jahre war komplette Funkstille zwischen uns.« Alejandro und Diana gingen in die Küche und setzten sich an den

Tisch. »Möchtest du etwas trinken? Kaffee oder Wasser?«, erkundigte er sich.

»Kaffee wäre super.«

»Immer noch nur mit Milch?«, fragte er grinsend.

»Ja, *das* hat sich nicht geändert.« Sie lachte verlegen. Alejandro füllte Kaffee in den Kaffeevollautomaten nach und startete das Programm. Knisternde, laute Mahlgeräusche erfüllten die Küche.

»Alles andere denke ich schon«, meinte er, holte Milch aus dem Kühlschrank und schaute sich seine Schwester genauer an. »Du siehst aus wie Gräfin Dracula, wenn ich das mal so sagen darf.«

»Charmant wie immer, Bruderherz.« Er stellte den Kaffeebecher vor sie hin, schnappte sich einen Stuhl, setzte sich verkehrt rum darauf und legte seine Unterarme auf die Lehne. »Mensch, ich habe tausend Fragen. Erzähl mal und zwar von Anfang an, wenn es geht. Was ist passiert, seitdem du uns verlassen hast? Wissen Mama und Papa, dass du hier bist? Wie lautet deine Handynummer?« Diana lachte und griff nach dem Becher. Ihre Hand zitterte ganz leicht.

»So viele Fragen auf einmal. Welche soll ich denn zuerst beantworten, Brüderchen?« »Okay, dann die letzte.« Diana zog ihr Handy aus ihrer Manteltasche und suchte ihre eigene Handynummer heraus.

Dabei enthüllte sie ein schwarzes Tattoo auf ihrem rechten Handrücken. Es war eine einzelne Rose, so filigran gestochen, dass man deutlich ihren Stiel und die Dornen erkennen konnte. Sie nannte ihm ihre Nummer

Zahl für Zahl, Alejandro gab sie in sein Handy ein und fügte sie als neuen Kontakt hinzu.

»Mama und Papa wissen nicht, dass ich hier bin. Ich wollte erst mit dir allein sprechen.«

»Ich kann es kaum glauben, Schwesterchen. Ich habe dich echt vermisst.« Sie beugte sich vor und streichelte kurz seine Wange.

»Ich habe dich auch vermisst, aber ich habe es zu Hause einfach nicht mehr ausgehalten. Es tut mir so leid, dass ich dich allein gelassen habe.« Alejandro spürte einen Kloß in seinem Hals. Sie umklammerte fest den Becher, als würde sie ihre Hände daran wärmen. Ihre Knöchel traten weiß hervor. Alejandro entging es nicht.

»Alles okay mit dir, Diana? Du siehst etwas angespannt und erschöpft aus. Und du wirkst etwas zittrig. Bist du krank?« Diana umging eine direkte Antwort.

»Wir müssen uns irgendwo anders treffen, um uns in Ruhe zu unterhalten. Hier haben wir keine Zeit dafür. Wann passt es dir denn?« Alejandro überlegte kurz.

»Wie wäre es nachher, so gegen halb sieben? Ich habe um sechs Feierabend.«

»Wir könnten uns an *unserem* Brunnen im Parc de la Ciutadella treffen. Was hältst du davon, Brüderchen?«

»Das ist eine sehr gute Idee, Diana. Dann sehen wir uns dort. Ich freue mich sehr.«

Sie erhoben sich, Diana schob ihren Stuhl an den Tisch. Beide gingen Richtung Eingangstür. Dort umarmten sie sich, dann trat sie vor die Tür.

»Adios, Bruderherz, bis nachher.« Sie winkte ihm

kurz zu und verschwand. Ungläubig starrte Alejandro ihr hinterher.

»Alicia, bitte kneif mich, damit ich weiß, dass das kein Traum war.« Alicia schmunzelte.

»Hattet ihr ein gutes Verhältnis zueinander, als ihr noch zusammen bei euren Eltern gewohnt habt?«

»Eine sehr lange Zeit ja. Doch als wir Jugendliche waren, wurde es immer schwieriger. Diana ist meine ältere Schwester, sie ist schon zwanzig.«

»Und freust du dich, sie jetzt wieder zu sehen?«, erkundigte sich Alicia.

Alejandro zögerte kurz. »Ja, eigentlich schon. Ich möchte nur wissen, was passiert ist und verstehen, warum sie abgehauen ist. Sie sieht so anders aus, irgendwie kränklich. Und dann ihre ganze Aufmachung, ich habe sie kaum erkannt. Aber das werde ich ja nachher hoffentlich alles erfahren.« Alicia schaute auf die Uhr.

"Ja, das wirst du, lass sich überraschen. Es dauert nicht mehr lange, dann weißt du mehr!« Sie lächelte ihm aufmunternd zu. *Allerdings weiß ich dann mehr. Ich freue mich auf sie, doch ich habe auch Angst. Sie sieht so aus, als hätte sie nix Gutes erlebt,* dachte Alejandro. Er lächelte Alicia verkniffen an und widmete sich seiner Arbeit. Doch immer wieder schweiften seine Gedanken ab zu seiner Schwester. Plötzlich fiel Alejandro ein, dass sein Vater, ein Anlagenmechaniker für Heizung und Sanitär, um diese Uhrzeit einen Kundentermin in der Nähe hatte. Hoffentlich war das kein schlechtes Timing.

Wenn er sah, dass sich Diana mit Alejandro traf, würde er durchdrehen und beiden wahrscheinlich die Hölle heißmachen. Ein flaues Gefühl breitete sich in seinem Magen aus.

Kapitel Zweiundzwanzig

»Weißt du, wer heute Nachmittag ins Reisebüro kam, Hasi?«, rief Alicia Dario aus dem Badezimmer zu.

»Nein, du wirst es mir aber sicherlich gleich verraten.« Das Telefon klingelte. Dario nahm den Hörer ab. »Hola, Dario Vazquez hier. Hola. Wer ist da bitte? Hola, sind Sie noch dran?« Er sah verwundert auf den Hörer in seiner Hand und legte dann auf. »Komisch. Weg war er. Es hat nur jemand schwer geatmet und nichts gesagt. Vermutlich verwählt.« Alicia seufzte, erschien im Wohnzimmer und setzte sich auf die Couch.

»Die verschwundene Schwester von Alejandro, unserem Azubi ist heute aufgetaucht!«

»Wie ... verschwunden? Sie war lange weg und keiner wusste wo?«

»Ja, der Ärmste war völlig geschockt. Sie wollen sich heute Abend noch treffen und reden. Vielleicht erzählt er mir morgen was darüber.« Dario griff sich an die Stirn.

»Ach Schatz, bevor ich es vergesse: hier liegt übrigens noch ein großer Brief. Der ist zwar zugeklebt, doch nirgendwo steht ein Name, also auch kein Absender. Trotzdem war er in unserem Briefkasten. Irgendwie komisch!« Alicia bekam eine leichte Gänsehaut. Rasch stand sie wieder auf und ging zu Dario an den Tisch. Er reichte ihr den Umschlag. Sie warf ihrem Freund einen alarmierten Blick zu, öffnete zögerlich den Briefumschlag und lugte hinein. Vorsichtig zog sie eine Tageszeitung heraus. Das schien aber nicht alles zu sein. Sie schüttete den Rest auf den Tisch.

»Igitt!«, entfuhr es Alicia. Angeekelt beugten sich Dario und sie über den Inhalt. »Bäh, wer hat denn hier seinen Müll in den Umschlag gestopft?«, schimpfte Alicia und musste husten. Dario ging näher heran. Es waren ganz viele Haare, sowie Staub, Dreck und kleine Steinchen. Es hatte Ähnlichkeit mit einem zusammengefegten Haufen aus dem Badezimmer. Dario zog den Müllhaufen auf dem Tisch etwas auseinander. »Oh Gott, Dario, sind das etwa Zähne?« Er fischte mit Bedacht die kleinen, hellen Brocken heraus und hielt sie sich vor die Augen. Dario betrachtete sie eingehend.

»Ich fürchte ja, Schatz. Und sie sehen aus, als wären sie ausgeschlagen worden und *nicht* fachmännisch entfernt. An einigen Stellen der Zähne sieht es aus, als wäre noch geronnenes, getrocknetes Blut dran.« Alicia verzog angewidert das Gesicht.

Sie widmete sich dem Rest. »Der Großteil des Haufens besteht wirklich aus diesen Haaren. Lange, abgeschnittene Haare, wie es aussieht. Oh Gott, ob es

Laras Haare sind? Die Farbe passt schon mal. Sind es etwa auch ihre Zähne?« Alicia wandte sich ab. Dario hob die Zeitung hoch. »Was steht da, Schatz?«, fragte sie furchtsam.

»*25-jährige tot nahe Park Güell aufgefunden* steht hier, daneben ist wieder ein Totenkopf, dieses Mal scheint er aus den Augenhöhlen zu bluten.« Plötzlich klingelte erneut das Telefon. Alicia keuchte. Widerstrebend ging sie zum Telefon. Auf dem Display stand wieder ›Private Nummer‹. Mit wild klopfendem Herzen nahm sie den Hörer ab und hauchte »Hola, Señora Morales hier.« Sekundenlanges Schweigen, gefolgt von einem gehässigen Kichern. »Hola, mit wem spreche ich bitte? Rufen Sie hier ständig an? Sagen Sie, wer Sie sind und was Sie wollen, sonst rufe ich die Polizei.« Kurze Stille, dann ein tiefer Seufzer.

»Ines?«, fragte eine rauchig klingende Männerstimme »Alicia zuckte zusammen.

»Sie sind hier falsch verbunden. Bitte rufen Sie hier nicht mehr an!« Eilig legte sie den Hörer wieder auf.

»Was war das denn, Schatz?«, fragte Dario irritiert.

Alicia legte die Hände vors Gesicht. »Es ist alles so furchtbar. Vielleicht sind es Laras Haare und Zähne. Außerdem glaube ich mittlerweile, dass mich jemand bedroht. Ständig Schlagzeilen, Anrufe und nun so was. Mir wird gleich schlecht!«

»Also bitte, Schatz. Wer soll dich denn bedrohen? Hast du denn etwas ausgefressen?« Alicia schaute ihn nur an und schwieg. »Ich wette, da erlaubt sich irgendein Blödmann einfach nur einen ganz schlechten Scherz mit seinen Anrufen. Das Problem ist, so lange es nur bei solchen Aktionen bleibt, wird die Polizei auch nicht tätig. Aber den Umschlag hier *müssen* wir zur Polizei bringen! Vielleicht sollten wir Fotos davon machen und dann das Ganze wieder in den Umschlag packen!« Gesagt, getan. Dario wählte die Nummer der Polizeidienststelle. Eine Dame teilte ihm mit, dass Comissario Santos erst morgen wieder ab 15 Uhr Dienst hätte. »Dann lass uns morgen Nachmittag da vorbeigehen, Alicia. Oder was sagst du dazu?« Sie nickte zustimmend.

Dario holte die Leine, pfiff nach dem Hund, der gleich angelaufen kam und leinte ihn an. »Komm Joker, wir gehen jetzt eine Runde Gassi. Es ist wieder Zeit. Wollen meine zwei Frauen auch mit?«

»Nein, geh ruhig. Ich bin gerne mal einen Moment alleine.« Dario gab ihr einen Kuss auf die Stirn. »Dann bis später.«

»Bis später, Hasi.« Die Haustür fiel zu und es herrschte Ruhe. Sie hörte Elena, die in ihrem Zimmer leise mit den Puppen sprach. Alicia nahm ihr Handy vom Tisch und schaute sich die Fotos vom Briefinhalt erneut an. Ihr fiel Darios Frage wieder ein. *Hast du was ausgefressen?* »Da gibt es einige, die genau das denken«, raunte sie. *Oh Mann, nun rede ich schon mit mir selbst.* Alicia war unruhig und tief in Gedanken versunken. Nervös tigerte sie minutenlang mit verschränkten Armen durchs Wohnzimmer. Plötzlich entdeckte sie draußen eine Gestalt, die offenbar rauchte. Aufgrund der Größe und des Körperbaus ging sie von einem Mann aus. Dieser schien unentwegt in ihre Richtung zu starren. Alicia konnte nicht viel von ihm erkennen, da die Gestalt einen dunklen Hoodie trug. Die Kapuze war aufgestellt. Beunruhigt trat Alicia näher ans Fenster und schaute hinaus. *Was macht er dort? Beobachtet er mich? Bilde ich mir das nur ein? Oh Gott, ich glaube, ich werde langsam wahnsinnig!* Alicia sah, wie die Person die Zigarette auf den Boden warf und sie austrat. Dann ging die Gestalt rasch über die Straße, zielstrebig auf Alicias Haus zu. Sie hielt den Atem an. Angespannt versuchte sie, etwas vom Gesicht dieser geheimnisvollen Gestalt zu erkennen.

»Mama?« Alicia schrie auf und drehte sich mit einem Ruck um. Elena stand hinter ihr, ihre Lieblingspuppe an sich gedrückt und blickte sie mit weit aufgerissenen Augen an. »Mama, warum schreist du so?«

»Oh mein Gott, Mäuschen, du hast mich fast zu Tode erschreckt! Was ist denn?«

»Wo ist Papa?«

»Der ist mit Joker Gassi, Mausi.«

»Oh, da wollte ich mit. Das ist gemein!« Sie zog eine Flunsch und schlurfte in ihr Zimmer zurück. »Komm, Prinzessin Felicity, wir trinken einen Tee.« Alicia schaute wieder hinaus. Die Gestalt war verschwunden.

Kapitel Dreiundzwanzig

Nervös saß Alejandro, wie verabredet, kurz vor halb sieben am Brunnen im Parc de la Ciutadella und schaute immer wieder auf seine Armbanduhr. Ob Diana wirklich auftauchen würde? Er freute sich sehr auf sie. Leider traute er ihr nicht. Schließlich war sie in einer Nacht und Nebel-Aktion abgehauen, ohne was zu sagen und hatte ihn allein gelassen. Argwöhnisch wählte er ihre Handynummer. *Diese Nummer ist nicht vergeben,* verkündete eine strenge Frauenstimme vom Band. Alejandro fühlte sich in seinem Misstrauen bestätigt. Er wartete eine Viertelstunde und wollte schon wieder gehen, als eine leise Stimme sagte »Tut mir leid, Bruderherz, dass ich mich verspätet habe.«

Alejandro drehte sich um und sah dort Diana mit zerknirscht wirkendem Gesicht stehen. Er erhob sich vom Brunnenrand.

»Macht nix. Passiert manchmal.« Sie umarmten sich kurz zur Begrüßung. Alejandro betrachtete Diana verstohlen, sie lächelte schüchtern. »Du sag mal, kann es sein, dass du mir eine falsche Handynummer gegeben hast?« Er zeigte ihr die abgespeicherte Nummer.

»Oh Gott, entschuldige bitte. Ich habe doch wirklich zwei Zahlen vertauscht.« Sie wirkte verschämt und nannte ihm noch mal die Handynummer. »Das war wirklich keine Absicht«, räumte sie ein, als könnte sie seine Gedanken lesen.

»Okay. Was hältst du von Burger King? Da können wir in Ruhe quatschen und eine Kleinigkeit essen. Hier draußen ist es so ungemütlich, zu kalt und zu windig. Findest du nicht auch, Diana?«

»Das ist eine tolle Idee. Na dann los!« Wenig später ließen sie sich ihre Burger, Pommes und Cola schmecken. »Du, wegen vorhin ... es war echt ein Versehen, ja? Ich sehe dir an, dass du verunsicherst bist. Ich habe wirklich schon länger Probleme mit meinem Gedächtnis und meiner Konzentration.« Wieder fiel Alejandro auf, wie blass und zittrig Diana wirkte.

»Nun erzähl schon Diana, ich bin so gespannt. Was ist seit dem Moment geschehen, als du abgehauen bist? Lass mich nicht dumm sterben.« Er grinste schief.

Diana holte tief Luft und sagte leise, fast emotionslos »Alejandro, ich habe so viel Mist gebaut.« Ohne zu zögern griff er nach ihrer Hand.

»Was ist denn passiert? Komm, sag es mir.«

»Bist du sicher, dass du alles wissen möchtest?« Alejandro nickte entschieden. Diana begann zu erzählen, erst stockend, dann immer gelöster. Sie schien nicht wieder aufhören zu können. »Du erinnerst dich ja sicherlich noch an den Streit, als ich abgehauen bin. Ich hatte nur das Nötigste in meine Reisetasche gepackt, wie Klamotten, Handy, Ausweis und Geld. Dann war ich aus dem Haus gelaufen, zum Bahnhof und hatte mir rasch das Ziel Tossa de Mar ausgesucht. Ich hatte gedacht, dass jeden Moment einer von euch auftauchen würde, um mich zurückzuholen. Das war aber nicht geschehen. Ich hatte in dem Moment nicht gewusst, ob ich enttäuscht oder erleichtert sein sollte. Ich war wohl irgendwie beides gleichzeitig gewesen.« Sie lächelte verkrampft. »In Tossa de Mar angekommen, hatte ich in einem ganz passablen Hostel eingecheckt. Am Morgen hatte ich entsetzt festgestellt, dass mir jemand über Nacht fast die gesamte Kohle geklaut hatte. Gott sei Dank war es *nur* das Geld gewesen. Ich hatte mich dann in ein Internet-Café gesetzt und gesurft. Ein paar Kröten hatte ich ja noch in meinen Hosentaschen gehabt. Ich hatte ein Stellenangebot eines Hotels entdeckt. Es wurden schnellstmöglich Zimmermädchen, auch Quereinsteiger, gesucht. Gott sei Dank hatte ich die nötigsten Dokumente auf meinem USB-Stick gespeichert. Ich hatte meine Bewerbung dort abgegeben und dann die Gegend erkundet. Ständig hatte ich mich beobachtet gefühlt und immer gedacht, dass gleich Papas Griff in den Nacken käme. Oder die Polizei, die mich aufgreifen würde. In der Nacht hatte ich dann unter einer Brücke geschlafen.«

»Papa wollte damals nicht nach dir suchen. Uns hat er es auch verboten. Du würdest schon von ganz alleine antanzen, wenn es schwierig wird, meinte er. Und wenn wir dich suchen würden, könnten wir was erleben.« Diana schüttelte fassungslos den Kopf.

»Erzähl weiter, Diana, bitte.«

»Ich hatte die Stelle als Zimmermädchen bekommen, warum auch immer. Dank des netten Hotelleiters hatte ich vorläufig in einem Hotelzimmer kostenlos übernachtet. Es musste nämlich renoviert werden. Ich hatte mich dort hauptsächlich zum Frischmachen und Schlafen aufgehalten. Viel Zeit hatte ich am Strand verbracht.«

Alejandro lächelte verständnisvoll. »Ja, das würde ich auch so machen.«

»Eines Abends war ich mal wieder an den Strand gegangen. Da hatte ein interessant aussehender Mann im Sand gesessen, einen Joint geraucht und mir auch einen angeboten. Wir sind schnell ins Gespräch gekommen. Felipe hatte so etwas Geheimnisvolles und Ruhiges an sich gehabt, das hatte mir sehr gefallen. Felipe hat ebenfalls einen cholerischen, gewalttätigen Vater, eine Mutter, die geschlagen wird und eine Schwester. Er war der Inhaber eines kleinen Souvenirladens in der Nähe vom Strand gewesen. Wir sind seit anderthalb Jahren verheiratet.« Alejandro schaute verblüfft. »Was? Das ist ja mal krass.« Diana lachte.

»Kannst du noch mehr Neuigkeiten verkraften?«

»Klar Schwesterherz.«

»Als Felipe und ich schon verheiratet waren, hatte ich ihn irgendwann gefragt, wie er sein Leben in den Griff kriegt. Er hatte gemeint, dass er einige Joints am Tag raucht, wenn er es möchte und braucht. Und je nachdem, welcher Stimmung er sich hingeben will, bekäme er von einem Bekannten das passende Mittel dafür.« Alejandro schluckte.

»Moment mal, redest du etwa von Drogen?«, flüsterte er ungläubig. Sie nickte beschämt, schaute ihn kurz an, wandte den Blick aber wieder ab.

»Ich war da voll reingerasselt und hab bis heute wohl alles außer Kokain genommen.

Wir hatten eine kleine gemeinsame Wohnung in der Nähe des Ladens gehabt, wo wir oft komplett zugedröhnt herumgehangen haben. Die Arbeit im Hotel hatte ich dann auch hingeschmissen, als ich total drogenabhängig war. Eines Tages war sein Bekannter nicht mehr aufgetaucht, der uns immer mit Drogen versorgt hatte. Tage später hatten wir erfahren, dass er sich den ›goldenen Schuss‹ gesetzt hatte und gestorben war. Da hatte es angefangen mit Felipe bergab zu gehen. Er war immer aggressiver geworden und hatte zusehends Papa geähnelt. Vor drei Wochen habe ich ihn verlassen. Der Tod des Bekannten hatte mir endlich die Augen geöffnet. Ich bin hier untergebracht in einem Wohnheim der Einrichtung ›Neue Hoffnung‹, mit Therapeuten und Betreuern. Da ich heroinsüchtig bin, befinde ich mich in einer Drogenersatztherapie. Ich bin auf Entzug und habe deshalb Probleme. Das merkst du ja selbst.«

»Woher wusstest du, wo du mich findest?«, wollte Alejandro nach kurzem Schweigen wissen.

»Ich konnte mich erinnern, dass du zum Beginn deiner Ausbildung mal erwähnt hattest, wo sich das Büro befindet. Den Namen wusste ich nicht mehr. Und ich hatte gehofft, dass es noch existiert. Endlich hatte ich mal Glück.« Sie lachte bitter.

»Was geschieht jetzt mit Mama und Papa, Diana?«

»Ich möchte nur zu Mama und dir Kontakt haben. Und Mama soll auch erst wissen, dass ich hier bin, wenn ich wieder einige Tage clean bin. Bitte sag zu Hause nichts, versprich es mir. Wir beide können telefonieren und schreiben. Du hast ja meine Nummer, nun auch die richtige.« Sie schmunzelte.

»Okay, ich verspreche es Diana! Komm, lass uns gehen, ja?« Sie verließen Burger King und umarmten sich zum Abschied. *Sie ist wirklich nur noch Haut und Knochen,* dachte Alejandro entsetzt, als er ihr hinterher sah. *Ich muss erst mal alles sacken lassen und verdauen.* Eine dreckige Lache, dir er nur zu gut kannte, riss Alejandro aus seinen Gedanken. Sein Kopf ruckte nach links, er erschrak und huschte schnell in den Eingang eines Schuhgeschäfts. Sein Vater stieg gerade auf der Beifahrerseite eines Transporters aus! »Adios, Emilio und dir einen schönen Feierabend!«, rief ihm der Fahrer hinterher. Emilio drehte sich um und hob die Hand. Das Letzte, worauf Alejandro jetzt Lust hätte, war ein Gespräch mit seinem Vater! Er beschloss, lieber noch eine Viertelstunde zu warten, bevor er nach Hause ging.

»Das wünsche ich dir auch Pablo! Einen schönen Feierabend hätte ich allerdings ohne mein Weib Leticia und meinen missratenen Junior. Dieser Waschlappen! Ich denke, er kommt wohl eher nach seiner Mutter. Nach mir jedenfalls nicht.« Wieder lachte er. *Wer von uns ist der Missratene? Du schlägst Frau und Kinder und muss-*

test in den letzten Tagen bei der Polizei erscheinen, dachte Alejandro wütend und schaute in die Richtung, in die Diana gegangen war. Sie war nicht mehr zu sehen. Alejandro atmete erleichtert auf. Um Haaresbreite wären sich sein Vater und seine Schwester begegnet. Zum Glück waren sie in entgegengesetzte Richtungen gegangen. Alejandro sah, wie sein Vater Emilio vermutlich den Heimweg antrat und sich dabei genüsslich eine Zigarette anzündete.

Kapitel Vierundzwanzig

Er saß auf einer Bank im Parc de la Ciutadella. Da es recht kalt und windig war, war es für einen Montagabend gegen acht Uhr relativ leer. Ihm war es nur allzu recht, denn er hasste es, inmitten vieler Menschen zu sein. Er holte eine Zigarette aus seinem goldenen Etui, steckte sie zwischen die Lippen und schirmte sie mit den Händen gegen den Wind ab, als er das ebenfalls rotgoldene Feuerzeug betätigte. Genüsslich nahm er einen langen Zug, schloss die Augen und blies den blauen Dunst in die Abendkälte. Die wenigen Menschen, die unterwegs waren, eilten an ihm vorbei. Dunkle Regenwolken zogen heran und es wurde allmählich ungemütlich. Wie ein schmaler Schatten huschte eine sehr schlanke Gestalt in einiger Entfernung an ihm vorbei. Verächtlich lachte er. »Sieh an, Draculas klapperdürre Tochter ist auch schon wieder in ihrem schwarzen Umhang unterwegs. Die war doch erst gestern hier.« Er schnalzte mit der Zunge und schaute ihr amüsiert hinterher. »Diese lila Haare. Weiber!« Unterwegs wurde sie von jemandem angehalten, beide wechselten einige Worte miteinander. Die junge Frau schaute rasch nach links und rechts, dann drückte sie der Person schnell etwas in die Hand. Sie nahm auch etwas entgegen und setzte, erleichtert wirkend, ihren Weg fort. *Na guck, hier wurden wohl gerade Drogen verkauft,* überlegte der Mann auf der Bank, grinste und zog an seiner Zigarette. Seelenruhig rauchte er auf, warf den Zigarettenstummel auf die Erde und wählte eine Nummer auf seinem Handy. »Ja, ich bin ′s wieder. Macht Jorge nun neuerdings auch Geschäfte mit Vampiren?« Er lachte spöttisch. »Na, was dachtest du denn? Natürlich habe ich es gesehen. Ich sitze hier schließlich im Park. Dachtest du, ich kann hellsehen, du Idiot? Ich bräuchte was für meine beiden speziellen Freunde. Hast du noch etwas übrig? Aha, muss man das so einnehmen? Okay, geht also auch in Wasser und Nahrung. Kannst du gleich vorbeikommen? Ey, mir ist *auch* kalt. Mann, stell dich nicht so an. Da wo ich immer sitze. Ich bezahle dich immerhin gut. Ja, dann bis gleich. Beeile dich. Adios.« Um sich die Zeit zu vertreiben, schaute er sich Fotos an, die er selbst geknipst und auf seinem Handy gespeichert hatte. Darunter waren viele Bilder von Tieren, die er eigenhändig bestialisch gequält und oft auch getötet hatte. Viele Menschen würden die Aufnahmen bestialisch finden, er hingegen großartig und erregend.

Ein zufriedenes Lächeln erschien auf seinem Gesicht und er summte vergnügt. Es folgten Aufnahmen von

Frauenleichen. Frauen, die *er* umgebracht hatte. Beinahe andächtig betrachtete er die Bilder. Er war stolz darauf, von langweiligen Tieren zu Menschen gewechselt zu sein. Das fand er entschieden interessanter. Er war so in Gedanken versunken, dass er gar nicht mitbekam, dass sein Gesprächspartner plötzlich direkt vor ihm stand. Erst als dieser sich deutlich räusperte, sah er zu ihm auf. »Na endlich, Lobo! So langsam möchte ich nämlich auch mal nach Hause, ein schönes heißes Bad nehmen und Spare Ribs essen«, grummelte er.

»Es ging halt nicht schneller, Mann. Wenn´s um Leichen geht, egal ob Mensch oder Tier, vergisst du alles um dich herum, oder?«

»Kümmere dich gefälligst um deinen eigenen Kram, du Freak«, blaffte er, lehnte sich zurück und steckte sich eine weitere Zigarette an. »Lobo, der Wolf. Ja, Lobo passt zu dir. Kalte Augen, verschlagen, grimmig und gierig bist du ja.« Er grinste den Mann vor ihm breit an. Dann fragte er: »Hast du alles dabei?« und zückte seine Geldbörse.

»Selbstverständlich«, erwiderte der andere Mann und warf ihm ein Päckchen in den Schoß. Daraufhin gab ihm sein Gegenüber das Geld, steckte sein Portemonnaie wieder ein und strich sich langsam den Pony aus der Stirn. Der ›Paketbote‹ sprach »Jetzt bin ich aber mal weg. Du weißt ja wie du mich erreichen kannst, wenn noch was ist. Dir noch viel Spaß nachher. Adios.« Dann hob er kurz die Hand zum Abschied und ging davon.

»Ja, ich weiß es. Spaß habe ich garantiert«, rief der Mann auf der Bank ihm hinterher, lachte dreckig und erhob sich, nachdem er aufgeraucht hatte. Wieder warf er die Kippe auf den Boden und trat sie aus.

»Sie, das gehört sich aber nicht!« Eine ältere Dame tadelte ihn im Vorbeigehen.

»Wenn es mich interessiert, gebe ich Ihnen Bescheid.« Die Dame schüttelte den Kopf und ging empört schimpfend weiter. Der Raucher beschloss nach Hause zu gehen. Er freute sich auf seinen Abstecher zu seinen *speziellen Freunden*. Er rieb sich übers Kinn und überlegte, was er heute mit ihnen anstellen könnte. Es gab so viele schöne Möglichkeiten. Für ihn zumindest.

Vor einiger Zeit wollte er ja die Schlampe eigentlich umbringen, doch mittlerweile hatte er so viel Freude an ihrer und seiner Anwesenheit im Keller. Er genoss es zu sehen, wie viel Angst sein Gefangener um dieses Miststück hatte. Das Machtgefühl berauschte den Raucher. Die Macht, sein männliches Opfer zu verletzen: körperlich, psychisch und emotional. Immer wieder hatte er an *ihn* gedacht in den letzten Jahren und daran, wie er sich revanchieren könne, für damals ...

Kapitel Fünfundzwanzig

Marco und Lara saßen nebeneinander in der Zelle. Die meiste Zeit hatten sie geschwiegen. Sie waren geschockt vom letzten Spielchen ihres Peinigers. Lara konnte lange nicht aufhören zu weinen. Sie hatte einen Nervenzusammenbruch erlitten.

»Ich habe wirklich gedacht, er hat dich wegen mir erschossen! Nur weil ich eingeschlafen und zur Seite gerutscht bin. Wegen meiner Müdigkeit ist sie nun tot. Weil ich mich nicht zusammengerissen habe. Genau das waren meine Gedanken, als es geschah. Damit hätte ich nicht leben können«, sagte Marco tonlos und schaute Lara gedrückt an.

»Das wäre mir auch so ergangen. Als sich der Schuss löste, wusste ich gar nicht, was los war. Dann war ich kurz weg. Da habe ich wirklich gedacht, dass er mich erschossen hat.«

»Er ist wirklich unberechenbar. Wann er wohl

wieder auftaucht? Wir haben mittlerweile weder etwas zu essen noch zu trinken.«

»Vielleicht sollten wir uns ein wenig bewegen.« Lara erhob sich geschwächt vom Steinboden, zog sich langsam ihre Jacke über und ging einige Schritte hin und her.

Unter Schmerzen streckte sie ihren Nacken. Marco erhob sich ebenfalls.

»Weshalb sind wir beide zusammen in einer Zelle, und dann noch bei Licht?«, fragte Marco misstrauisch.

»Er hat es nicht aus Nettigkeit getan. So viel steht fest. Der hat etwas geplant, was uns garantiert nicht gefallen wird.«

»Davon können wir ausgehen, Lara.« Marco ging an den Mauerwänden entlang, schaute sich diese ausgiebig an und fuhr tastend mit den Händen darüber. »Hier ist aber auch nichts zu sehen oder zu fühlen, was ansatzweise ein Loch oder ein Fenster ist.« Sie blickte ihn mit leeren Augen an und rieb sich die Arme.

»Mir ist so verdammt kalt. Ich glaube, wir werden hier nie lebendig herauskommen.« Marco atmete tief aus.

»Wir müssen optimistisch bleiben.« Er schaute an sich hinab, zog plötzlich seine Jeans aus und reichte sie ihr. »Hier, du musst etwas anziehen. Ich komme mit meinen Boxershorts klar.« Lara zögerte kurz. Dann lächelte sie dankbar, nahm die Jeans und zog sie sich rasch über. Die Jeans passte ohne große Probleme.

»Marco, ich ...« Sie zuckte zusammen, als draußen das Pfeifen der Melodie ertönte.

Lara huschte in die hinterste Ecke der Zelle, drückte sich mit dem Rücken an die Mauer, den Blick starr zur

Tür gerichtet. »Oh Gott, er ist wieder da. Für den Rest meines Lebens wird mich dieses Lied in Panik versetzen.« Sie wimmerte. Marco blieb stehen und blickte ebenfalls zur Türklappe. Sein Herz raste. Das Pfeifen verstummte für einen Moment, dann hämmerte der Entführer wieder mit der Faust gegen die Tür. »Klopf, klopf, jemand zuhause?« Er lachte. Seine Stimme klang heiser wie immer. Er schaute in die Zelle. Dieses Mal trug er eine Mickey Mouse-Maske. Die schwarzen Augen wirkten böse.

»Habt ihr eure Zungen verschluckt oder einfach nur Spaß dran, mich wütend zu machen?« Krachend schlug er gegen die Tür. Marco eilte an Laras Seite. Der Peiniger schloss die Tür auf, öffnete sie mit einem Knarzen und trat in einem bedächtigen Tempo ein. In der einen Hand trug er eine Tasche, die er vorsichtig auf den Boden stellte, ohne den Blick von beiden abzuwenden. In der anderen Hand hielt er eine Pistole. Dann schloss er die Tür hinter sich und postierte sich davor. »Habt ihr mich vermisst?« Er zielte mit der Waffe auf Lara und Marco. »Macht mich ja nicht nervös!« Beide regten sich nicht und gaben auch keinen Laut von sich. »Habt ihr Hunger? Bestimmt, oder? Durst denke ich auch.« Marco und Lara verfolgten stumm jede seiner Bewegungen. »Du da, Nachbar, komm langsam her zu mir. Pack die Sachen aus. Keine schnellen Bewegungen, das macht mich verdammt nervös!« Er winkte Marco mit wedelnder Pistole zu sich und deutete mit der anderen Hand auf die Tasche. Marco kam der Aufforderung nach. Mit einer vorsichtigen Bewegung langte er in die Tasche und förderte vier Flaschen zutage, die aussahen wie gewöhnliche Mineralwasserflaschen aus Plastik. Der Entführer setzte sich auf den Fußboden, immer noch die Waffe auf Marco gerichtet. Marco war so unsagbar angespannt und ängstlich, dass seine Hände zitterten, als er die Flaschen auf den Boden stellte. Eine kippte um. Marco trat der Angstschweiß auf die Stirn, er biss die Zähne zusammen. Verunsichert sah er zum Entführer hinüber. Hoffentlich schrie er ihn nicht an, weil er so ungeschickt war. Vielleicht schoss er ja sogar auf ihn! Marco atmete tief durch und griff erneut in die Tasche. Er zog zwei große Croissants, einen Gugelhupf sowie zwei belegte Brötchen mit Salami heraus, und legte alles der Reihe nach auf dem Boden ab. »Das reicht. Nun gehe wieder zurück an die Wand, aber rückwärts und langsam, wie gesagt.« Immer noch war die Pistole auf Marco gerichtet.

Marco gehorchte und versuchte, so viele Details wie möglich aufzuschnappen. Der Entführer war etwas größer als Marco und von schlanker, sportlicher Gestalt. Außer der Maske trug er noch schwarze Kleidung: eine Hose und einen Pullover. Dazu Schnürschuhe in der gleichen Farbe. Marco setzte sich auf die Erde, Lara nahm rasch neben ihm Platz. Er glaubte, für einige Sekunden etwas am Unterarm des Entführers gesehen zu haben. Marco war unsicher, was genau er entdeckt hatte. Es konnte nur Schmutz oder ein Schatten sein, aber genauso gut eine Narbe oder gar ein Tattoo. Der Entführer stand auf, nahm die Croissants und Brötchen hoch, legte alles vor Marco ab und setzte sich wieder hin. »Nun esst gefälligst! Ihr habt doch mit Sicherheit

Hunger!« Lara und Marco schauten sich rasch an. Dann richtete Marco den Blick auf seinen Peiniger und sagte mit lauter Stimme »Nein, danke!« Mickey Mouse schnaufte, begradigte seine Maske, die etwas schief auf seinem Kopf hing und polterte »Das war ein Befehl und keine Bitte, *Nachbar*.« Das letzte Wort stieß er verächtlich hervor und strich sich dabei provokativ mit dem Pistolenlauf am Kinn entlang. Marcos rechtes Auge begann nervös zu zucken, als er die Croissants nahm und eines davon Lara reichte. Vorsichtig bissen beide hinein. Schnell hatte Lara ihres aufgegessen, während Marco eher zögerlich aß. Aufgrund seiner ausgeschlagenen Zähne hatte er Probleme mit dem Kauen. Immer wieder blickte er zum Entführer. Lara nahm sich rasch noch ein Brötchen. Marco warf ihr einen warnenden Blick zu, den sie aber ignorierte. Der Entführer lachte. »Na, das scheint euch ja zu schmecken. Besonders dir, Weib! Aber du bist auch schon länger hier. Eine ganze Woche schon. Deswegen habe ich dir den Kuchen mitgebracht, für dich und deinen Zellengenossen! Zum Jubiläum sozusagen!« Lara konnte förmlich ein breites Grinsen hinter der Maske sehen. »Ich würde euch empfehlen, auch etwas zu trinken. Wer weiß, wann es wieder etwas gibt. Am besten teilt ihr euch das Wasser ein. Ich habe nicht immer so viel Zeit, wie ich gerne hätte. Denn ich muss ja auch noch nebenbei arbeiten!« Er begann ganz entspannt das Lied zu pfeifen. Wie in Zeitlupe beugte sich Lara vor und zog rasch zwei Wasserflaschen zu sich heran, dabei ließ sie ihren Entführer nicht aus den Augen. Eine Flasche gab sie Marco, der sich leise bei ihr bedankte, die andere öffnete sie mühsam mit zitternden Händen. Rasch setzte Lara sie an ihre Lippen und trank sie in wenigen Zügen komplett aus.

Marco hingegen trank nur etwas von dem Wasser. Er nahm mehrere kleine Schlucke und ließ sich dabei Zeit. Der Peiniger erhob sich und ging langsam rückwärts Richtung Zellentür, die Pistole stets auf beide gerichtet. »Ich muss mal eben weg, in einer Stunde bin ich wieder da, also gegen Mitternacht! Denkt bloß dran, dass ihr nur noch zwei volle Flaschen Wasser habt!«

Er lachte gehässig und schloss die Tür ab, nachdem er die Zelle verlassen hatte.

»Dieser kranke Mistkerl geht seelenruhig arbeiten und kommt zu seiner Belustigung her!«, schimpfte Marco, nachdem es sicher schien, dass der Entführer fort war. Er fuhr sich durch sein gewelltes Haar, schüttelte fassungslos den Kopf und sah zu Lara. »Du warst ja ganz schön fix. Ich sage es total ungern, aber in einem Punkt hat er recht: Es ist besser, sich das Ganze einzuteilen und außerdem etwas vorsichtiger beim Verzehr zu sein!« Lara seufzte.

»Ich weiß, aber ich hatte so einen Hunger und Durst.« Marco aß sein Croissant umständlich auf und schaute nachdenklich auf das übrig gebliebene Brötchen. Einerseits hatte er einen Mordshunger, andererseits war er misstrauisch. Sein Verlangen siegte und er biss vorsichtig hinein. Es schmeckte wirklich ausgezeichnet, doch er zügelte sich, ließ sich Zeit und nippte zwischendurch immer wieder an seinem Wasser. Lara stieß nach einer Weile einen langen Seufzer aus. Marco schaute sie an.

»Was ist los?«, fragte er erstaunt. Lara fuhr sich mit der Hand über ihre Stirn und durch ihre kurzen Haare.

»Irgendwie wird mir warm, sehr warm sogar! Ich glaube, ich schwitze.«

»Du schwitzt?«, fragte er entgeistert.

»Ja, und gleichzeitig zittere ich.« Lara betrachtete ihre Hände.

»Das klingt gar nicht gut. Hat er wieder etwas reingemischt? Dieser Bastard!«

»Was ist mit *dir*, Marco?«

»Ich merke nichts. Vielleicht dauert es noch. Außerdem hast *du* ja so viel gegessen und getrunken und dann noch so schnell.«

»Ja, ich weiß. Das brauchst du mir jetzt nicht aber dauernd unter die Nase zu reiben!«, entgegnete Lara gereizt. Sie rollte mit den Augen, kniff sie zusammen und öffnete sie langsam wieder. »Tut mir leid. Ich wollte dich nicht anschnauzen, Marco.«

»Du musst dich nicht entschuldigen. Unsere Nerven liegen blank. Lege dich lieber hin und ruhe dich aus.«

»Ja.« Laras Stimme wurde piepsig. Sie kauerte sich am Boden zusammen und schloss die Augen.

»Marco?«

»Ja, was ist?«

»Bitte komm nah zu mir.« Marco setzte sich so, dass Lara ihren Kopf auf seinen Schoß legen konnte. Sie stöhnte leise. »Danke.« Marco fuhr behutsam mit den

Fingern durch Laras Haare. Nach kurzer Zeit wischte er sich mit dem Handrücken über die Stirn.

»Puh, irgendwie wird mir jetzt auch warm. Ich weiß nicht, ob es an deiner Nähe liegt oder am Essen. Das erste wäre mir natürlich lieber, wenn ich ehrlich bin.« Lara streichelte kurz über seine Hand.

»Mir auch Marco. Mit dir zusammen zu sein, ist total schön. Nur die Umstände sind es nicht. Aber momentan ist alles irgendwie so friedlich.« Sie umklammerte seine Hand. Marco beugte sich zu ihr und gab ihr einen langen Kuss auf den Mund.

»Wir schaffen es hier raus.«

»Ja.« Dann fuhr Lara unter Schmerzen hoch, schaute an die gegenüberliegende Mauer und fixierte dort einen Punkt. »Siehst du das auch? Da!« Sie zeigte mit dem Finger auf eine Stelle an der Wand. »Das sieht doch fast aus wie ein Loch in der Mauer, oder? Da hinten. Sag, dass du es auch siehst.«

»Was ist mit dir los? Was redest du denn da?«, fragte er stirnrunzelnd. Sein Blick folgte verwundert ihrem Finger.

Kapitel Sechsundzwanzig

Diana eilte zu ihrem Wohnheim zurück, nachdem sie von einem ihrer Stammdealer Diazepam und Crack gekauft hatte. Unterwegs zog sie an ihrem selbstgedrehten Joint. Das Gespräch mit Alejandro hatte sie mächtig aufgewühlt. Zwei Tage war sie clean gewesen und nun doch wieder rückfällig. Sie wusste, dass sie bald vor die Tür gesetzt werden würde, wenn sie sich nicht endgültig zusammenriss. Ihre Betreuer hatten sie schon mehrfach und eindringlich gewarnt. Mit zitternden Händen schloss sie die Haustür auf und hastete in ihr Appartement. Dort zog sie ihren Mantel aus und schmiss ihn achtlos auf den Fußboden. Diana setzte sich schwungvoll auf ihr Bett, kramte begierig in ihrer Hosentasche und warf rasch zwei Diazepamkapseln ein. Das Zittern ließ nach und sie beruhigte sich innerhalb weniger Minuten. Dianas Blick fiel auf ihre Arme. Unzählige Narben zierten beide Unterarme, viele waren ältere, aber auch einige frische waren dabei. All diese Wunden stammten vom Ritzen mit Rasierklingen. Diana ließ sich aufs Bett fallen und schloss die Augen. Kurz danach ertönte ihr Smartphone. Wer schickte ihr denn um diese Uhrzeit noch Messages? Die erste Nachricht war von Alejandro, der sich für das Treffen bedankte und ihr seine Hilfe anbot, falls sie welche brauchte. Er versprach, Dianas Auftauchen der Mutter gegenüber geheim zu halten. Diana schickte ihm lächelnd ein einzelnes Herz als Antwort. Die zweite Nachricht war von ihrem Appartement-Nachbar Paco, der wissen wollte, ob sie Lust auf eine Runde Sex hätte. Diana rollte mit den Augen und schrieb ihm schnaufend zurück, dass sie nicht wirklich in Stimmung dafür wäre. Es war kurz vor Mitternacht. Diana dachte nach. Seit einiger Zeit hatte sie eine Psychotherapeutin, zu der sie zweimal im Monat gehen konnte, bei Bedarf auch öfter. Beim gestrigen Termin hatte sie ausführlich erzählt, über ihr Leben und vor allem über ihre Familie. Alte Narben und kaum verheilte Wunden wurden wieder aufgerissen. Das führte dazu, dass sie beim Treffen mit Alejandro noch aufgeregter war. Sie hatte riesigen Suchtdruck bekommen, ihre Konzentration war gegen Null gegangen. Deshalb hatte sie Alejandro eine falsche Handynummer gegeben. Jetzt, wo sie entspannt auf ihrem Bett lag, fiel ihr der Termin wieder ein. Es war die zweite Sitzung gewesen.

»Seit über einem Jahr bin ich mit Felipe Hernandez verheiratet. Durch ihn bin ich in die Drogenszene abgerutscht und bis zum heutigen Tag nicht wirklich wieder rausgekommen. Ohne Drogen denke ich zu viel und fühle

mich so verletzlich und dünnhäutig. Alles kommt wieder hoch und es ist einfach alles wahnsinnig anstrengend, auch körperlich! Mal ist mir warm und dann wieder so kalt, dass ich mit den Zähnen klappern könnte.«

»Wie stehen Sie zu ihrer Familie?«

"Mein Vater ist ein Drecksack, ich hasse ihn! Ständig schlug er uns und schrie herum, wenn er zu Hause war. Meine Mutter hatte sehr oft blaue Flecken oder auch mal ein "Veilchen" im Gesicht. Sie log andere an, wenn sie außer Haus war und meinte, sie wäre gestürzt oder irgendwo gegen gelaufen, da sie so tollpatschig ist. Es gab Zeiten, da kümmerte sie sich so hingebungsvoll um mich und meinen Bruder, dass es schon oft zu viel des Guten war. An anderen Tagen schien es, als würde sie uns Kinder gar nicht bemerken und durch uns hindurchsehen, dann war sie total distanziert zu Alejandro und mir. Meinen Bruder liebe ich sehr, genau wie meine Mutter.« Señora Moreno schaute sie mitfühlend an.

»Hat er auch Alejandro geschlagen? Haben Sie etwas davon mitbekommen, Diana?«

»Ja, er hat ihn auch geschlagen. Aber ich glaube nicht so oft wie meine Mutter und mich. Jedenfalls habe ich wenig davon gesehen oder gehört.«

»Wissen Sie, warum er Sie und die anderen schlug? Hat er jemals den Grund dafür genannt?«

»Wir konnten ihm halt nichts recht machen und oft sagte er, wir wären ihm lästig und er würde uns nur deshalb noch dulden, weil eine Scheidung viel zu teuer wäre! Wenn er fort war, konnten wir immer etwas durchatmen.«

»Hat Ihre Mutter Versuche unternommen, ihn zu verlassen?«

»Ja, einmal hatten wir ein paar Sachen zusammengepackt und sind gegangen, als er auf der Arbeit war. Doch irgendjemand hatte uns verraten.

Jedenfalls hatte mein Vater plötzlich auf offener Straße vor uns gestanden. In einem gefährlich leisen, sehr deutlichen und langsamen Tonfall hatte er gesagt, dass wir sofort zurück nach Hause sollten und dann würde er ausführlich mit uns reden!«

»Reden hieß schlagen?«, hakte die Therapeutin vorsichtig nach.

»Ja, genau. Alejandro wurde nur geschlagen, meine Mutter und ich wurden obendrein noch sexuell missbraucht. Das fing irgendwann an, als ich dreizehn, vierzehn Jahre alt war. Da befingerte er mich gelegentlich, wenn ich mit ihm alleine war und er was getrunken hatte!«

»Weiß ihr Bruder das?«

»Gesagt haben wir ihm nichts. Ob er etwas mitgekriegt hatte, wissen wir nicht. Er hat nie etwas gesagt!«

»Das weiß er anscheinend also nicht. Was ist mit dem anderen Geheimnis, Diana?«

»Nein, auch das weiß er nicht. Ich warte auf den richtigen Moment. Ich will ihn nicht schocken. Ob ich es morgen bei unserem Treffen sage, weiß ich nicht. Vermutlich überfordere ich ihn damit.« Señora Moreno schaute auf die Uhr.

»Unsere Zeit ist leider um! Ich wünsche Ihnen alles

Gute für das Treffen mit ihrem Bruder. Wollen wir gleich einen neuen Gesprächstermin machen?«

»Alejandro, es gibt so vieles, was du nicht weißt!« Diana seufzte tief und merkte, wie die Wirkung ihrer Diazepamkapseln allmählich nachließ. Eben hatte sie es genossen alleine zu sein, nun war es ihr zu ruhig. Sie schnappte sich ihr Handy und schrieb ihren Nachbar Paco eine WhatsApp, ob er noch Lust auf eine ›Nummer‹ hätte und danach auf eine Runde Crack. Diana fragte, ob er noch Alkohol dahätte. Paco schrieb zurück, dass er gleich etwas mitbringen würde. Sie verschwand ins Badezimmer, um sich frisch zu machen. Heute Vormittag hatte sie spontan entschieden, Alejandro ein Geheimnis zu verraten. Doch sie hatte es nicht geschafft, zu groß war ihre Angst. Geknickt stand sie vor dem Spiegel und starrte ihr Spiegelbild an. Sie murmelte »Du bist so verflucht feige, Diana. Mach endlich reinen Tisch, verdammt noch mal! Sag es ihm beim nächsten Treffen.« Sie nickte bekräftigend und lächelte sich zaghaft zu.

Kapitel Siebenundzwanzig

Marco betrachtete eingehend die Steinwand, auf die Lara deutete. »Also, ich sehe da nix! Da ist absolut kein Loch. Das Einzige, was ich dort sehe, sind einige Mauersteine, die dunkler sind als die anderen!« Er stand langsam auf, ging auf die Mauer zu und strich mit den Händen über die Stelle. Marco schüttelte bedauernd den Kopf. »Nein, hier ist absolut nichts, leider! Das bildest du dir nur ein!« Er ging zurück zur sichtlich enttäuschten Lara, setzte sich neben sie und fasste sich an die Stirn. »Nun ist mir ebenfalls schwindelig und Kopfschmerzen habe ich auch. Dieser Bastard hat uns garantiert was untergemischt und wir müssen ja essen und trinken. Wir sind ihm völlig ausgeliefert. Wenn wir aus Angst weder essen noch trinken, werden wir irgendwann langsam und qualvoll sterben!«

»Nun habe ich so viel getrunken, aber trotzdem ist mein Mund total trocken. Wie ist denn das bloß möglich?« Lara schüttelte fassungslos den Kopf.

»Das kommt garantiert von diesem Drogenzeug, das er uns verabreicht hat. Deswegen sind wir auch so entspannt und euphorisch. Ohne Substanzen wärst du garantiert nicht so anschmiegsam. Nicht nachdem, was dir passiert ist. Die Sache mit der Mauer scheint allerdings die Kehrseite der Medaille zu sein. Du siehst Dinge, die nicht real sind!« Lara seufzte, legte ihren Kopf wieder in Marcos Schoss und umfasste seine Hand. Händehaltend hingen sie schweigend ihren Gedanken nach und schliefen allmählich völlig entspannt ein. Ein entferntes Türquietschen riss beide aus dem Schlaf. Lara hörte die verhasste Melodie und setzte sich ruckartig auf.

»Marco«, keuchte sie und rüttelte an seiner Schulter. Er wachte auf und lauschte, seine Augen wurden groß.

»Er ist tatsächlich wieder zurück. Genau wie angekündigt.« Lara rückte ganz dicht an Marco heran, der rasch seinen Arm schützend um sie legte.

»Hallo, ich bin wieder da!« Der Entführer lachte gut gelaunt. »Habt ihr mich vermisst?« Er schaute durch die Türklappe. Nun trug er eine schwarze Zorro-Maske, welche die Augen weitestgehend verbarg, die Kapuze seines schwarzen Pullovers hatte er hochgezogen. Er schloss die Tür auf, Marco erhob sich, Lara verharrte angespannt.

Mit schweren Schritten trat er in die Zelle, ein zu einem Ring gerolltes Seil hing über seinem linken Arm, in der rechten Hand hielt er einen Besen. Schnell schloss er die Tür wieder hinter sich ab. Breitbeinig stellte er sich vor beide und warf das Seil und den Besen auf den Boden.

»Und nun zu dir, Häftling«, wandte er sich an Marco, der vor ihm stand und ihn wütend ansah. »Aufstehen. Umdrehen. Dann ziehst du den Slip runter! Und zwar sofort.«

»Bitte was?«

»Du hast mich doch verstanden, Nachbar. Du sollst deine Unterhose runterlassen und dann knie dich mit dem Gesicht zur Wand.« Er klang bedrohlich leise, während er seine Pistole aus seinem Hosenbund zog. Marco war wie erstarrt. »Also, entweder du erledigst das alleine, oder ich helfe dir dabei. Und dreh dich ja um, damit ich deine dumme Fresse nicht dabei sehen muss!« Er richtete die Waffe auf ihn. Marco schluckte und kam entgeistert den Befehlen nach. Nach kurzem Zögern fielen seine blauen Boxershorts zu Boden. Marco atmete tief durch und drehte sich halb zu seinem Peiniger um. »Gesicht zur Wand, verdammt noch mal!« Zorro gab Marco einen Stoß und keifte dann Lara an. »Los, steh auf und fessele ihn. Hände auf seinen Rücken!« Lara zögerte. Plötzlich schlug er ihr ins Gesicht. »Mach schon! Fessle ihn oder ihr werdet es bereuen!« Lara wimmerte und hielt sich die Wange. Zaghaft beugte sie sich hinab und nahm das Seil auf. »Los. Schling es um seine Handgelenke und mach ja einen festen Knoten rein. Nicht zu locker das Ganze!« Er fuchtelte mit der Pistole vor ihrer Nase herum. Marco kreuzte seine Hände auf dem Rücken und Lara fesselte sie.

»Es tut mir so leid Marco«, flüsterte sie. Lara verknotete das Seil und zog es noch mal fest.

»Ja, sehr gut. Und nun zurück mit dir an die Wand

und verhalte dich gefälligst ruhig, sonst werde ich verdammt ungemütlich. Das schwöre ich dir.« Der Entführer machte mit der Waffe eine scheuchende Handbewegung. Langsam ging sie wieder zurück, die Augen stets auf ihn gerichtet, da sie ihm auf gar keinen Fall den Rücken zudrehen wollte. »Und bleib dort. Keine hektischen Bewegungen! So, und nun zu dir, Häftling. Du solltest dich doch hinknien.« Marco zögerte kurz, dann atmete er tief durch und kniete sich langsam auf den Steinboden.

»Ach, bevor ich es vergesse: Falls einer von euch nicht kooperiert oder irgendwelche Dummheiten macht, werde ich den anderen erschießen. Diesmal mache ich ernst.«

Er fixierte Lara mit seinem Blick und wandte sich dann wieder Marco zu. »Beug dich vor, Kopf nach unten«, befahl er leise. Marco gehorchte. Der Entführer lachte. »Und nun belle!« Marco schaute irritiert zu Lara, die sich die Hand vor den Mund hielt. Er begann wie ein kleiner Hund zu kläffen. »Gott, ich hasse Hunde! Überhaupt hasse ich Tiere!« Zorro nestelte an seinem Hosenbund herum und öffnete seinen Gürtel. Im Plauderton fuhr er fort: »Weißt du, ich habe so viel Rotwein und Kaffee getrunken und mir drückt jetzt gerade ganz furchtbar die Blase. Ich muss mich eben mal ganz dringend erleichtern.« Ein kräftiger, lauwarmer Strahl ergoss sich auf Marco. Dieser schrie auf und verzog gequält das Gesicht. Geschockt sah Lara dabei zu, wie der Entführer ihm auf den Rücken urinierte. Marco blickte kurz nach hinten. Für einen Augenblick sah er ganz deutlich ein

Tiertattoo auf dem linken Unterarm des Entführers. »Habe ich dir erlaubt, aufzuhören? Bell gefälligst weiter und schau nach vorne, Häftling.« Zorro zog den Reißverschluss seiner Hose wieder hoch. Lara verfolgte mit großen Augen und angehaltenem Atem jede seiner Bewegungen. Der Entführer beugte sich hinunter und nahm den Besen wieder an sich, lachte bösartig und brüllte dann Marco an »Los, belle weiter, jetzt wie ein großer Hund und strecke deinen Hintern so weit es geht in die Höhe. Und wehe, einer von euch beiden kommt auf dumme Ideen, dann lernt ihr mich mal richtig kennen.« Zorro zog sich Latexhandschuhe über, nahm den Besenstiel in die eine Hand und rieb das Ende des Stiels, als würde er onanieren. »Sonderbehandlung, Nachbar.« Marcos Herz hämmerte wild.

»Nein«, schrie er und bäumte sich auf. Doch Zorro gab ihm einen schmerzenden Tritt in die Seite.

»Hinknien und Arsch hoch!«, brüllte Zorro. Wimmernd und mit zusammengekniffenen Augen reckte Marco sein Hinterteil hoch.

»Oh Gott, hilf mir, bitte. Nein. Nein.« Zorro legte eine behandschuhte Hand auf Marcos Hintern und rammte ohne Vorwarnung den Besenstiel in seinen After.

Marco schrie schmerzerfüllt auf und fing an zu schluchzen.

Immer wieder zog sein Peiniger den Besenstiel ein Stück zurück, um dann so brutal und tief wie möglich zuzustoßen. Lara weinte. Hilf -und machtlos war sie Zeugin, wie er Marco minutenlang mit dem Besenstiel vergewaltigte. Nach einer gefühlten Ewigkeit zog er den Besenstiel mit einem Ruck wieder heraus und ließ ihn auf den Boden fallen. Marco blutete, sein Shirt war stellenweise von Urin durchtränkt. Er weinte und wimmerte hemmungslos, immer wieder unterbrochen von Schmerzenslauten. Der Entführer verpasste ihm noch einen Tritt in den Hintern, Marco fiel um und erhielt zum Abschluss noch mal einen weiteren, dieses Mal in seine Genitalien. Er schnappte nach Luft, verdrehte die Augen und blieb regungslos liegen. Lara bekam nur ein Flüstern heraus.

»Warum? Was haben wir Ihnen denn getan? Was hat *er* Ihnen denn getan? Warum?« Das letzte Wort brüllte sie.

»*Du*«, sagte er in einem drohenden Tonfall und kam langsam auf sie zu, »du wagst es, mich anzuschreien? Was denkst du, wer du bist, du hässliches Miststück?« Zorro trat noch näher und schnüffelte. »Du stinkst. Deine Haare müffeln und triefen vor Dreck und Fett. Mundgeruch hast du und stinkst nach Schweiß. Ja, du stinkst wirklich zehn Meilen gegen den Wind.« Marco, gefesselt und zusammengekauert, lag in einer Urinlache. Mühsam öffnete er die Augen und blickte zu Lara und seinem Peiniger, der den Mund verzog und sich angewidert schüttelte. Lara schaute zu Marco, dann wieder zu Zorro, der ihrem Blick folgte. Er grinste hämisch. »Hat es dir etwa gefallen? Du warst ja anscheinend sprachlos vor Faszination. Hat es dich erregt? Mich schon, wenn ich ehrlich bin. Willst du mal fühlen? *Ihn* spüren?« Seine wütende Stimme hatte sich in ein leises, säuselndes Flüstern verwandelt. Er strich ihr über die Wange, ihr Atem ging stoßweise vor Angst. Der Entführer nahm langsam eine ihrer Hände, öffnete erneut seinen Reißverschluss und führte ihre Hand an seine Genitalien. Lara verzog angewidert ihr Gesicht. Er hielt ihre Hand dort fest und bewegte sie auf und ab. Plötzlich stieß er sie zu Boden und legte sich so auf sie, dass es für sie unmöglich war zu fliehen. Sie kreischte panisch. Er hielt ihre Handgelenke über ihrem Kopf fest und vergewaltigte sie zum zweiten Mal. Sie kreischte und weinte. Lara versuchte verzweifelt sich zu wehren, indem sie um sich trat und biss.

»Das ist doch schon viel besser als das letzte Mal. Da warst du ja nur wie ein toter Fisch«, lachte er und keuchte.

Tränenüberströmt blickte sie Richtung Zellendecke, damit sie ihn nicht anzuschauen brauchte. »Stellungswechsel!«, kündigte er nach einem Moment an und drehte sie rabiat auf den Bauch. Sie schlug dabei mit dem Kinn auf dem Boden auf. Er schob sich rasch zwischen ihre Beine. Sie kreischte markerschütternd, als er anal in sie eindrang und lustvoll ächzend immer wieder zustieß. Ihre Schmerzensschreie schienen ihn anzufeuern, denn er stöhnte immer wilder und hechelte. Nach einigen Minuten hatte Zorro seinen Höhepunkt erreichte und zog sich mit einem Aufschrei von ihr zurück. Er erhob sich und machte flugs wieder seinen Reißverschluss zu. Lara rollte sich zusammen, hielt sich wimmernd den Unterleib und drehte sich mit einem leeren Gesichtsausdruck zur Wand. Der Entführer schaute grinsend auf sie herab und sang leise: *Always look on the bright side of life!*

Er ging zu Marco hinüber, warf einen kurzen Blick auf ihn und stieß ihn mit dem Fuß an. Marco hatte die Augen geschlossen und rührte sich nicht. Zorro wandte sich lachend ab und ging einige Schritte. Rasch öffnete Marco seine Augen einen Spalt. Er sah, wie Zorro den blutigen Besen an sich nahm und seinen Kopf zur laut schluchzenden und vor sich hin wimmernden Lara drehte. »Bis demnächst ihr beiden und euch eine gute Nacht.« Er hob zum Abschied die Hand, verließ die Zelle und schloss die Tür hastig wieder ab. Pfeifend machte er sich rasch von dannen.

Kapitel Achtundzwanzig

Alicia war abends gegen zehn Uhr müde zu Bett gegangen. Sie hatte von einer zahnlosen Lara geträumt, die in einem Schrank eingesperrt war. Laut klopfend hatte Lara versucht, auf sich aufmerksam zu machen. Dabei hatte sie ganz laut um Hilfe gerufen und immer wieder geschrien, dass sie keine Luft bekäme und dumpf gekeucht. Alicia hatte einige Schritte entfernt vom Schrank gestanden. Sie war nicht von der Stelle gekommen, da sie wie festgeklebt war. Verzweifelt hatte Alicia ihre Arme zur Schranktür gestreckt, doch vergebens. Egal, wie lang sie sich gemacht hatte, sie hatte die Tür nicht erreicht. Lara hatte immer lauter gebrüllt und war dann schließlich abrupt verstummt. Nassgeschwitzt und abgehackt atmend setzte sich Alicia im Bett auf. Sie schaute hektisch nach links und nach rechts, da sie sekundenlang regelrecht orientierungslos war. Erst als sie Umrisse von Dario sah und ihn leise schnarchen hörte, wusste sie, dass sie zu Hause war und nur einen fürchterlichen Albtraum gehabt hatte. Der Wecker zeigte kurz nach Mitternacht. Es dauerte lange, bis sie wieder einschlief. Nach einem üppigen Frühstück erschien Alicia im Reisebüro. Alejandro saß an seinem Platz und wirkte müde und betrübt. Alicia beschloss, ihn in der Pause zu fragen, ob mit ihm alles in Ordnung ist. Die ersten Kunden würden bestimmt in Kürze auftauchen. Außerdem würde sie Daniel gleich Bescheid geben, dass sie heute etwas früher Feierabend machen musste. Am liebsten würde sie gleich zur Polizei gehen. Alicia klopfte an Daniels Bürotür. »Ja, was gibt es denn, Alicia?« Er schaute mürrisch von seinen Unterlagen auf, die chaotisch ausgebreitet auf seinem Schreibtisch lagen. Auf dem Zettelwust lag ein großer, angebissener Croque. »Der Kluge hält Ordnung, das Genie beherrscht das Chaos.« Daniel lachte heiser. Alicia verkniff sich eine bissige Antwort.

»Dario holt mich heute um halb drei ab. Wir haben beunruhigende Post erhalten. Es geht dabei um Lara. Wir haben um drei Uhr einen Termin bei der Polizei.« Details verschwieg sie ihm.

»Oh, dann macht Lara wohl doch nicht Urlaub. Dann habe ich mich echt geirrt.« Sein Gesicht wurde eine Spur weicher. »Ich hoffe, euer Termin ist erfolgreich.« Er wandte sich wieder seinem PC zu. »Mach die Tür zu, Alicia. Von außen.« Auf dem Weg zu ihrem Schreibtisch kam sie an Alejandros Platz vorbei.

Verkrampft lächelte er sie an, seufzte und strich sich den Pony aus dem Gesicht. »Dir geht es nicht so gut, oder?«, fragte sie ihn im Vorbeigehen. Er schüttelte den

Kopf. »Willst du in der Pause darüber reden?« Sie setzte sich an ihren Schreibtisch, entsperrte ihren PC und sah Alejandro auffordernd an. Nach kurzem Zögern nickte er. In der Pause setzten sie sich zusammen in die Küche, aßen ihre mitgebrachten Speisen und tranken herrlich duftenden Kaffee. »Später muss ich mir die neue Schaufensterdeko anschauen, damit ich sie morgen aufbauen kann. Möchtest du das vielleicht übernehmen? Es wäre mal was anderes und du würdest mir damit einen Riesengefallen tun. Ich bin immer noch von den zusammenstürzenden Pyramiden traumatisiert.« Sie lachte und packte ein knuspriges Bocadillo aus.

»Ernsthaft? Na ja, ich kann ja mal gucken. Solange ich nicht die Chinesische Mauer Stein für Stein aufbauen muss. Darauf hätte ich nämlich auch keinen Bock.«

»So, und nun erzähl mal, was los ist. Was bedrückt dich?« Sie schaute ihn aufmerksam an. Alejandro druckste herum.

»Nun ja. Es geht um Probleme in meiner Familie. Das ist alles so verdammt schwierig.«

»Dein Vater?«, fragte sie ihn geradeheraus.

»Ja, auch. Ach Alicia, meine Mutter hat schon wieder blaue Flecken und ein Veilchen. Und Diana, tja Diana …«

»Was ist mit deiner Schwester?«

»Diana ist drogenabhängig, wohl durch Heroin. Sie möchte aber clean werden, sagt sie. Diana ist verheiratet. Durch ihren Mann ist sie in die Drogenszene gerutscht. Sie möchte nur den Kontakt mit mir. Auch mit meiner

Mutter, aber erst, wenn Diana ihr Okay dazu gibt. Solange soll ich das zu Hause geheim halten. Alles nicht so einfach für mich!«

»Oh wow, das würde mich total überfordern.«

»Eben. Mich ja auch. Und mit meiner Mutter ist es auch schwer. Sie wird geschlagen, weil sie angeblich *zu blöd* ist. Und öfter wird sie wohl von meinem Vater zum Sex gezwungen.« Alicia schüttelte fassungslos den Kopf. »Jetzt schämt sie sich natürlich und hat Angst vor ihm.« Alejandro zuckte hilflos mit den Schultern.

Alicia kramte in ihrer Hosentasche und drückte ihn Alejandro in die Hand. Verwundert schaute er sie an und faltete den Zettel auseinander. »Eine Telefonnummer?«

»Die Organisation ›Lichtfunke‹ hilft bei häuslicher Gewalt weiter. Ich habe gestern noch im Internet gesucht. Ein persönlicher Ansprechpartner steht euch bei Behörden -und Polizeigängen zur Seite. Und ihr könnt dort um Hilfe für einen Umzug in eine andere Wohnung bitten. Ihr müsst euch nur trauen und dort anrufen. Wie lange wollt ihr das noch aushalten? Hat er dich etwa auch geschlagen, Alejandro?«

»Nein, er hatte alles bei meiner Mutter abgeladen. Neulich hatte er sich für das Veilchen entschuldigt. Wir waren ehrlich verblüfft. Doch dann meinte er, dass eine kräftige Ohrfeige auch gereicht hätte. Danke für deine Hilfe und dein offenes Ohr, Alicia. Ich gebe nachher meiner Mutter den Zettel und falls sie sich nicht traut da anzurufen, werde ich es tun.« Er lächelte sie dankbar an.

»Gern geschehen.« Sie griff nach seiner Hand und

drückte sie. »Ihr schafft das schon.« In diesem Moment kam Daniel aus seinem Büro und sah die beiden dort sitzen.

»Ja, sag mal Alicia, ich denke du bist glücklich vergeben. Oder stehst du jetzt auf Minderjährige? Ihr sitzt beide hier und haltet Händchen.« Er lachte plump über seinen eigenen Witz.

»Daniel!«, rief Alicia sauer und warf ihm einen vernichtenden Blick zu. »Mitunter lassen deine Witze echt zu wünschen übrig.« Sie wandte sich an Alejandro. »Wir müssen weiterarbeiten. Unsere Pause ist gleich um.« Gegen halb drei betrat Dario das Reisebüro, nickte Daniel und Alejandro grüßend zu und wandte sich an Alicia, die gerade ihren Rucksack hochnahm.

»Hola, mein Schatz, hast du alles?«, fragte Dario Alicia und gab ihr einen Begrüßungskuss auf den Mund.

»Ja, ich habe alles. Was ist mit dir? Hast du auch an alles gedacht?«

»Aber selbstverständlich! Was dachtest du denn?«

»Na, dann los!«

Kapitel Neunundzwanzig

Inspector Javier Diaz steckte lächelnd seinen Kopf aus der Tür und entblößte dabei den kleinen Spalt zwischen den oberen Schneidezähnen. »Señora Morales und Señor Vazquez, kommen Sie doch bitte herein.« Er winkte sie zu sich. Beide betraten das Büro der Ermittler. Comissario Santos erhob sich und deutete auf die beiden Stühle vor seinem Schreibtisch. Inspector Diaz schloss die Tür, setzte sich an seinen Platz und widmete sich wieder seinen Akten. Comissario Santos kam gleich zur Sache. »Wir haben einige telefonische Hinweise erhalten. Ihre Freundin Lara Cortez wurde an dem Abend, als sie verschwand, am Port Vell gesehen. Ein Anrufer teilte mit, Señora Cortez hätte sich mit einem Mann unterhalten und beide wären zusammen zügig weggegangen. Der Mann trug legere Kleidung und hatte einen Schnurrbart, weitere Angaben konnte der Zeuge nicht machen. Wissen Sie, ob dieser Marco einen Schnurrbart trägt, Señora Morales?«

»Lara hat mir mal ein Foto gezeigt und darauf trug er keinen Schnauzer. Schon möglich, dass er jetzt einen Schnurrbart hat. Ich weiß es nicht.«

»Sie wirkte auf den Zeugen zufrieden und sie hatte anscheinend über etwas gelacht. Kein Hinweis, dass es ihr schlecht ging oder sie sich gar etwas antun wollte.« Comissario Santos seufzte. »Aber nun erzählen Sie doch mal, was genau Sie mit der Post erhalten haben.« Dario übergab dem Ermittler den Umschlag.

»Wir haben alles mitgebracht, Comissario Santos.«

»Ja wunderbar, ich schau mir das mal an.« Er streifte sich Latexhandschuhe über, nahm den Umschlag und legte ihn vor sich auf den Tisch. Mit einem scharfen Messer öffnete er ihn behutsam und zog den Inhalt heraus. Inspector Diaz erhob sich von seinem Platz und kam neugierig dazu. »Eine Tageszeitung, knappe drei Monate alt. *25-jährige tot nahe Park Güell aufgefunden.* Und jemand war so kreativ und hat einen Totenkopf mit blutenden Augenhöhlen daneben gezeichnet. Und ganz viele lange Haare. Die könnten ja fast von Ihnen sein, Señora Morales. Der gleiche Farbton.«

»Ja, ich weiß. Lara und ich sehen uns schon sehr ähnlich, sogar die Haarfarbe passt.«

»Blutige und abgebrochene Zähne sind auch mit dabei. Hm ... Da müssen die Experten ran. Die können feststellen, ob sie von Lara stammen.« Alicia schmiegte sich unbehaglich an Dario.

Er legte seinen Arm um sie. »Wie lange wird es dauern, Comissario Santos?«

»Ich werde Druck machen. Die Ergebnisse werde ich

Ihnen selbstverständlich umgehend mitteilen.« Sie standen auf, verabschiedeten sich und verließen das Büro. Comissario Santos schloss die Tür hinter beiden. »Javier, würdest du bitte alles für die Kollegen im Labor vorbereiten? Und könntest du dann noch die Zeitung scannen und archivieren?«

Er setzte sich vor seinen Bildschirm, um seine handschriftlichen Notizen in eine ordentliche Form zu bringen. Nach wenigen Anschlägen auf der Tastatur brummte er grüblerisch »Interessant, dass jetzt auch dieser Marco Escobar von seinem Chef Antonio Cabra vermisst gemeldet wurde.« Inspector Diaz schaute nachdenklich.

»Miguel, was wäre, wenn die Zähne von diesem Marco sind? Vielleicht werden ja beide zusammen irgendwo festgehalten.« Comissario Santos nickte.

»Da könnte was dran sein, Javier. Ich werde der Kriminaltechnik eine Info zukommen lassen.« Er schrieb schnell eine Notiz auf einen Post-it-Zettel, klebte diesen auf den Briefumschlag und tippte dann energisch mit dem Zeigefinger auf den Tisch. »Lass uns die Schlagzeilen, die Señora Morales erhalten hat, unter die Lupe nehmen. Vielleicht finden wir Hinweise, die uns weiterhelfen, Javier. Und wir müssen Laras Kollegen befragen.«

»Aber wir waren doch schon im Reisebüro. Hältst du denn den Chef von Lara und Alicia für verdächtig?« Comissario Santos schüttelte den Kopf.

»Mein Bauchgefühl sagt nein. Ich denke, Daniel Simon ist nur ein Wichtigtuer, der sauer ist, dass er bei seinen Angestellten nicht landen kann. Ich meine die anderen Kollegen, mit denen Lara als Fremdenführerin zu tun hat.«

»Stimmt, die Kollegen ihrer zweiten Arbeitsstelle.« Inspector Diaz wählte die Nummer der Touristeninformation am Plaça de Catalunya und schilderte sein Anliegen. Nach dem Anruf wandte er sich an Comissario Santos. »Die Dame am Telefon meinte, dass jener Kollege, der Lara vor ihrem Verschwinden noch gesehen hatte, erst Mittwoch wieder anwesend sein wird. Miguel, dann wissen wir ja, was wir Mittwoch machen, oder?«

Kapitel Dreißig

Seit einer Stunde hatte ich zusammengekauert auf der Kellertreppe gesessen, da wo sie mich gerne sahen. Immer wieder hatte ich zu weinen angefangen und die Nase hochgezogen. Mein Vater war fuchsteufelswild geworden, weil ich eine weitere Fünf in einer Mathearbeit erhalten hatte. Er hatte mich ausgeschimpft und mich mehrfach als schwachsinnig bezeichnet. Danach hatte er mir ordentlich den Hintern versohlt und mich zur Bestrafung in den Keller geschickt. Dort sollte ich nachdenken und mir überlegen, wie ich eine gute Zensur bekäme. Eine Stunde hatte ich mittlerweile dagesessen und mit den Zähnen geklappert. Nicht nur, weil ich Angst gehabt hatte, sondern weil es dort auch eisig kalt war. Zu allem Überfluss hatte ich mir außerdem noch in die Hose gemacht. Ich wollte gar nicht daran denken, was meine Eltern sagen und tun würden, wenn sie es entdeckten. Meine Mutter würde angewidert ihr Gesicht verziehen, sich dann eine Zigarette anstecken und mich so gut es ging ignorieren. Mein Vater würde mich noch mehr schlagen als ohnehin schon, und mich richtig anbrüllen. Das ganze Haus hatte immer nach Zigarettenrauch gestunken - und nach Alkohol, den mein Vater damals heimlich gebechert hatte. Hier im Keller merkte ich zum Glück von beidem nichts. Ich wurde auch eingesperrt, wenn sie mich mal alleine lassen mussten. Das geschah aufgrund der vielen Partys, Interviews und anderer Termine ziemlich häufig. Mit gerade mal sieben Jahren hatte ich einen Großteil meines Lebens im Keller verbracht. Dort hatte ich auch gesessen, wenn meine Mutter mich nicht sehen und einfach ihre Ruhe haben wollte. Ab und zu musste mir meine jüngere Schwester Chiara Gesellschaft leisten. Zum Beispiel, wenn sie mich in Schutz genommen hatte. Sie war bei einem Autounfall gestorben. Ich hatte sie so sehr vermisst. Es war keiner mehr dagewesen, mit dem ich groß reden und lachen konnte. Ich war aufgestanden, hatte meine Tränen weggewischt und war langsam, mit kleinen Schritten, die Treppe hinabgestiegen. Der Keller hatte damals als eine Art Rumpelkammer gedient, in der allerlei Krimskrams abgestellt wurde. Um mich im Keller zu beruhigen, hatte ich irgendwann angefangen, Melodien vor mich hinzusummen. Am liebsten das Lied einer Kindersendung, die mich oft zum Lachen gebracht hatte. Leider hatte ich sie viel zu selten sehen dürfen, denn ich durfte zu Hause kaum fernsehen. »Zuviel Fernsehen macht dumm.« hatte Vater oft gesagt.

Ich war in die Ecke des Kellerraums gegangen, in der eine große, schwere Kommode thronte. Auf ihr hatte eine staubige Tischlampe gestanden, die ich angeknipst hatte. Gelbliches Licht hatte den großen, schmuddeligen Raum erhellt, Staubflocken hatten in der Luft getanzt. Ein aufgeschlagener Bildband über Reptilien hatte auf der Kommode gelegen. Jedes Mal, wenn ich hier unten war, hatte ich mir fasziniert dieselben Bilder in dem Buch angeschaut gehabt. Das obere Foto hatte eine lange Würgeschlange im hohen Gras gezeigt, die ein Kaninchen anstarrte. Auf dem mittleren Foto hatte die Schlange ihr Opfer fest umschlungen und eingewickelt. Und das letzte Bild auf der Buchseite zeigte das Reptil mit ausgerenktem Kiefer, das Karnickel zur Hälfte verschluckt. »Ich wünschte, ich wäre diese Schlange«, hatte ich einmal laut gedacht, »dann wäre ich groß und stark, alle hätten Angst vor mir und ich könnte alle verschlingen, die ich nicht mag oder die mir wehtun!« Ich hatte langsam den Blick abgewandt und vorsichtig die oberste Schublade der Kommode aufgezogen, die daraufhin gequietscht hatte, und hineingegriffen. Einen kleinen Stapel Fotos hatte ich herausgezogen, schon etwas geknickt und leicht schmutzig. Mit traurigen Augen hatte ich die Bilder zum x-ten Mal durchgeblättert. Sie hatten Chiara und mich gezeigt, in inniger Umarmung, lachend auf einer Wippe, zusammen im Sandkasten oder auch freudig zwischen Weihnachtsgeschenken kniend. Weiter unten waren Fotos, auf denen wir zusammen mit den Eltern zu sehen waren, alle heile Welt vortäuschend, strahlend in die Kamera blickend. Ganz unten im Stapel waren dann Großaufnahmen von Vater und Mutter. Ich hatte mir sehr lange diese Bilder angeschaut, dann eine weitere Schub-

lade geöffnet und einen schwarzen Stift herausgeholt. Die Fotos hatte ich auf die Kommode gelegt und damit begonnen nach und nach sämtliche Augen meiner Eltern schwarz auszumalen. »Nun könnt ihr mich nicht mehr böse anschauen!« Unzufrieden hatte ich den Kopf geschüttelt, erneut in die die Schublade gegriffen und eine kleine Schere hervorgezogen. Auf dem sandigen Kellerboden sitzend hatte ich, langsam und mit größter Sorgfalt, die Aufnahmen meiner Eltern so bearbeitet, dass nur noch Löcher statt Augen zu sehen waren. Als ich damit fertig war, war ich aufgestanden, hatte sämtliche Fotos zusammengepackt und die Schere wieder in der Schublade verstaut.

Ich hatte bereits hoch gehen wollen, als mein Blick auf einen Kleiderstapel fiel. Ganz oben hatte ein hellbrauner Teddybär, mit einigen kahlen Stellen und einem freundlichen Gesicht, gesessen. Ich hatte kurz gezögert und dann diesen Teddy hochgehoben. Den Bären hatte ich vor einigen Jahren von meiner geliebten Oma mütterlicherseits zum Geburtstag geschenkt bekommen. Mein Vater hatte leider jeglichen Kontakt verboten. Es war ums liebe Geld gegangen. Die Eltern meines Vaters hatte ich nie kennengelernt, da sie vor meiner Geburt gestorben waren. Sekundenlang hatte ich den Teddybären angestarrt, dann hatte ich ihm genüsslich den Hals umgedreht, bis es knackte und der Kopf eine Hundertachtzig-Grad-Drehung machte. Zufrieden lächelnd hatte ich den Teddy zurück auf den Stapel gelegt und war die Treppe hoch gestapft, um mich wieder auf die Stufe zu setzen. In diesem Moment hatte die wütende Stimme meines Vaters gebrüllt »Leon, du schwachsinniger kleiner Bastard! Ist dir etwas eingefallen für eine bessere Note? Ich schließe jetzt auf und ich hoffe, du hast eine gute Idee, Bürschchen!« Wimmernd hatte ich gedacht: Gleich geht die Tür auf und dann würde Vater sehen, dass ich mir in die Hose gemacht habe ... *Ich hörte, wie sich der Schlüssel knarrend drehte ...*

Diese Erinnerung aus meiner Kindheit war für einige Sekunden in meinem Gedächtnis aufgeblitzt, als ich wieder lachend die Treppe hinaufeilte und meine Gefangenen zurückließ. Keller waren in der Tat sehr interessante Orte, da sie häufig Spaß und Aufregung versprachen. Erst recht, wenn man sich zu zweit dort aufhalten konnte, so wie meine Schwester und ich damals. Viele Fotos von ihr und von uns hatte ich aufgehoben. Ich hütete sie wie einen Schatz. Eigentlich wollte ich vor einigen Wochen diese Schlampe unten im Keller nur umbringen, doch ich hatte meinen Plan geändert. So machte es mir viel mehr Freude. Es war kurz vor halb eins nachts, als ich voller Glücksgefühle nach Hause kam. Das Zusammentreffen mit meinen Opfern war wieder einmal ein erregender Mix aus Sex und Macht gewesen. Gepaart mit dem Genuss, die Angst, die Erniedrigung und die Hilflosigkeit meiner Gefangenen hautnah zu erleben. Ich nahm gut gelaunt summend eine ausgiebige Dusche und ging danach an den Kühlschrank, um noch eine Kleinigkeit zu essen.

* * *

Ich wollte eigentlich schon viel früher zuhause sein, doch die Zeit im Castell de Montjuic war wie im Fluge vergangen. Mein Kumpel Emilio hatte letztes Jahr defekte Rohre im Kellergewölbe repariert. Im Spaß hatte er damals zu mir gesagt, dass von dort garantiert keine Schreie nach oben dringen würden. Emilios Betrieb hatte viele Schlüssel für mögliche Notfälle, unter anderem auch fürs Castell. Wir hatten uns davon einige nachgemacht, für den Fall der Fälle. Emilio war mit fast allem einverstanden, solange es gut Geld einbrachte oder jemand im Gegenzug für ihn ebenfalls Gefallen erledigte. Eine Hand wäscht die andere, wie es so schön heißt! Ich wusste nicht, was er mit dem ganzen Geld vorhatte, doch er verprasste es nicht. Er musste inzwischen eine stattliche Summe angehäuft haben, da er an vielem beteiligt war. Wofür er sparte, hatte er nie erzählt und mich hatte es auch nicht sonderlich interessiert. Im Großen und Ganzen machte jeder sein Ding. Freundschaft konnte man das nicht nennen, eher Zweckgemeinschaft. Richtige Freunde hatte ich nie gehabt, aber ich vermisste es auch nicht. Sie wären wahrscheinlich eher hinderlich bei meinem Lebensstil. Ich war ein Einzelgänger und so gefiel es mir. Ich war frei, zu tun und zu lassen, was ich wollte. Ich hatte noch einen Kumpel aus der Schulzeit, mit dem ich sporadisch Kontakt hatte und telefonierte - Mateo. Damals war er der Anführer der Schulclique, für die ich eine Mutprobe bestand, um aufgenommen zu werden. Ich hatte als Junge eine Katze in einen Sack mit Steinen gestopft, zugebunden, im Fluss Besos in Barcelona versenkt und somit das Mistvieh ertränkt. Damals war ich klein und feige und hatte noch Gewissensbisse. Mittlerweile lebte ich mein Leben mit einer Menge Kicks, ohne jegliche Reue. Vor zwei Tagen hatte ich mich bei dem Gedanken ertappt, wie es wäre, andere wissen zu lassen, welche Taten ich in all den Jahren und Jahrzehnten begangen hatte. Es würde mir Anerkennung bringen, dessen war ich mir absolut sicher. Ich würde ein, zwei Nächte drüber schlafen. Und mich dann entscheiden. Vielleicht aber auch nicht.

Kapitel Einunddreißig

Lara lag noch lange zusammengekrümmt und schweigend neben Marco, nachdem der Entführer gegangen war. Sie befand sich in einem Schockzustand. Zuweilen stieß sie Schmerzensschreie aus. Lara starrte an die Wand, gelegentlich fiel ihr Blick auf Marco. Es dauerte lange, bis sie sein unterdrücktes Wimmern hörte, das allmählich anschwoll und in ein heftiges Schluchzen überging. Wie in Trance erhob sich Lara vorsichtig und wankte zu ihm hinüber. Er schaute zu ihr hoch. »Reich mir deine Hände!«, raunte sie. Ihre Stimme klang krächzend. Marco drehte ihr den Rücken zu und sie begann die Knoten zu lösen. Es dauerte eine ganze Weile, da diese relativ fest waren und Lara sehr entkräftet. Doch bald hatte sie es geschafft und er konnte wieder seine Hände bewegen.

»Danke«, wisperte er ihr zu und rieb sich die Handgelenke. Lara setzte sich ganz langsam, legte sich vorsichtig auf die Seite und ließ ihren Blick ins Leere schweifen, genau wie Marco. So kauerten sie stundenlang, bis die Nacht vorbei war, in Gedanken versunken. Marco schien erfüllt von Scham, Schmerz, Resignation und Ekel. Er wandte sich Lara zu. »Ich hätte nie im Leben gedacht, dass ich jemals von einem Mann sexuell missbraucht werden würde. Viele der Probleme, die ich bis vor kurzem hatte, kommen mir so trivial vor, Lara. Falls ich hier jemals wieder rauskommen sollte, werde ich vieles anders machen und definitiv mehr Dankbarkeit empfinden. Das nehme ich mir ganz fest vor.« Lara nickte.

»Ja, mir geht es ähnlich! Alle Probleme draußen sind so klein und nichtig.« Marco blickte angewidert an sich hinab und verzog sein Gesicht.

»Mein Gott, ich stinke so nach Pisse! Mir wird gleich schlecht.« Er hustete und würgte und griff nach einer Flasche. Lara beobachtete ihn, wie er kleine Schlucke nahm.

»Ich habe auch großen Durst, aber ich traue mich nicht zu trinken!« Wieder starrte sie vor sich hin. »Ich will nicht mehr. Ich kann nicht mehr. Ich fühl mich so dreckig und wertlos. Soll er mich doch einfach umbringen!«

»Er kann seine Spielchen ewig weiter spielen. Der wird uns *nie* gehen lassen. Der *will* uns gar nicht umbringen, Lara. Er hat schließlich selbst gesagt, dass ihm das Ganze riesigen Spaß macht. Was sind wir denn für ihn? Nur Unterhaltung, mehr nicht.« Laras Gesicht nahm einen grüblerischen Ausdruck an.

»Uns muss endlich etwas einfallen. Nur was? Wenn

wir abhauen würden, falls er die Tür mal aufließe, kämen wir garantiert nicht weit. Und ihn überwältigen dürfte auch zu schwierig sein. Wir sind beide einfach viel zu entkräftet. Falls das schief geht, verärgern wir ihn richtig und wer weiß, was uns dann blüht, Marco.« Er reichte ihr die Flasche.

»Nimm dieses Mal nur wenige und kleine Schlucke, so wie ich. Du darfst nicht wieder so viel und so schnell trinken.« Lara nahm zögerlich die Flasche, nippte mehrmals und gab sie Marco zurück.

»Wie spät es wohl sein mag? Ich fühle mich, als wäre ich schon ein Jahr hier drin. Meinst du, dass man überhaupt nach uns sucht?«

»Da bin ich mir absolut sicher. Es ist mehr als ungewöhnlich, auch, dass wir *beide* spurlos verschwunden sind. Mein Chef wird garantiert schon zur Polizei gegangen sein. Und Alicia ebenfalls.«

»Ja, Alicia.« Laras Blick verlor sich in der Ferne. »Ein Mädelsabend mit ihr wäre so schön. Ich würde mit ihr auch wirklich jeden Film anschauen, sogar "Titanic" mit Leonardo DiCaprio. Wenn ich nur wieder mit ihr zusammen auf dem Sofa sitzen könnte.« Es schnürte ihr den Hals zu.

»Ich würde auch Überstunden machen, ohne zu murren, falls ich hier lebend und an einem Stück rauskomme.« Marco erhob sich stöhnend. Mit schmerzverzerrtem Gesicht stützte er sich an der Mauer ab. Lara machte einige mühsame Schritte. »Verdammt«, brach es aus Marco heraus. Bevor Lara fragen konnte, was los war, hörte sie es. Es erfasste sie ein eiskalter Schauer, der ihr den ganzen Körper hinab lief. Er kam zurück. Sie würde dieses verfluchte Lied bis ans Lebensende hassen! Rasch zog sie sich ihre Jacke über. Dieses Mal klopfte er gar nicht erst an, sondern schloss pfeifend die knarzende Zellentür auf.

»Einen schönen Dienstagmorgen wünsche ich euch. Habt ihr auch so gut geschlafen wie ich? Körperliche Betätigung ist schließlich ein hervorragendes Schlafmittel.« Bösartig lachend trat er langsam ein. Seine Augen glitzerten belustigt hinter einer schwarzen Skimaske. Er schloss die Tür hinter sich und kam langsam auf Marco und Lara zu. Sie wichen vor ihm zurück, bis sie an die hinterste Mauer anstießen. Die Arzttasche fiel Lara erst einen Augenblick später auf. *Was da wohl drin sein mochte?*

Unzählige Bilder schossen ihr durch den Kopf. Sie schluckte, ihre Hände begannen zu zittern. »Marco«, flüsterte sie und schaute ihn verängstigt an. Ihr Peiniger stellte die Tasche ab und begann, darin herumzuwühlen. Plötzlich hob er den Kopf und blickte Marco an. »Wieso bist du eigentlich nicht mehr gefesselt?«, blaffte er Marco an und wandte den Kopf zu Lara. »Habe ich dir gestattet, seine Fesseln zu lösen, Weib?« Lara schwieg und schloss die Augen. Marco hielt dem Blick seines Entführers stand und sagte ebenfalls kein Wort. »Wisst ihr, ich habe euch etwas ganz Außergewöhnliches mitgebracht. Das habt ihr garantiert noch nicht gesehen, höchstens auf Fotos«, fuhr der Entführer im Plauderton fort. Lara hielt weiterhin die Augen geschlossen. Marco griff schützend nach Laras zitternder rechter Hand. »Hey du, keine

Bewegungen oder Berührungen, ich warne euch«, polterte der Skimasken-Mann. Marco zog rasch seine Hand weg, als hätte er sich verbrannt. »Und kommt ja nicht auf dumme Ideen. Ihr werdet es bitter bereuen, wenn ihr irgendwelche Tricks versucht. Nicht nur ihr werdet es bereuen, sondern auch eure Familien und Freunde.« Marco schnaufte wütend, der Entführer lachte nur. Er zog ein antik aussehendes Teil aus seiner Arzttasche und zeigte es Marco und Lara mit stolzer Geste. Es hatte Ähnlichkeit mit einem Trichter. »Ich hatte schon immer eine Schwäche fürs düstere Mittelalter und auch für Folterinstrumente. Habt ihr vielleicht eine Ahnung, was das hier ist?« Lara öffnete entsetzt die Augen, ihr Atem beschleunigte sich. Marco und sie betrachteten furchtsam das Gerät. »Das ist eine sogenannte Mundsperre«, erklärte ihr Peiniger in einem freundlichen Tonfall. »Die wurde erfolgreich bei Verhören eingesetzt, damit der Verdächtigte den Mund nicht mehr schließen konnte. Das führte außerdem dazu, dass derjenige irgendwann furchtbar sabberte und überaus heftige Schluck- und Kieferschmerzen bekam.« Er legte die Mundsperre auf den Boden und sah Marco und Lara an. »Habt ihr eure Zungen verschluckt? Ich versuche euch mit interessanten Fakten zu unterhalten und ihr bleibt stumm wie Fische?« Er brummte verärgert, bückte sich erneut zur Tasche herunter und zog ein weiteres Gerät hervor. »Hier... Das ist eine Daumenschraube. Habt ihr vielleicht schon mal irgendwo gesehen. Es gibt doch das schöne Sprichwort ›bei jemandem die Daumenschrauben anziehen‹. Sehr schmerzhaft das

Ganze.« Lara schüttelte entgeistert den Kopf. Ihr Entführer redete unbeirrt weiter.

»Die Finger werden dabei immer mehr gequetscht und es kann zu Knochenbrüchen und bleibenden Schäden führen. Das wollte ich mir schon immer so gerne anschauen. Los! Gib mir deine Hand, Weib!« Der Entführer grapschte nach Laras Hand. Mit einem Aufschrei zog sie sie zurück.

»Nein, ich will nicht.«

»Das interessiert mich herzlich wenig. Komm! Entweder du gibst mir deine verdammte Hand oder ihr müsst in den nächsten Tagen auf Essen und Trinken verzichten. *Du* entscheidest!« Verzweifelt schaute Lara zu Marco. Er überlegte nicht lange und reichte ihm seine Hand. »Nimm meine«, forderte Marco den Entführer auf und kniff schnell die Augen zusammen, doch der schüttelte nur seinen Kopf und antwortete seelenruhig.

»Nein.« Marco ließ seine Hand sinken. »Auf einmal könnt ihr doch sprechen. Muss ich denn immer erst nachhelfen?«, fragte sein Peiniger. Plötzlich griff er blitzschnell nach Marcos Hand. In einem Reflex zog Marco seine Hand zurück, reichte sie aber dann dem Skimasken-Mann wieder hin.

»Na also, geht doch.« Genüsslich spannte der Kerl Marcos rechten Daumen in die Zwinge und drehte langsam an der Schraube. Lara wagte nur einen verstohlenen Blick zu Marco, der diese perverse Prozedur leichenblass über sich ergehen ließ. Der Entführer hörte auf zu drehen. »Spannende Sache, oder?« Lara war wie erstarrt. Einige Sekunden passierte gar nichts. Marco schien zu schwitzen, er hechelte. Der Peiniger fixierte ihn mit einem kalten Blick. *Oh Gott, warum hat er nun aufgehört? Und dieses Schweigen, grauenhaft,* dachte Lara schaudernd. Nach einer gefühlten Ewigkeit löste der Entführer jedoch wieder die Schraube. Zitternd zog Marco seine Hand weg. Lara atmete erleichtert auf und blickte den Kidnapper verwundert an. Dieser lachte nur, legte die Daumenschraube auf den Steinboden und langte erneut in seine Arzttasche. Lara keuchte.

»Aufhören, bitte. Hören Sie doch auf.« Sie zog die Jacke fester um sich. Doch er ignorierte ihr Flehen und hielt ein bauchiges Gerät in die Höhe.

»Weiß einer von euch, was das hier ist? Na?« Marco zuckte mit den Schultern, Lara verneinte mit dünner Stimme.

»Das ist eine Mundbirne, auch ›Birne der Qual‹ genannt. Die kann man in diverse Körperöffnungen einführen und wenn man am Gewinde dreht, öffnen sich die Flügel und die Birne spreizt sich auseinander. Dadurch entstehen höllische, schmerzende Risse im Gewebe. Klingt interessant, findet ihr nicht auch? Hier … probiert mal, sie zu öffnen.«

Er reichte Marco die Birne und nickte ihm aufmunternd zu.

»Nein, danke«, stammelte Marco und blickte zu Lara hinüber. Sie schüttelte heftig den Kopf. Der Entführer seufzte genervt. Auf Lara wirkte er geradezu beleidigt. Er räumte alle Geräte wieder in seine Tasche und packte nach kurzem Zögern zwei Flaschen Wasser sowie einige belegte Sandwiches aus. Er legte alles auf dem Boden ab.

»Aber das hier werdet ihr doch garantiert annehmen. Habe ich recht? Ich gehe wieder. Ach, und übrigens, ihr könnt euch schon mal für ein Instrument entscheiden. Wenn ich zurückkomme ...upps...ich meine, *falls* ich zurückkomme, werde ich das Ganze mal an euch testen. Ist aufregend und macht bestimmt riesigen Spaß.« Er wandte sich zur Tür, drehte sich aber noch einmal um und zwinkerte ihnen grinsend zu. »Und tut mir einen Gefallen. Nehmt nicht beide dasselbe Gerät. Das wäre echt langweilig. Der eine nimmt dies und der andere nimmt das. Sonst lose ich aus.« Er winkte beiden kurz zu und verschwand mit einem »Adios Häftlinge.«. Pfeifend schloss er die Tür ab. Die Melodie und seine Schritte wurden stetig leiser, bis völlige Stille herrschte. Laras Blicke gingen ins Leere. Marco starrte ebenfalls vor sich hin.

»Oh Gott, ich werde wahnsinnig!« Lara griff sich in die kurzen Haare und begann schreiend daran zu ziehen. Ihre Schreie wurden schriller und immer lauter. Sie konnte nicht mehr aufhören.

Kapitel Zweiunddreißig

Diana erwachte nackt in ihrem Bett, mit einem mächtigen Brummschädel und immensen Erinnerungslücken. Ihr glasiger Blick fiel auf den Wecker, es war fast zehn Uhr morgens. Ihre Kleidung lag auf dem Boden verstreut. Zittrig erhob sie sich und wankte ins Badezimmer. »Autsch.« Sie war auf eine Crackpfeife getreten. Als sie hinabsah, bemerkte sie, dass ihre Beine verschrammt, blutverkrustet und voller blauer Flecke waren. »Oh mein Gott, hatte ich wirklich wieder einen Rückfall? Und was zum Teufel ist mit meinen Beinen passiert?« Hustend wankte sie weiter Richtung Badezimmer, vorbei an zahllosen Schnapsflaschen. Nach dem Toilettengang sah sie beim Händewaschen trübsinnig in den Spiegel. Ihr Gesicht wirkte aufgedunsen, faltig und fleckig. Ihre Augen waren eingefallen und dunkel unterlaufen, ihre Lippen aufgesprungen und rissig. »Warum?« Sie beugte sich vor und warf sich mehrfach kaltes Wasser ins Gesicht. Eine quälende Frage kam ihr in den Sinn: Wann stand der nächste Drogentest an? Davon hing es ab, ob sie in dieser Einrichtung bleiben durfte. »Verdammt!«, fluchte sie und fuhr sich langsam durch ihre wirren, verstrubbelten Haare. Sie ging zurück ins Schlafzimmer, ließ sich auf die Matratze plumpsen und hob erschrocken ihren Hintern gleich wieder. Ihr Handy! Sie nahm es rasch und schaltete es ein. »Zum Glück nicht kaputtgegangen.« Ihr Blick fiel aufs Datum im Display. *Mittwoch? Habe ich wirklich so lange gepennt?* Sie schnaufte. Schüttelfrost überkam sie. Diana huschte unter ihre Bettdecke und scrollte Nägel kauend durch ihre Mitteilungen, da gab es einiges zu lesen. Achtzehn Nachrichten waren von ihrem Zimmernachbarn Paco, drei von Alejandro. »Oh Mann.« Nacheinander las sie Diana alle durch. Ihre Augen wurden groß. Paco hatte Unmengen an Fotos geschickt, einige davon Selfies. Doch der Großteil entpuppte sich als Stripfotos von ihr und Fotos, die sie beide beim Sex zeigten. Zum Schluss kam noch eine getippte Nachricht von Paco. *Danke für die heiße Nacht, Baby. Ich muss mal eben weg und Nachschub holen. Melde mich. Gruß von deinem sexy Teufel!* Alejandro hatte ihr noch einen Guten Morgen-Gruß geschickt und berichtet, dass Alicia auf Arbeit erzählt hat, dass jemand in eine Apotheke eingebrochen ist. Es fehlen Tranquilizer sowie Aufputsch- und Schmerzmittel. In einer weiteren Nachricht fragte Alejandro: *Sind das nicht Medikamente, die Drogenabhängige nehmen? Du kennst dich doch damit aus.*

Diana runzelte die Stirn. »Wie meint er das denn? Glaubt er etwa, dass ich das war?«, murmelte sie vor sich hin. Sie wurde unruhig. Ihr Körper verlangte merklich nach Drogen, sie begann zu schwitzen. Diana kniff die Augen zusammen, massierte ihre Schläfen und konzentrierte sich mit aller Anstrengung. Ihr Gedächtnis war verdammt porös geworden. Der Drogentest! Plötzlich fiel es ihr wieder ein. Sie sollte ins Erdgeschoss ans Schwarze Brett schauen, ob ein Termin aushing. Doch zuerst nahm sie eine ausgiebige Wechseldusche. Danach fühlte sie sich etwas fitter. Nachdem sie sich rasch angezogen hatte, schnappte sie sich ihr Handy und verließ ihre kleine Wohnung. Unten angekommen sah sie, dass der Drogentest in drei Tagen stattfinden sollte. Einige Drogen waren bis zu vier Tage lang nachweisbar. »Scheiße!«, entfuhr es ihr. Ein anderer Bewohner, der ebenfalls vor dem Schwarzen Brett stand, drehte sich zu ihr um.

»Hast du auch ein Problem?«, fragte er und grinste schief. Diana schwieg. Er strich sich über seinen kahlen Schädel und zwinkerte ihr zu. »Von mir erfährt keiner was, keine Panik!« Er ging davon. Sie brauchte frische Luft. Im Freien tigerte sie auf und ab und steckte sich eine Zigarette an. Nachdem sie aufgeraucht hatte, wählte sie nach kurzem Zögern Pacos Nummer. Hoffentlich verschonte er sie mit pikanten Details. Dafür hatte sie weder Zeit noch Nerven. Sie ließ es mehrmals klingeln, doch lediglich der Anrufbeantworter sprang an. »Paco, ich bin´s, Diana. Ruf mich dringend zurück, es ist sehr wichtig, hörst du?« Diana seufzte genervt und wählte Alejandros Nummer. »Schwesterchen, ist was passiert?

In zwei Stunden mache ich Mittagspause, dann könnten wir quatschen. Willst du vorbeikommen?«

»Klar«, stieß sie hervor.

»Ich wollte dich auch schon anklingeln. Ich habe bei dieser Organisation "Lichtfunke" angerufen, die bei häuslicher Gewalt weiterhilft. Die Nummer habe ich von Alicia bekommen. Du hast sie bestimmt gestern kurz gesehen, als du hier warst. Ihr Freund ist Apotheker.« Diana glaubte, einen leichten Unterton herauszuhören und wurde langsam wütend. Verdächtigte er sie wirklich wegen des Einbruchs? Wollte er sie aushorchen? Ihre Gedanken fuhren Achterbahn. Es durchlief sie plötzlich siedend heiß. War sie womöglich doch in diese Apotheke eingebrochen? Wenn ja, mit oder ohne Paco?

Das letzte, woran sie sich erinnern konnte, war, dass sie mit Paco eine Wodkaflasche öffnete. Noch ein Grund mehr, mit ihm zu reden. Hoffentlich rief er schnell zurück. Wo mochte er stecken? *Pleased to meet you! Hope you guessed my name, oh yeah!* sang Axl Rose aus ihrem Handy. ›Sympathy for the devil‹, Paco!

Sie warf den noch glimmenden Zigarettenstummel auf den Boden und trat kräftig drauf. »Paco, endlich!«, rief sie ohne Begrüßung.

»Hola, Baby! Hast du Sehnsucht nach deinem sexy Teufel?«

»Nenn mich nicht so. Mann, lass den Quatsch. Was ist passiert? Bitte bring mich auf den neuesten Stand. Und damit meine ich *nicht* unseren Sex.« Paco lachte heiser.

»Ach schade, dabei gäbe es so viel darüber zu erzählen. Aber ich habe dir ja ein paar geile Fotos geschickt.«

»Paco, was ist nun passiert? Lass mich nicht dumm sterben. Erzähl es mir bitte.«

Die Antwort war ein langes Schweigen. »Paco?«

Kapitel Dreiunddreißig

Paco lachte erneut. »Hm, wo soll ich da anfangen? Damit, dass du nackt über die Rambla gelaufen bist? Oder dass uns einer meiner Kumpel beim Sex geknipst hat? Oder damit, dass wir in einer Karaoke-Bar aufgetreten sind und ausgebuht wurden? Damit, dass du dich wieder ritzen wolltest und in sämtlichen Schubladen nach Messern und ähnlichem gekramt hast? Oder soll ich damit beginnen, dass du irgendwann so dicht warst und mir einen Antrag gemacht hast?« Diana starrte ungläubig aufs Display.

»Dein Ernst?«, flüsterte sie. Ihr wurde mulmig. Paco kicherte nur. Sie hatte jetzt keine Zeit für seine albernen Spielchen. »Was hast *du* gemacht, Paco? Du warst irgendwann weg. Ich bin alleine aufgewacht. Am Mittwoch! Einen kompletten Filmriss habe ich.«

»Ich habe mich ein wenig in einer Apotheke bedient. Ein Fenster stand einen Spalt auf und schwups war ich drin.« Diana dachte sofort an Alejandro.

»Was hast du mitgenommen, Paco?«

»Tavor, Lorazepam, Tranquilizer, einige Aufputschmittel. Ritalin war in großen Mengen da. Ibuprofen und Paracetamol habe ich auch eingesteckt.« Paco klang außerordentlich stolz. Diana schloss die Augen und atmete tief durch. Sie könnte umgehend etwas von Pacos Beute gebrauchen.

»Wo bist du, Paco?«

»Ich komme gerade aus dem Supermarkt. Ich habe eingekauft und wollte gerade nach Hause. Warum?«

»Bitte, Paco, gib mir etwas von dem Zeug. Ich schiebe gerade nen Affen. In zwei Stunden will ich mich mit meinem Bruder treffen und der soll nicht merken, dass ich einen Rückfall habe. Ich will aufhören, unbedingt. Bitte hilf mir doch«, bettelte sie lautstark und beobachtete die Passanten, die an ihr vorbeizogen. Sie erntete abwertende Blicke.

»Okay, Baby. Ich gebe dir etwas ab und dafür machen wir es uns heute Abend wieder nett. Ist das ein Deal?« Diana verkniff sich eine schnippische Antwort. Das konnte sie sich nicht erlauben.

»Ja, dann machen wir es so. Aber ohne Drogen und fotografieren. Du bist dann gleich hier, oder?«

»Gib mir zehn Minuten. Warte oben auf mich.« Diana legte auf, seufzte erleichtert und ging wieder ins Haus. Mit zitternden Knien mühte sie sich die Treppe hinauf und verschwand in ihrer Wohnung. Zehn Minuten waren ihr noch nie so lang vorgekommen. Nach einer gefühlten Ewigkeit klopfte es an ihrer Tür. Sie stürmte hin und riss sie auf. Paco stand breit grinsend davor. Sein Gesicht wurde ernst, als er Diana ansah.

»Alter, du siehst echt scheiße aus.«

»Na, vielen Dank für dieses Kompliment.« Paco trat ein und gab ihr einige seiner geklauten Pillen. Diana bedankte sich überschwänglich und sagte ihm, dass sie sich gleich noch etwas hinlegen wollte. Paco verabschiedete sich mit einem Zwinkern. Diana nahm eine Tavor und ein Ibuprofen sofort ein, die anderen Mittel verstaute sie rasch in ihrer Nachttischschublade. Sie warf sich aufs Bett und schon bald merkte sie die entspannende Wirkung. Ihre starken Schmerzen ließen auch allmählich nach. Diana stellte den Wecker, damit sie pünktlich im Reisebüro ankam. Kaum geschehen, war sie auch schon eingenickt und schlief, bis der Wecker piepte. Stöhnend und lustlos quälte sie sich aus dem Bett, um sich anzuziehen. Wenig später verließ sie die Einrichtung. Nach einigen Schritten blieb sie kurz stehen und zündete sich nervös eine Zigarette an. In wenigen Metern Entfernung unterhielten sich zwei Herren angeregt miteinander. Diana blickte zu ihnen hinüber.

»Wenn ich es dir doch sage, Benito.«

»Das ist ja wie in einem Krimi, José. Hast du bestimmt erst mal ausführlich deiner lieben Mercedes berichtet. Habe ich recht?«

»Aber selbstverständlich. Als Rentner erlebt man ja nicht mehr so viel Spannendes.« Das runde Gesicht von José war vor Aufregung gerötet. Er strich sich über seinen Schnauzer.

»Erzähl weiter, José«, forderte ihn Benito auf. Diana,

neugierig geworden, blieb stehen und versuchte unauffällig zu lauschen.

»Sie sah aus wie ein dürrer Vampir mit dunkel umrandeten Augen. Von oben bis unten komplett schwarz, ihr Mantel war wie ein Umhang. Auffällig waren ihre Haare. Die hatten eine völlig verrückte Farbe. Sie waren rosa, glaube ich. Kann auch lila gewesen sein.« Diana durchlief es eiskalt.

»Jedenfalls kam sie laut lachend aus Richtung der Rambla angelaufen. Ich denke, sie hatte jemanden beklaut. Vermutlich einen Touristen, der natürlich sein Geld offen mit sich rumtrug. Da lief ihr nämlich fluchend und schreiend ein Mann hinterher, doch sie war viel zu schnell. Ich dachte schon, dass sie gleich ihren Umhang ausbreitet und in die Nacht hinausfliegt.« Benito kicherte und zog ein Zigarrenetui aus seiner Jackentasche, um sich genüsslich eine Havanna anzustecken. »Aber sie lief weiter, drehte sich immer wieder um und plötzlich quietschten Autoreifen und Sekunden später gab es einen kräftigen Rumms.«

»Oh nein! Sie ist vor ein Auto gelaufen? Ist sie tot?«

»Nein, sie ist rasch zur Seite gesprungen und mit voller Wucht auf die Straße geknallt. Garantiert hat sie nun Schrammen und blaue Flecke. Sie hat Glück gehabt!«

»Und das Auto?«

»Der Fahrer wich mit einem Schlenker aus und krachte gegen einen Laternenpfahl. Gott sei Dank nur ein leichter Blechschaden! Der Vampir stand mühsam auf und schaute kurz zum Autofahrer. Als sie sah, dass er offenbar unverletzt war, flüchtete sie in die Dunkelheit. Eigentlich wollte ich weiter gehen. Mercedes wartete schließlich auf ihren Einkauf. Ich bin für sie los, da unser netter Nachbar Marco spurlos verschwunden ist. Wir haben ihn seit Tagen weder gehört noch gesehen! Mercedes hatte gestern bei ihm geklingelt, da er ihr seine Hilfe angeboten hatte. Aber er machte nicht auf und ans Telefon geht er auch nicht. Wir machen uns jetzt schon ziemliche Sorgen!«

»Ja, das verstehe ich nur zu gut! Ginge mir garantiert auch so!«

»Ich blieb vor Ort, um zu sehen, was passieren würde. Kurze Zeit später erschien die Polizei, nahm den Unfall auf und befragte Zeugen, also auch mich. Dabei bemerkte ich, dass das Auto eines Freundes dort am Straßenrand parkte. Der Tollpatsch hat glatt vergessen, sein Auto abzuschließen. Die Fahrertür stand offen. Die Polizisten wickelten ein Absperrband um sein Auto, damit kein Passant Schaden anrichtet. Danach ermittelten sie die Telefonnummer. Mein Freund war schnell am Unfallort. Gott sei Dank wurde nichts gestohlen oder das Auto beschädigt. Na ja, es war schon ziemlich spannend!« Diana hatte genug gehört. Nun wusste sie, was sie in ihrem Rausch angestellt und woher sie die blutigen Knie hatte. Verstört eilte sie weiter.

Kapitel Vierunddreißig

Alejandro grinste Alicia breit an, als sie mit einem Cuttermesser das große Paket eines Reiseveranstalters öffnete. »Die neue Schaufenster-Deko, hurra!« Ihr Jubelruf triefte vor Sarkasmus. »Ach komm, lass uns erst mal Mittagspause machen. Deine Schwester kommt ja gleich vorbei und da will ich euch nicht stören, wenn ihr euch unterhaltet. Ich kann meine Brötchen auch woanders essen, das ist gar kein Problem.«

»Das weiß ich doch, Alicia!« Sie gingen zusammen in die Küche, wo Alicia Kaffee aufsetzte und Alejandro seine mitgebrachten Brote auspackte. »Wie geht es dir eigentlich so?«, wollte er wissen.

»Nicht gut, gar nicht gut. Ich mache mir immer noch furchtbare Sorgen. Ich vermisse Laras Witze und ihr Lachen. Sie fehlt mir schrecklich. Mitunter denke ich, dass ich schon viel früher zur Polizei hätte gehen sollen.« Das Windspiel an der Eingangstür klingelte. Alicia ging rasch in den Verkaufsraum. »Hola, Sie wollen bestimmt zu Alejandro, habe ich recht?«

»Wir sind verabredet. Ich bin Diana.« Die Besucherin blieb schüchtern stehen und schaute Alicia unsicher an.

»Ja, ich weiß.« Alicia lächelte sie an und wollte in die Küche zurück, doch Alejandro erschien schon.

»Schwesterchen, schön, dass du hier bist.« Sein Lächeln erlosch. »Ist was geschehen? Du wirkst etwas verstört. Lass uns in die Küche gehen, Daniel erledigt gerade seinen Postgang.«

»Ist das nicht auch mal die Aufgabe des Azubis?«, fragte Diana und folgte ihrem Bruder in die Küche. Alejandro grinste.

»Ja, eigentlich schon. Ich war ein paarmal dort. Vielleicht versucht Daniel mit seiner schmierigen Art wenigstens bei einer der hübschen Postangestellten zu landen. Ich habe mal in der Post aufgeschnappt, wie sich eine der Frauen über Daniel beschwert hatte. Er ist halt sehr hartnäckig.« Sie setzten sich an den Küchentisch. Alejandro goss Kaffee in einen Becher, gab einen Spritzer Milch hinzu und reichte ihn Diana. Auffordernd schob er ihr den Teller mit Mandelkeksen rüber. »Nun schieß los. Was bedrückt dich?« Alejandros Stimme war ruhig und er lächelte sie aufmunternd an.

Doch Diana blieb stumm und nippte an ihrem heißen Kaffee. Alejandro akzeptierte ihr Schweigen. »Ich habe übrigens bei dieser Einrichtung "Lichtfunke" angerufen. Die Frau am Telefon war wirklich sehr nett und geduldig. Mama und ich haben nächsten Montag um 16

Uhr einen Termin dort. Willst du mitgehen?« Er sah, wie Dianas Blick an der runden Küchenuhr hing. Sie schien den Sekundenzeiger zu fixieren, der klackernd seine Runden zog. Diana zögerte.

»Ja, ich möchte schon mit. Ich sollte mich aber vorher mal mit ihr treffen, findest du nicht auch? Oh Gott, wie wird sie auf mich reagieren? Vielleicht ist sie wütend auf mich oder hasst mich sogar.« Alejandro schüttelte langsam den Kopf.

»Oh nein, sie liebt dich doch. Und ich denke, sie vermisst dich wahnsinnig. Sie wird sich so freuen, dich wiederzusehen und mit dir zu sprechen. Und ich brauche dann auch nix mehr zu verheimlichen, was dich angeht. Das fiel mir nach unserem Treffen im Restaurant wahnsinnig schwer.«

»Ja, ich weiß. Es tut mir so leid. Sie wird sich freuen, mich zu sehen, okay. Aber wenn ich ihr erzähle, was alles passiert ist, nachdem ich von zu Hause geflüchtet bin, was dann?«

»Das kann ich dir nicht sagen Schwesterchen, das musst du auf dich zukommen lassen. Begeistert wird sie nicht sein, das ist klar.«

»Ja, das stimmt wohl. Okay, rede mit ihr. Samstag habe ich im Wohnheim einen Termin. Frag sie und dann ruf mich bitte an oder schreibe mir! Sag ihr aber bitte nichts von meinem Drogenproblem!«

»Nee du, das machst du ganz alleine. Ich halte mich da komplett raus!«

»Ja, da muss ich durch. Ich werde das schon packen.«

Sie saßen noch einige Zeit zusammen und redeten nicht viel.

»Diana, ich muss langsam weiter machen. Ich melde mich auf jeden Fall bei dir wegen Mama und dem Treffen!« Sie erhoben sich und verließen die Küche.

»Ja, mach das, mir geht es heute nicht so besonders gut. Ich habe nicht gut geschlafen!«

»Du bist sehr schweigsam und angespannt, Schwesterchen! Ich glaube ja, dass du mir etwas verheimlichst und es mir eigentlich erzählen willst. Aber ich will dich natürlich nicht bedrängen!«

Diana verabschiedete sich kurz von Alicia, als sie an ihrem Schreibtisch vorbeigingen. Alejandro umarmte seine Schwester und begleitete sie noch zur Tür. Sie winkte kurz und verschwand zwischen den Passanten. Alejandro atmete geräuschvoll aus. Nachdenklich schaute er durch die Glasscheibe der Tür, strich sich durchs Haar und rieb sich die Augen, die gerötet und klein wirkten. Alejandro hatte eine sehr unruhige Nacht gehabt, da er gedanklich einfach nicht abschalten konnte. Am liebsten würde er nach Hause gehen und solange schlafen, bis er sich wieder fit fühlte. Stattdessen trottete er seufzend an seinen Platz zurück.

Kapitel Fünfunddreißig

Nach einer fünfzehnminütigen Fahrt parkte Comissario Santos sein Fahrzeug in einer belebten Seitenstraße. Sie gingen zum zentral gelegenen Plaça Catalunya, der sich am nördlichen Rand der Rambla befand. Der Platz war so groß wie der Petersplatz in Rom, mit vielen Brunnen, Bänken und Tauben. Die Sonne schien, es war warm mit einer leichten Brise. Inspector Diaz zog sein Jackett aus und warf es über die Schulter. Comissario Santos lotste Athos von einem Baum weg. Rasch hob Athos noch sein Bein und trottete lustlos an der Leine hinterher. Zu dritt betraten sie die Rolltreppe, die hinab zur Touristeninformation führte. Sie gingen hinein und steuerten zielstrebig auf den langen Tresen zu, an dem die Mitarbeiter saßen. Viele Plätze waren belegt und es herrschte geschäftiges Treiben. Im Hintergrund lief gedämpfte spanische Musik. Inspector Diaz und Comissario Santos stellten sich hinter einen Mann an und kamen auch schon nach einigen Momenten an die Reihe. »Hola, wie kann ich Ihnen helfen?«, begrüßte sie die blonde Dame mit einem professionellen Strahlen und rückte ihre Brille zurecht.

»Hola, ich bin Comissario Santos, das hier ist mein Kollege Inspector Diaz. Wir hatten angerufen. Es geht um ihre vermisste Kollegin Lara Cortez.«

»Oh ja, stimmt. Ich wurde informiert, dass Sie heute vorbeikommen würden. Folgen Sie mir bitte an den Tisch dort drüben. Da sind wir ungestört.« Sie setzten sich, Athos legte sich auf den Boden. »Ich bin Yolanda Fuentes. Ich hatte noch als eine der Letzten Kontakt mit Lara, kurz bevor sie verschwand. Wir vermissen alle sehr ihre fröhliche und liebevolle Art. Selbst die Touristen fragen, wo sie steckt.«

»Und was antworten Sie und ihre Kollegen, Señora Fuentes?«, fragte Inspector Diaz, der bereits eifrig Notizen machte.

»Nun ja, wir antworten, dass sie krank ist und wir nicht wissen, wann sie wieder zur Arbeit erscheint. Was sollen wir sonst sagen? Wir wissen ja nichts.«

»Señora Fuentes, wie ist ihr Verhältnis zu Lara Cortez?«

»Wir sind beide auf einer Wellenlänge. Eine bessere Kollegin kann man sich nicht wünschen. Hoffentlich ist sie bald wieder hier.« Sie senkte den Blick und spielte an ihrem goldenen Ring herum, den sie als einen Kettenanhänger trug.

»Gibt es jemanden, der keinen guten Draht zu ihr hat oder hat sie vielleicht Feinde?«

»Was heißt Feinde? Na ja, unseren Chef Daniel

Simon mag sie nicht besonders, aber da ist sie keine Ausnahme, Comissario Santos. Ich denke, er mag sie etwas *zu* sehr und *sie* kann ihn nicht ausstehen. Er ist Single und baggert ständig Frauen an. Selbst vor seinen Angestellten macht er keinen Halt. Daniel Simon ist ein sehr spezieller Fall. Wir haben noch Glück und er kommt nicht so oft hierher. Die meiste Zeit ist er in seinem Reisebüro bei Lara, Alicia und Alejandro.«

»Moment mal. Ich wusste gar nicht, dass Señor Simon zwei Geschäfte hat«, unterbrach sie Inspector Diaz.

»Daniel gehört das Reisebüro allein und die Touristeninformation gehört teils ihm, teils seinem Kumpel Carlos«, erklärte Señora Fuentes.

»In welcher Stimmung war Lara an ihrem letzten Arbeitstag? Ich habe gehört, dass sie jetzt eigentlich Urlaub hätte.«

»Ja richtig, Comissario Santos. Sie freute sich auch sehr darauf. Soweit ich weiß, wollte sie für ein verlängertes Wochenende nach Madrid, außerdem hatte sie ein Date am Hafen. Davon erzählte sie ja ständig. Sie war so aufgeregt, diesen Mann näher kennenzulernen. Sie schien tierisch verknallt zu sein. Lara war voller Vorfreude, deshalb glaube ich nicht, dass sie einfach abgehauen ist. Garantiert hätte sie Alicia irgendetwas erzählt.«

»Ja natürlich. Ist Ihnen noch etwas Ungewöhnliches oder Besonderes aufgefallen? Etwas, das vielleicht für ihr Verschwinden wichtig sein könnte?«

»Ich denke nicht. Aber ich war einige Tage nicht

hier, denn ich musste noch einige Überstunden abbummeln. Tonio?« Sie drehte sich zum Tresen um. Ein junger Mann mit dunklem Haar, Schnauzer und einer John Lennon-Brille hob fragend den Kopf.

»Was gibt es Yolanda?«

»Ist dir in letzter Zeit etwas Ungewöhnliches aufgefallen? Vielleicht irgendwelche merkwürdigen Leute oder Vorkommnisse? Es geht um unsere verschwundene Lara.

Die Herren hier sind von der Polizei.«

»Nein, da war nichts Besonders.«

»Jedes Detail könnte helfen, auch wenn es vielleicht nur eine Kleinigkeit war, die banal auf Sie wirkte«, bekräftigte Inspector Diaz.

Nach einem kurzen Moment riss Tonio die Augen auf. »Ja, da war doch was. Jetzt fällt es mir wieder ein. Am vorletzten Sonntag kam am frühen Nachmittag einer unserer Handwerker ins Castell de Montjuic. Ich war gerade dort, um eine Gruppe Touristen herumzuführen. Er wirkte ungepflegt und leicht verärgert. Richtig zum Fürchten. Jemand hatte kurz mit ihm gesprochen. Aber dieser Handwerker fluchte laut vor sich hin und ging weiter. Das habe ich aber alles nur aus den Augenwinkeln gesehen und auch nichts verstanden. Ich war, wie gesagt, beschäftigt und ich weiß den Namen des Mannes nicht. Ich bin neu hier. Fragen Sie Señor Salazar, der sollte jetzt im Castell sein. Bis vor einer halben Stunde war er noch hier.« Comissario Santos schaute zu Inspector Diaz rüber und nickte ihm zu.

»Wir sollten bei Señor Salazar auf jeden Fall mal

nachhaken. Was meinst du, Javier?« Inspector Diaz sprang von seinem Stuhl auf.

»Unbedingt, Miguel. Lass uns sofort aufbrechen.«

Kapitel Sechsunddreißig

Diana eilte nervös rauchend zurück ins Wohnheim. Bald würde sie ihre Mutter wiedersehen. Sie freute sich sehr, doch sie ärgerte sich über das Treffen mit ihrem Bruder. Dort hätte sie ihn fragen können, ob er sie des Diebstahls verdächtigte. Schließlich war sie doch ein Junkie! Diana hatte dagesessen wie ein stummer Fisch. Das Telefonat mit Paco und die beiden Rentner hatten sie ebenfalls ganz kribbelig gemacht. Sie musste alles erst mal sacken lassen, denn sie war komplett mit allem und jedem überfordert. Vor einigen Minuten hatte sie noch eine innere Leere gefühlt, nun war sie wieder wie unter Strom. *Jetzt ein Schuss!* Aber sie stemmte sich dagegen, auch wenn es bedeutete, dass sie sich wieder ritzen würde. In der Einrichtung angekommen, rannte Diana die Treppe hinauf und riss dabei fast einen entgegenkommenden Bewohner um. »Entschuldige bitte«, nuschelte sie und erkannte ihn im Vorbeigehen. Es war der junge Mann mit dem Glatzkopf, mit dem sie vor dem Schwarzen Brett gestanden hatte.

»Nix passiert.« Er schmunzelte Diana an und rief ihr hinterher: »Warum hast du es denn so eilig, Süße?« Diana warf ihm einen vernichtenden Blick zu. Mit zitternden Fingern schloss sie ihre Wohnungstür auf. Prompt fiel ihr der Schlüssel vor die Füße.

»Verdammter Mist«, keuchte sie, hob ihn auf, trat in ihre Wohnung und warf die Tür krachend zu. Sie blieb stehen und atmete mehrmals tief ein und aus. »Mir ist das zu viel. Es ist einfach alles zu viel. Ich weiß nicht mehr wohin mit mir.« Sie nahm ihre Baseballmütze und die Sonnenbrille ab und warf beides im hohen Bogen auf ihr zerwühltes Bett. Kurzentschlossen eilte sie ins Badezimmer und riss die oberste Schublade ihres Waschtischs auf. Diana griff hinein und schob hastig die Dose Rasierschaum beiseite. Sie nahm ein winziges Päckchen an sich, welches sie, fast andächtig, auswickelte. Dann packte sie die Rasierklinge aus, stellte sich vor den Spiegel und drehte den Wasserhahn im Waschbecken auf. Diana betrachtete eingehend ihr Gesicht, schüttelte langsam den Kopf und sprach mit verächtlich klingender Stimme: »Schau dich doch an, du bist so ekelhaft. Du bist hässlich, von innen und von außen. Nix bekommst du auf die Reihe und machst einen Scheiß nach dem anderen. Keiner hält es lange mit dir aus. Dein verdammter Vater ist ein Schläger und Vergewaltiger! Und deinem Bruder endlich mal die Wahrheit zu sagen, traust du dich auch nicht.«

Dann schrie sie wütend: »Du bist einfach nur

erbärmlich, Diana.« Sie betrachtete ihren linken Arm, der mit alten und frischen Narben förmlich übersät war. Diana hielt ihn ein Stück weit übers Waschbecken. Der Wasserhahn lief noch. Sie schloss kurz die Augen, öffnete sie wieder und setzte die Klinge an eine freie Stelle ihres linken Unterarms. Dann ritzte sie sich. Ein blutender Strich erschien neben schon längst verheilten Narben. Eine riesige Erleichterung durchströmte sie im gleichen Moment und sie fühlte sich sofort besser. Druck und Stress bauten sich umgehend ab. Schon längst spürte sie beim Ritzen kaum Schmerzen mehr. Diana schaute fasziniert zu, wie das Blut seine Bahnen zog und schließlich ins Waschbecken tropfte. Lächelnd nahm sie ein Handtuch aus dem Regal und drückte es auf ihre frische Wunde. Geübt legte sie sich einen Verband an und verschloss ihn mit einem stabilen, großen Pflaster. Das Waschbecken säuberte sie sorgfältig von Blutresten, dann ging sie zufrieden ins Schlafzimmer, wo sie sich im Schneidersitz aufs Bett niederließ. Später würde Paco sie hoffentlich weiter darüber aufklären, was im Rausch sonst noch passiert war. Hatte sie wirklich fast zwei Tage geschlafen? So etwas war ihr noch nie passiert. Ihr Blick fiel auf ihr Kopfkissen. Etwas lugte darunter hervor. Sie hob das Kissen hoch und erschrak. Neben ihrem Handy lagen auch drei Geldbörsen. Diana stockte der Atem. Ihr fiel die Rambla wieder ein, auf der sie angeblich Touristen bestohlen hatte. Deswegen ja auch der Autounfall. Vorsichtig durchsuchte sie eine Geldbörse nach der anderen. Kreditkarten, Personalausweise, Geld. Dreihundertvierzig Euro kamen zusammen. Sofort überschlug Diana, wie viel Heroin sie wohl dafür bekäme und fühlte sich im selben Moment wie ein sehr schlechter Mensch und eine Versagerin. Mehrere Minuten lang saß sie wie betäubt auf ihrem Bett, dann begann sie zu weinen. Sie zog die Beine an den Körper, schlang die Arme um die Knie und weinte ungehemmt. Als ihre Tränen versiegten, fasste sie einen Entschluss und sagte laut zu sich selbst: »Ich werde *kein* Geld herausnehmen und die Geldbörsen zur Polizei bringen. Ich werde sagen, dass ich unter Drogeneinfluss vor ein Auto gelaufen bin und somit den Unfall verursacht habe. Ich mache das Richtige! Am besten gehe ich gleich los, bevor ich es mir anders überlege.« Diana wischte sich die Tränen weg. Sie lächelte und verließ, nach kurzem Zögern, mit energischen Schritten das Wohnheim.

Kapitel Siebenunddreißig

Ich hatte im Baum gehockt und böse grinsend ins Schlafzimmerfenster geschaut. Andere hätten sich nicht getraut auf den Baum zu klettern, doch mit neunzehn Jahren machte mir nichts Angst. Nicht mehr! Ich war ›jemand‹. Früher war das anders: klein und wehrlos-ein ›Niemand‹ halt! Wehrlos meinen Eltern gegenüber. Schnell wie ein Affe hatte ich bei Einbruch der Dunkelheit die 20 Meter hohe, weitverzweigte Korkeiche im Garten erklommen. Mein tägliches Training im Fitnessstudio hatte sich wirklich ausgezahlt. So lange hatte ich auf diesen Tag gewartet. Nun war er endlich da. Ich konnte mich revanchieren. Mit meinem Auto war ich den weiten Weg gekommen und hatte es vor dem Gartentor geparkt. Schnell hatte ich mir Handschuhe übergezogen. Ich konnte kaum glauben, dass der Code am Tor nach all den Jahren immer noch der selbe war. Gespannt hatte ich ihn eingetippt und war so mühelos aufs imposante Grundstück gelangt. Leise pfeifend war ich mit einer Arzttasche durch den Garten spaziert und einen Moment am Pool stehen geblieben. Gedankenverloren hatte ich aufs Sprungbrett gestarrt. Beides hatte längst nicht mehr so riesig wie früher gewirkt. Trotzdem hatte ich gemerkt, dass mich kurz der pure Hass übermannt hatte. Wenig später hatte ich auf dem Baum gesessen, den Koffer unten abgestellt. Ob ER immer noch zur gleichen Zeit zu Bett ging? Meine Armbanduhr hatte kurz vor zehn angezeigt. Gegen halb elf war er immer zu Bett gegangen. Das Schlafzimmer war dunkel gewesen, im Wohnzimmer hatte Licht gebrannt und der Fernseher geflimmert. Geduldig hatte ich in der Eiche gehockt und meinen Erinnerungen nachgehangen. Wie erwartet, war Viertel nach zehn das Licht im Wohnzimmer ausgegangen und einige Minuten später im Schlafzimmer wieder an. Ich hatte meinen Vater aus dem Badezimmer kommen sehen: geschwächt, alt, langsam und zerstreut wirkend. Er hatte einen grauen Pyjama getragen, der mindestens eine Nummer zu groß wirkte. Jemand hatte mir berichtet, dass mein Vater vor einigen Jahren einen Herzinfarkt erlitten hatte und alleine lebte, da meine Mutter ihn längst verlassen hatte. Ob sie noch am Leben war, wusste ich damals nicht. Nur drei Leute hatten sich dort regelmäßig über die Jahre blicken lassen: ein Gärtner, eine Köchin und eine Reinigungskraft. Mühsam hatte sich mein Vater aufs Bett gelegt und sich zugedeckt.

Kurze Zeit später hatte er endlich das Licht gelöscht. Ich hatte kurz darauf deutlich Schnarchgeräusche durch das halb offene Schlafzimmerfenster vernommen. Freudig hatte ich gekichert und war wieder runter bis zur Hälfte des Stammes geklettert. Dann war ich ohne jegliche Anstrengung auf die Erde gesprungen. Ich hatte mir den Koffer geschnappt, war gebückt losgelaufen und hatte an der Haustür gestoppt. Auf gut Glück hatte ich einen weiteren Code eingegeben und auch hier hatte sich die Tür lautlos und ohne Probleme geöffnet. Garantiert hatte er nie damit gerechnet, dass sein missratener Sohn jemals wieder einen Fuß ins Haus setzen würde. Leise war ich eingetreten und hatte mich umgeschaut. Die Tapeten und Fußböden waren andere, aber die Einrichtung war mir durchaus bekannt vorgekommen. Das Haus war immer noch edel und teuer eingerichtet. Langsam war ich die Treppe hinaufgeschritten. Meine Schuhe waren förmlich im dicken roten Läufer versunken. Rasch hatte ich ein Fläschchen und ein Stück Stoff aus einer Hosentasche herausgezogen. Oben angekommen war ich stehengeblieben und hatte einen raschen Blick in mein ehemaliges Kinderzimmer geworfen. Nun war daraus ein Billardzimmer geworden. Meine lautlosen Schritte hatte ich Richtung Schlafzimmer gelenkt gehabt, aus dem kräftiges, rasselndes Schnarchen drang. Ich hatte mich seitlich ans Bett gestellt und mit schadenfrohem Grinsen lange meinen schlafenden Vater betrachtet. »Da bin ich wieder! Hast du denn deinen Sohn wenigstens ein bisschen vermisst?«, hatte ich ihm zugeflüstert. Natürlich hatte ich keine Antwort bekommen. Mit meinen behandschuhten Händen hatte ich das Fläschchen aufgeschraubt und einen Schuss davon auf den Stoff gekippt. Sekundenlang hatte ich mit wutverzerrtem Gesicht dort gestanden. »Nun bist du dran«, hatte ich gedroht und ihm blitzartig den mit Chloroform benetzten Lappen auf Mund und Nase gedrückt. Mein Vater hatte die Augen aufgerissen. Ein unterdrücktes, dumpfes Schreien war zu hören gewesen: fast wie ein gedämpftes Bellen. Er hatte mich angestarrt, mit seinen Armen gerudert und mit seinen dünnen Beinchen gestrampelt. Er hatte versucht, nach mir zu greifen und mich von sich zu stoßen. Das Gewichtheben im Fitnessstudio hatte sich mehr als bezahlt gemacht, denn ich war viel zu stark für meinen abgemagerten, geschwächten Vater gewesen. Erbarmungslos hatte ich ihn ins Kissen gedrückt. Er hatte mit den Augen gerollt und sein ausgemergelter Körper erschlaffte.

Eilig hatte ich meinen Vater im Bett hochgezogen und mit einem kurzen Schnaufer über meine linke Schulter geworfen. Er hatte vermutlich gerade mal knapp die Hälfte seines früheren Gewichtes. Ich war mit meinem bewusstlosen Vater die Treppe hinab geeilt, wo am Ende immer noch der Arztkoffer gestanden hatte. Ich hatte den Koffer mit der rechten Hand hochgehoben und mitgenommen. Zielstrebig hatte ich diesen Ort angesteuert, an dem ich so viele Stunden verbracht hatte, unfreiwillig und in ständiger Angst. Als ich den Keller dann erreicht hatte, sah ich, dass hier eine neue Tür mit Glasscheibe eingebaut worden war: für mein Vorhaben eindeutig ›das Tüpfelchen auf dem I‹. Die Kellertür hatte sich ohne Knarren und Quietschen geöffnet. Jene Geräusche, die damals alles noch viel schlimmer gemacht hatten. Oft genug waren sie die Ursache, dass ich mir in die Hose gepinkelt hatte, was Papa stets noch wütender werden ließ. Ich hatte das Licht angeknipst und war nach vielen Jahren wieder die ehemals so sehr gefürchtete Treppe runtergestiegen, mit meinem verhassten Vater über der Schulter. Im Keller angekommen hatte ich festgestellt, dass immer noch das große Terrarium in der Ecke stand. Vater hatte es sich irgendwann zugelegt, weil er eine Vorliebe für Reptilien entwickelt hatte. Besuchern hatte er oft stolz seine Schlangen gezeigt, darunter auch einige giftige Exemplare. Gerne hätte ich mich damals näher damit befasst, aber sie hatten mich irgendwann weggeschickt. Vorsichtig hatte ich den Arztkoffer auf dem kalten Steinboden abgestellt und meinen bewusstlosen Vater ebenfalls danebengelegt. Ein gelegentliches Augenflattern war das Zeichen gewesen, flugs zu verschwinden. Ich hatte seinen rechten Arm genommen, seine Hand auf den Griff des Koffers gelegt und so zusammengedrückt, dass er eine Faust machte. Meine Gedanken waren: Wenn man später irgendwann seine Leiche finden würde, würde man seine Fingerabdrücke am Arztkoffer finden. Nachbarn und Bekannte würden vermutlich sagen "Der arme, einsame Kerl war ja so krank und vermutlich schon etwas verwirrt. Er hatte den Umgang mit seinen Schlangen nicht mehr im Griff. Deshalb kam es zu dem schrecklichen Unfall." Rasch hatte ich das riesige Terrarium geöffnet, ebenso den Koffer. Geschwind war ich dann die Treppe hoch geflitzt und hatte die Tür zugeknallt. Ich hatte einen begierigen Blick durch die Glasscheibe der Kellertür geworfen, gespannt, was sich dort abspielen würde. Kurz danach hatte sich der Brustkorb meines Vaters stark gehoben und gesenkt.

Papa hatte langsam die Augen geöffnet. Er hatte stöh-

nend den Kopf zur Seite gedreht und zur Kellertür hochgeschaut. Er hatte gekeucht und mit dem Finger auf mich gezeigt. Ich hatte ihm durch die Glasscheibe zugewunken und ihn dabei schadenfroh angegrinst, denn ich hatte eine Schlange hinter meinem Vater bemerkt. Das bedeutete, sie war dem heiß geliebten Terrarium entwischt, denn aus dem Arztkoffer war noch nichts gekrochen. »Du. Leon, du Bastard. Bist du es wirklich?« Er hatte versucht, sich mühsam aufzurichten. Zu spät hatte er diese Schlange entdeckt, die behäbig über seinen linken Arm hinweg kroch. Kurz darauf hatte sie wohl zugebissen, denn mein Vater hatte jegliche Vorsicht vergessen. Er hatte einen Schrei ausgestoßen, sich abrupt aufgesetzt und sich hektisch umgeschaut. Meine Freude war ins Unermessliche gestiegen. Denn die Schwarze Mamba war endlich aus dem Arztkoffer gekrochen und hatte sich schlängelnd auf meinen Vater zubewegt. Sie hatte ihm ihr aufgerissenes, schwarzes Maul präsentiert. Ich hatte die blanke Panik in den Augen meines Vaters erblickt. »Nein, oh Gott! Nein! Nein!«, hatte er immer wieder laut geschrien und war vorsichtig vor ihr zurückgewichen.

»Die habe ich von meinem alten Schulkumpel Mateo ausgeliehen«, hatte ich, so laut es ging, durch die Glasscheibe der Kellertür gebrüllt. »Weißt du noch? Der mit der Katze im Sack. Mateo hält sich Schlangen und Giftspinnen. Ihr hättet euch gemocht, glaube ich. Schade, nun ist es zu spät.« Mein Vater hatte die Schwarze Mamba wie hypnotisiert angestarrt. Ich hatte ihm einen triumphierenden Blick zugeworfen und noch mal zugewunken. Blitzartig hatte die Schwarze Mamba zugeschlagen, ihre

Zähne in Vaters rechter Wade versenkt und sich ein Stück zurückgezogen. Gellend hatte er aufgeschrien, war aufgesprungen und hatte versucht, die Treppe hochzulaufen. Es war mehr ein Hinken als ein Laufen gewesen, doch irgendwie schaffte er es bis ganz nach oben. Ich war zurückgewichen und hatte ihn aus dem Keller kommen lassen. Stark schwitzend hatte er die Tür geöffnet, war hindurchgehumpelt und hatte sie mit einer mächtigen Kraftanstrengung wieder zugeworfen. Ich hatte höhnisch gelacht.

»Du verdammter Bastard«, hatte er hervorgestoßen und sich schleichend auf mich zubewegt, das gebissene rechte Bein mühsam nachziehend. Den ebenfalls gebissenen linken Arm hatte er an den Bauch gedrückt.

Ich war ihm rückwärtsgehend ausgewichen. Mein Vater war immer weiter auf mich zu gestolpert gekommen, den rechten Arm nach mir ausstreckend. Bald waren wir im Freien gewesen. Vater war in sich zusammengesackt und hatte sich mühsam in den Garten geschleppt. Das Sprechen war ihm immer schwerer gefallen. Auf Höhe des beleuchteten Pools hatte er gestammelt »Ich wollte nie einen Sohn haben, immer nur eine Tochter. An Chiara hatte ich so große Erwartungen. Sie konnte fantastisch schwimmen, nicht so wie du, du kleiner Loser! Wir hatten Hoffnung, deine Mutter und ich, dass Chiara uns richtig viel Geld einbringt. Leider ist deine Schwester tot. Nur wegen dir!« Er war stehen geblieben, seine Stimme war kaum hörbar gewesen. Seine Wade und sein Arm waren mittlerweile massiv angeschwollen gewesen, sein Körper hatte gezuckt. Schweiß war ihm übers Gesicht gelaufen und er hatte die Augen verdreht. Hasserfüllt hatte ich ihn angeblickt und war langsam und drohend auf ihn zugegangen.

»Brauchst DU jetzt Hilfe, Vater? Soll ICH dir jetzt Hilfe geben? Schaffst du es nicht alleine endlich abzukratzen?« Vater hatte spöttisch gelacht. Das war zu viel! Ich hatte meinen Vater gepackt und rasch an den Pool geschoben, um ihm einen kräftigen Schubs zu geben. »Immer muss man dir helfen. Ich hasse dich«, hatte ich gebrüllt, als er ins Wasser klatschte und, ohne sich groß zu wehren, darin versank. Er war nicht wieder aufgetaucht. Ich hatte hastig atmend dagestanden und zugeschaut, wie er auf den Boden des Pools sank. Dann hatte ich mit einem triumphierenden Gesichtsausdruck meine Handschuhe ausgezogen und war zu einer Poolliege geschlendert. Dort hatte ich mich hingesetzt und meine Zigaretten aus meiner Jackentasche gezogen. Entspannt hatte ich eine geraucht und den Anblick meines durch Schlangengift gelähmten, toten Vaters genossen. In diesem Moment hatte ich beschlossen, mir ein Schlangen-Tattoo stechen zu lassen, als Andenken an diese wundervolle Nacht.

Ich blieb vor dem Castell stehen und stellte meinen Koffer ab. Es war jener Koffer aus der Nacht, als ich meinen Vater getötet hatte. Lächelnd strich ich über mein Schlangen-Tattoo auf dem Unterarm. Die Erinnerungen an diesen Tag waren wieder so lebendig, als hätte ich meinen Vater erst gestern den Schlangen vorgeworfen.

Nun freute ich mich auf jede Menge Spaß mit Marco und Lara. »Ja, Schlangen. Das wäre eine tolle Idee. Natürlich keine Schwarze Mamba oder sonstige Giftschlangen, ich will schließlich nicht, dass sie wie mein Vater sterben. Lieber genieße ich die Angst in den Gesichtern und ihre Schreie. Wie werden sie sich wohl wegen den Instrumenten entscheiden? Ich bin gespannt.« Lachend strich ich durch meinen Dreitagebart. Fröhlich summend nahm ich den Koffer wieder hoch und marschierte erwartungsvoll zum Eingang des Castells. Zuerst würde ich mich dort in eines der Cafés setzen, um einen köstlichen Espresso mit Brandy und Zucker zu genießen. Dann würde ich bei Marco und Lara vorbeischauen. Schließlich hatte ich es nicht eilig, daher genoss ich lieber noch etwas die Vorfreude mit dem herrlich duftenden Carajillo, dazu ein leckeres Stück Torte.

Kapitel Achtunddreißig

Comissario Santos, Inspector Diaz und Athos hatten fast das Castell erreicht. Für die Fahrt vom Plaça Catalunya zum Montjuic brauchten sie nur knappe zwanzig Minuten. Athos gefiel die Tour immer weniger. »Ach Athos, nun gib Ruhe. Wir haben es gleich geschafft. Dann ist auch Schluss mit den Kurven«, wandte sich Comissario Santos an seinen fiependen und bellenden Diensthund. Inspector Diaz schaute seinen Kollegen ziemlich gereizt an.

»Ich kann Athos sehr gut verstehen. Mittlerweile habe ich auch die Nase voll von diesen Kurven.« Comissario Santos lächelte.

»Wäre dir die Fahrt mit der Seilbahn lieber gewesen, Javier? Wir sind leider nicht zum Spaß und wegen der tollen Aussicht hier.«

»Ich weiß nicht, ob es mir in einer engen, kleinen Gondel besser ergehen würde. Wir sind ja Gott sei Dank gleich da. Athos und ich freuen uns tierisch.« Die riesige, massive Festung war mit grünen Blättern überwuchert und links und rechts der Brücke lagen gepflegte Grünanlagen mit üppigen Blumen und gestutzten Hecken. Sie parkten kurz darauf das Auto und kamen zu einer Brücke, auf der Besucher ein- und ausgingen. Sie traten an einen Schalter für Eintrittskarten und Souvenirs. Comissario Santos zeigte seinen Ausweis, stellte sich und Inspector Diaz als Ermittler der Polizei vor und fragte, wo sie Señor Salazar finden könnten.

»Hier bin ich«, ertönte eine Stimme hinter ihnen. Sie drehten sich um und erblickten einen Herrn um die sechzig. Er trug eine Brille mit dicken Gläsern, die seine Augen riesig wirken ließen. Señor Salazar hatte schütteres Haar und war schlank. »Ramon Salazar mein Name. Um was geht es denn, wenn ich fragen darf?«

»Es geht um das Verschwinden zweier Menschen. Einer davon ist Lara Cortez. Kennen Sie sie?«, wollte Comissario Santos wissen. Señor Salazar wirkte bestürzt.

»Verschwunden? Natürlich kenne ich Lara. Sie ist meine Kollegin und schon fast wie eine Tochter für mich. Ich dachte, sie hätte Urlaub und freute mich schon auf ihre Rückkehr.«

»Nein, sie ist leider nicht im Urlaub. Wie lange arbeiten Sie schon hier?«

»Ich bin erst seit knapp drei Monaten hier. Aber Lara habe ich ziemlich ins Herz geschlossen. Sie unterhält sich gerne mit uns ein Weilchen, wenn sie Feierabend hat.«

»Wir haben einen Hinweis erhalten, dass ein auffällig wirkender Mann am vorletzten Sonntag hier war, ungefähr zur Mittagszeit. Sie waren zu der Zeit anwesend, Señor Salazar?«, erkundigte sich Comissario Santos.

»Ja, vorletzten Sonntag war ich hier. Gegen Mittag sagen Sie? Lassen Sie mich kurz überlegen. Ich weiß nicht, was Sie unter auffällig verstehen. Einer unserer Handwerker war um die Zeit dort. Er leistet sehr gute Arbeit, ist aber leider oft recht cholerisch. Dass er an einem Sonntag im Castell war, ist merkwürdig. Tonio, der meistens in der Touristeninformation am Plaça de Catalunya arbeitet, führte eine Gruppe Touristen herum. Also, unser Handwerker ging fast suchend durch diesen Raum und ich sah ihn, weil ich gerade am Schalter arbeitete. Der sah so aus, als würde man ihm am besten nicht nachts begegnen wollen. Dreitagebart, die Haare strähnig, die grauen Augen grimmig zusammengekniffen. Ich ging zu ihm hinüber, da ich ehrlich gesagt neugierig war. Ich fragte ihn, ob etwas vorgefallen sei. Mürrisch schüttelte er den Kopf, sah sich weiterhin suchend um und murmelte: "Nee, alles soweit okay. Sie sind, glaube ich, der Neue hier, oder? Fragen Sie wegen der tropfenden Wasserleitungen im Kellergewölbe? Um die kümmere ich mich in den nächsten Tagen. So dringend ist es nicht und ich habe ja einen Schlüssel!" Dann wandte er sich ab, um zu telefonieren. Im Weggehen bekam ich noch mit, wie er sagte: "Ja, Emilio hier. Wo bist du? Ich bin schon hier und warte." Mehr weiß ich leider nicht, tut mir leid.«

»Vielen Dank, Señor Salazar. Sie haben uns sehr geholfen«, sagte Comissario Santos und wandte sich mit leiser Stimme an Inspector Diaz. »Emilio. Vermutlich

Emilio Bayarri, der mal wieder seine Finger im Spiel hat, Javier.«

»Miguel, vielleicht sollten wir mal einen Blick in diesen Keller werfen. Was denkst du?«

»Ja, das sollten wir. Señor Salazar?« Comissario Santos drehte sich um, doch Señor Salazar war schon fort. Die Ermittler traten wieder an den Schalter, wo eine Angestellte gerade Prospekte auffüllte. Auf ihrem Namensschild stand ›Gonzalez‹.

»Hola, Señora Gonzalez. Mein Name ist Comissario Santos, dies ist mein Kollege Inspector Diaz. Wir sind hier wegen der verschwundenen Lara Cortez.«

»Hola, ja, ich habe es mitbekommen. Es tut mir so leid um Lara. Wie kann ich Ihnen weiterhelfen?«

»Könnten wir einen Blick ins Kellergewölbe werfen? Haben Sie einen Schlüssel?«

»Wollen Sie nachschauen, ob Sie dort etwas Verdächtiges finden? Moment, ich gebe Ihnen die Schlüssel. Hoffentlich haben Sie Glück.« Sie griff kurz unter den Tresen und reichte Comissario Santos den Schlüsselbund und eine Taschenlampe. »Soll ich Sie hinführen oder möchten Sie es allein versuchen?«

»Wäre sehr nett, wenn Sie uns begleiten und dann auf uns warten.«

»Selbstverständlich.« Sie trat hinter dem Tresen hervor und bat darum ihr zu folgen. »Der Hund kommt auch mit?«

»Athos ist ein Diensthund und genauso Polizist wie wir«, erklärte ihr Comissario Santos schmunzelnd. Gemeinsam gingen sie zur Tür des Kellergewölbes, keiner von ihnen sagte ein Wort. Nach einigen Augenblick mahnte Señora Gonzalez die Ermittler.

»Achtung, ein paar Treppenstufen sind schief. Gehen Sie bitte langsam, denn man kann sehr schnell fallen. Wenn Sie sich am Ende der Treppe nach rechts wenden, gibt es einen langen Gang, der einige Male abknickt. Wenn Sie diesem Gang immer weiter folgen, sehen Sie einige Räume. Die Schlüssel sollten passen. Es gibt ausreichend Leuchtröhren. Die Taschenlampe werden Sie hoffentlich nicht brauchen. Aber man weiß ja nie.«

Comissario Santos öffnete die Tür zum Kellergewölbe. Athos bellte mehrmals laut.

»Athos, hör jetzt auf. Okay, vielen Dank Señora Gonzalez. Wir machen uns mal auf den Weg.« Señora Gonzalez lächelte.

»Ich warte hier auf Sie.« Vorsichtig stiegen die Ermittler mit dem angeleinten Athos die Treppe hinab. »Langsam, Javier. Die Stufen sind tückisch.« Die Leuchtröhren an den Wänden warfen leicht trübes, aber ausreichendes Licht. Endlich waren sie am Ende der Treppe angelangt. Sie bogen rechts ab und folgten dem Gang An den Wänden hingen Leuchtröhren und an der Decke verliefen Wasserleitungen. Nach einigen Minuten stießen sie auf Räume, die starke Ähnlichkeit mit Gefängniszellen aufwiesen. »Javier, schau mal«, flüsterte Comissario Santos ihm zu, deutete auf die Zellen und ließ die Taschenlampe in seine Jackentasche gleiten. »Wollen doch mal sehen, ob einer der Schlüssel passt.« Inspector Diaz blickte ihn an, dann nickte er zögernd.

Sie lauschten, doch außer einem leichten, unregelmäßigen Tröpfeln von der Decke war es still. »Javier«, flüsterte er, »Schau mal, das sieht aus, als würden da oben an den Türen kleine Klappen offenstehen.«

»Ja, was hast du vor? Hineinleuchten? Rufen?« Comissario Santos schüttelte entschieden den Kopf. »Wer weiß, was wir damit auslösen. Am besten leise sprechen und vorsichtig aufschließen. Wir werden sehen, was dann passiert. Vielleicht sind die Zellen ja auch leer.«

»Du hast mal wieder recht, Miguel. Ob ich den Tag noch mal erlebe, an dem du dich irrst?« Comissario Santos zuckte mit den Schultern.

»Bist du bereit?« Inspector Diaz atmete tief durch.

»Okay Miguel, lass uns anfangen.« Comissario Santos nahm den Schlüsselbund aus seiner Hosentasche und schaute ihn sich genauer an. Dann warf er einen langen Blick auf das rechte Türschloss. Er wählte einen Schlüssel aus und steckte ihn vorsichtig hinein. Nein, das war nicht der richtige. Er probierte den nächsten am Bund aus. Der Schlüssel ließ sich problemlos umdrehen und es quietschte ganz leicht dabei. »Hallo? Ist jemand hier drin?«, fragte er in einem ruhigen, leisen Tonfall und wartete einen Augenblick. Keine Antwort.

»Da scheint wirklich keiner drin zu sein, Miguel. Versuch mal die Zelle nebenan!« Comissario Santos wählte einen weiteren Schlüssel aus und steckte diesen ins Schloss der Nachbarzelle. Er drehte diesen und auch hier geschah es ohne Probleme.

»Hola? Ist jemand hier drin?« Er hielt lauschend das

Ohr an die Tür. Comissario Santos zuckte zusammen. Ein unterdrückter Aufschrei. Es klang wie die Stimme einer Frau. »Javier! Hier ist was«, flüsterte er seinem Partner aufgeregt zu. Er hakte nach. »Hola. Wer sind Sie?«

»Wer sind *Sie* denn? *Warum* tun Sie uns das alles an?« Die Frauenstimme klang leise und zutiefst verzweifelt, den Tränen nahe.

»Señora Cortez?«

»Lassen Sie endlich Ihre Spielchen. Sie wissen doch zu gut, wie ich heiße.« Sie brach in Tränen aus.

»Bitte beruhigen Sie sich. Hier ist die Polizei. Wir holen Sie sofort hier raus. Wir sind Inspector Diaz und Comissario Santos.«

»Oh mein Gott. Dass ich das noch erlebe, ich kann es gar nicht glauben. Ich träume bestimmt.« Comissario Santos drehte den Schlüssel ganz herum und die Tür öffnete sich mit einem Knarzen. Ihnen bot sich ein Bild des Jammers.

An eine Mauer gelehnt saß Lara zusammengekauert und mit ihrer Jacke bedeckt. Sie blinzelte in den einfallenden Lichtstrahl. Neben ihr richtete sich gerade Marco wie in Zeitlupe halb auf und schaute fassungslos zur offenen Zellentür. Comissario Santos rannte zu beiden hinüber und ging in die Hocke.

»Lara Cortez nehme ich an?«

»Ja, das bin ich.«

»Und Sie sind?«, wandte er sich an den jungen Mann neben ihr.

»Marco. Marco Escobar.« Seine Stimme klang rau.

»Ruf bitte sofort einen Notarzt, Javier. Wir brauchen umgehend einen Rettungswagen. Fordere die Spurensicherung an. Und sag auch gleich Señora Gonzalez Bescheid, dass wir die zwei Vermissten gefunden haben.« Inspector Diaz rannte schnell die Treppe hinauf. Comissario Santos griff Lara unter die Arme. »Ich helfe Ihnen und stütze Sie. Nur keine Angst.« Lara richtete sich mit wackeligen Beinen auf und griff mit zittrigen Händen nach Comissario Santos Arm. Marco rieb sich die Augen und erhob sich ebenfalls mühsam. Zusammen mit dem Polizisten und Athos verließen beide nach langer Zeit ihre Folterzelle. Vor der Zelle stand Inspector Diaz.

»Endlich! Wir freuen uns sehr. Und ihre Angehörigen und Freunde erst, wenn sie die gute Nachricht erfahren. Miguel, der Rettungswagen ist unterwegs und müsste gleich hier sein.« Marco blinzelte ungläubig.

»Sind wir wirklich frei?«

»Ja, Sie sind wirklich frei, Señor Escobar. Der Spuk ist vorbei«, versicherte ihm Comissario Santos mit ruhiger Stimme. »Meinen Sie, dass Sie es die Treppe hinaufschaffen? Sie sehen ziemlich kraftlos aus.« Marcos Augen wurden feucht und er schluchzte auf.

»Und ob ich das schaffe. Und wenn es das Letzte ist, was ich tue. Ich will nur weg von diesem grauenhaften Ort.« Als die Gruppe unter freien Himmel trat, stieß Señora Gonzalez einen Freudenschrei aus.

»Lara, oh mein Gott, du lebst. Ich bin so froh!« Besucher des Castells warfen dem Grüppchen heimliche und neugierige Blicke zu. In der Ferne erklang das auf- und abschwellende Martinshorn, welches stetig lauter wurde.

Comissario Santos wandte sich an Lara, die immer noch orientierungslos und verwirrt wirkte.

»Señora Cortez, ich glaube, Sie wollen gerade nur ihre Ruhe haben. Doch ich muss Ihnen einige Fragen stellen.« Lara drehte den Kopf zu ihm und schien durch ihn durchzusehen, dann nickte sie zögerlich. »Kam Ihr Entführer jeden Tag vorbei? War er heute schon in ihrer Zelle?« Lara schien angestrengt zu überlegen.

»Hm, eigentlich war er fast jeden Tag da. Es gab ein, zwei Tage in der ganzen Zeit, wo er nicht auftauchte. Da war Marco noch nicht hier. Und dann wusste ich nicht, was schlimmer war. *Dass* er auftaucht oder dass er *nicht* auftaucht! Nein, heute haben wir ihn weder gesehen noch gehört!«

»Danke. Das wars auch schon fürs Erste.« Comissario Santos ging zu seinem Kollegen. »Das nenne ich doch mal Glück, Miguel. Gut, dass wir auf mein Bauchgefühl gehört haben und ins Gewölbe gegangen sind.« Der Rettungswagen erschien, Marco und Lara wurden hineingeschoben und ins Krankenhaus gebracht. Die beiden Ermittler schauten hinterher.

»Ja, das war eine richtig gute Idee von dir, Javier. Ich geh noch mal eben runter. Nur um zu gucken. Es dauert bestimmt noch einen Moment, bis die Spurensicherung da ist. Vielleicht fällt mir unten noch was auf.« Sie kehrten um und betraten erneut das Castell.

Kapitel Neununddreißig

Inspector Diaz beendete sein Telefonat. »Wann ist die Spurensicherung hier, Javier?«, fragte Comissario Santos, der die Tür zum Kellergewölbe öffnete. Er schaute zu seinem Kollegen, der das Handy in seine Jackentasche steckte.

»In spätestens dreißig Minuten sollte sie hier sein. Sie ist gerade verhindert, kommt aber so schnell wie möglich. Ich gehe mir eben einen Kaffee holen.« Er warf noch einen Blick auf Comissario Santos, der Athos zu sich pfiff, ihn anleinte und die Tür hinter sich und dem Schäferhund zuzog. Inspector Diaz ging zum Kaffeeautomaten, um kurz darauf an einem viel zu heißen Kaffee zu nippen. Sein Blick fiel auf einen attraktiven Mann mittleren Alters der, scheinbar gut gelaunt pfeifend, auf ihn zukam. Er trug eine antik aussehende Arzttasche aus dunkelbraunem Rindsleder. Der Mann schien Inspector Diaz nicht wahrzunehmen. Der Typ blieb abrupt stehen, schaute rasch nach links und rechts, dann wandte er sich zielstrebig Richtung Kellergewölbe. Inspector Diaz wurde misstrauisch. Als der verdächtige Mann die Kellertür hinter sich schloss, stellte der Polizist rasch seinen Kaffeebecher ab und folgte ihm. Inspector Diaz öffnete wieder die Tür, doch vom Verdächtigen keine Spur. Er stieg die Treppe hinunter. Unten blieb Inspector Diaz stehen. *Wo ist der Kerl hin?* Er schaute nach links. Nichts. Er wandte den Kopf nach rechts und sah ganz am Ende des Ganges den Verdächtigen. Er schien nun etwas Schwarzes auf seinem Kopf zu tragen. *Eine Maske, vielleicht eine Skimaske,* überlegte Inspector Diaz und zog seine Waffe. Vorsichtig folgte er ihm. Der Verdächtige bog um die Ecke und verschwand in Richtung der Gefängniszellen. Inspector Diaz folgte ihm vorsichtig. Dann hörte der Polizist einen dumpfen, lauten Knall. *Was zum Teufel war das?* Inspector Diaz beschleunigte seine Schritte. Als er die Ecke erreichte, kam der Verdächtige plötzlich auf ihn zugestürzt. Sie prallten zusammen. Inspector Diaz schrie erschrocken auf. Der Verdächtige schubste ihn schroff zur Seite, sodass Inspector Diaz seine Pistole fallen ließ. Der Mistkerl sprintete Richtung Kellertür. Inspector Diaz hörte noch entfernt das Kommando von Comissario Santos »Athos, fass!«

Sekunden später schoss der Hund am Inspector vorbei, dem Verdächtigen hinterher. Comissario Santos und Inspector Diaz folgten Athos, so schnell sie konnten. Fast hatten sie die Treppe erreicht. Doch der Mistkerl war schon so gut wie an der Kellertür. Zweimal innerhalb weniger Sekunden ertönte ein lautes Geräusch, gefolgt von einem schmerzverzerrten Quietschen und Jaulen. Schüsse? Die Kellertür flog mit einem lautstarken Knall zu. Der Verdächtige war verschwunden. »Athos nein!«, schrie Comissario Santos. Inspector Diaz rannte zu seinem Kollegen, der sich über seinen angeschossenen Hund beugte. Er blieb abrupt vor beiden stehen und schaute geschockt. »Javier, lauf dem Kerl hinterher! Vielleicht erwischst du ihn noch«, brüllte der Comissario. Der Inspector stolperte weiter die Treppe hoch, vorbei am zusammengebrochenen Athos. Oben angekommen, blieb er mit der Waffe im Anschlag stehen. Mit seinen Augen scannte er die Umgebung ... von dem Kerl weit und breit keine Spur. Für den Polizisten gab es oben nichts zu tun. Inspector Diaz ging zurück in den Keller, inständig hoffend, dass der treue Athos nicht tot war.

Kapitel Vierzig

Angespannt schloss Alejandro die Wohnungstür auf. Was würde ihn dieses Mal erwarten, wenn er die Wohnung betrat? Viel zu oft hatte er erlebt, dass sein Vater schreiend herumlief oder seine Mutter weinend in der Küche saß, oft mit neuen blauen Flecken.

Er hasste seinen Vater aus tiefstem Herzen. »Hola, ich bin wieder da«, rief Alejandro, als er eintrat. Die Wohnung duftete nach frischem, warmem Apfelkuchen.

»Hola, mein Schatz«, rief seine Mutter Leticia fröhlich aus der Küche. Er ging zu ihr, schnupperte und lobte sie.

»Boah, das riecht ja lecker. Da fange ich fast an zu sabbern.« Alejandro setzte sich lächelnd an den Küchentisch und deponierte seinen Rucksack auf einen freien Stuhl. Seine Mutter strahlte ihn an und stellte die Backform mit dem heißen Kuchen zum Abkühlen auf die Arbeitsfläche. Seine Mutter sah entschieden besser aus, ihr blaues Auge verfärbte sich bereits ins grünlich-gelbe. Alejandro entschied, dass es ein guter Zeitpunkt war, um sie auf den neuesten Stand zu bringen. Es sei denn ... »Ist Vater hier?«, fragte er nervös. Leticia schüttelte den Kopf.

»Nein, wir haben Glück. Es ist ja noch nicht sechs Uhr, da hat er noch keinen Feierabend. Wer weiß, wann er dann nach Hause kommt. Du kennst das ja.«

»Hoffentlich nicht mehr lange. Mama, setz dich bitte kurz zu mir, ja? Ich muss dir was erzählen.« Sie schaute ihn besorgt an, wusch sich die Hände und setzte sich neben ihn.

»Ist was geschehen? Was Schlimmes vielleicht?«

»Mama, halte dich bitte fest.«

»Mach es nicht so spannend, mein Junge. Immer raus damit. Ich bin ja einiges gewohnt.«

»Unser Termin bei ›Lichtfunke‹ ist ja demnächst. Jemand möchte uns begleiten.« Leticia schaute ihn verwundert an. »Rate, Mama!«

»Ich habe keinen blassen Schimmer, mein Schatz. Du wirst es mir gleich sagen.« Er griff nach ihrer Hand.

»Diana.« Leticia schaute ihn verwundert an.

»Unsere Diana? Was ist passiert? Wo ist sie? Hier in Barcelona?« Alejandro erzählte seiner Mutter von Dianas Auftauchen und berichtete auch vom Treffen. Leticia weinte vor Freude.

Die Drogensucht ließ er außen vor. "Diana ist verheiratet, sagst du? Unglaublich. Hat sie dir von ihm erzählt? Bin ich schon Oma? Ach, ich bin ja so gespannt, wie sie wohl aussieht.«

»Er heißt Felipe Hernandez. Mehr weiß ich von ihm

noch nicht. Wir könnten uns kommenden Sonntag mit ihr treffen.« Leticia schluckte.

»Ja, bitte. Das wäre wunderbar.« Alejandro stand auf.

»Dann gebe ich ihr Bescheid.« Leticia trocknete sich mit einem Taschentuch die Tränen. Gut gelaunt summend begann sie die Küche aufzuräumen. Alejandro sah ihr lächelnd dabei zu, nahm dann seinen Rucksack und ging in sein Zimmer. Dort warf er sich auf sein Bett, zückte sein Handy und wählte Dianas Nummer. Nach dreimaligem Klingeln ging sie ran.

»Hallo Brüderchen, ich war vorhin bei der Polizei.« Sie berichtete Alejandro stolz, wie schwer es ihr anfangs fiel und wie erleichtert sie sich danach fühlte. »Das hätte ich schon viel früher tun sollen«, eiferte Diana.

»Klasse, Schwesterherz. Du bist auf dem richtigen Weg, würde ich sagen. Du schaffst das.«

»Danke, ich hoffe, dass sich meine Selbstanzeige strafmildernd auswirkt. Ich will mich wirklich ändern.« Alejandro setzte sich in den Schneidersitz und schaute aus dem Fenster. Es klopfte an seine Tür. Seine Mutter steckte den Kopf durch den Türspalt. Auf ihrem Gesicht lag noch immer ein seliges Lächeln.

»Ich gehe eben einkaufen. Spätestens in einer Stunde bin ich wieder zurück.« Alejandro nickte und hob die Hand. Leticia schloss die Tür.

»Diana, ich habe gerade mit Mama gesprochen. Sie war total glücklich, von dir zu hören und freut sich auf das Treffen am Sonntag.«

»Ich bin so erleichtert.« Dann schwieg sie.

»Was ist los? Warum sagst du nichts? Freust du dich *nicht*?«

»Doch«, antwortete sie schnell. »Doch. Ich bin sehr froh darüber. Es ist nur ... Ich habe so viel Mist gebaut. Ach, es sind einige grauenhafte Dinge passiert in den letzten Jahren. Aber das ist jetzt egal. Ich freue mich auf Sonntag.«

Mit gespielter Leichtigkeit beendete sie das Telefonat. Alejandro lag nach diesem Gespräch noch lange auf seinem Bett und starrte an die Decke. *Grauenhafte Dinge!* Was das wohl zu bedeuten hatte? Seine Gedanken führten zu mehr Fragen als Antworten. Nichts und niemand war ihm eine Hilfe bei seiner Suche nach Glück und Frieden. Er stand auf, ging ans Fenster und schaute wieder hinaus.

»Ich hasse dich, Vater. Du bist an allem schuld!« Wütend schlug er mit der Faust aufs Fensterbrett. Er atmete tief aus, verließ sein Zimmer und ging Richtung Küche. Einem Impuls folgend, blieb er vor dem Elternschlafzimmer stehen. Sein verhasster Vater war doch garantiert in kriminelle Machenschaften verwickelt. Es fehlten nur handfeste Beweise. Sollte er es wagen, im Zimmer herumzuschnüffeln? Vielleicht wurde er fündig und sein Vater wanderte für einige Zeit in den Knast. Zögerlich betrat er das in dunklen Holztönen gehaltene Schlafzimmer. Der Holzfußboden knarrte an manchen Stellen. Neben dem großen Doppelbett stand ein Schreibtisch mit Schubladen, davor ein Lehnstuhl. An der gegenüberliegenden Wand befand sich ein langes Sideboard mit Fotos und Dekorationen. Ein riesiger dunkler Holzschrank dominierte das Zimmer. Über dem Schreibtisch hing das Hochzeitsfoto seiner Eltern. Wie glücklich und strahlend die Braut aussah und wie verkniffen lächelnd der Bräutigam. Alejandro sah sich lange um und wusste nicht, wo er anfangen sollte. Er gab sich einen Ruck, wandte sich zum Sideboard und zog nacheinander schnell die Schubladen auf: Tischdecken, Bettwäsche, Kissenbezüge - nichts Ungewöhnliches. Hinter den Türen nur uralte Langspielplatten, die ihm ein Grinsen entlockten. Schnell ging er zum Schreibtisch, überflog die Oberfläche und hob vorsichtig Unterlagen und Zettel an. Absolut nichts Verdächtiges! Anders sah es aus, als sich Alejandro den Tischkalender anschaute. Im aktuellen und vergangen Monat waren eine Menge Vermerke, wie zum Beispiel *19:30 Uhr Treffen Barcelona Flughafen ... 16:20 Uhr Termin Sportverein ... 15 Uhr Telefonat mit L. ... 20 Uhr Übergabe an M. ... Sonntag 12 Uhr Castell* ... oder *18:40 Uhr Termin bei Garcia: Handys und Schmuck*. Ferner viele Telefonnummern. Der Eintrag mit dem Schmuck sprang ihm natürlich sofort ins Auge. Alejandro notierte ihn sich mit dem Datum und der dazugehörigen Adresse. Er hielt inne und lauschte.

Doch es war immer noch alles still. Er konnte weitermachen. Als Nächstes nahm er sich den großen Wandschrank vor. Vielleicht gab es dort ebenfalls nützliche Hinweise. Alejandro öffnete die Türen und blickte hinein. Rasch schob er die Kleidung beiseite, die auf einer Kleiderstange hing. Dann ging er in die Hocke und zog die untersten Schubladen ein Stück auf. In einer lag zusammengefaltete, gestapelte Bettwäsche. Alejandro schob seine Hand flach mehrmals kurz zwischen die Schichten und stieß plötzlich an einen harten Gegenstand. Er stutze, nahm vorsichtig den Wäscheberg heraus und legte ihn auf den Fußboden. Dieses Objekt war offenbar eingewickelt. Ihm stockte der Atem, als er einen Revolver der Marke Smith & Wesson in den Händen hielt. Bislang kannte er diese Waffe nur aus den ›Dirty Harry‹-Filmen mit Clint Eastwood. Er warf einen Blick in die Trommel und sah, dass sogar Patronen drinsteckten.

»Oh Mann, wie krass ist das denn?«, flüsterte er entsetzt. Mit zittrigen Händen wickelte er die Waffe wieder ein und verstaute alles an seinem Platz im Schrank. Alejandro atmete tief durch. Sein verängstigter Blick fiel auf das Hochzeitsfoto. »Mach weiter!«, forderte er sich selbst auf, »Sei einfach auf alles gefasst.« Er atmete tief durch und öffnete die nächste Schublade. Neben Socken und Strümpfen lag ein Schwung Briefe. Alejandro schluckte und nahm den Stapel an sich. In sämtlichen Umschlägen schien etwas drin zu sein. Einige Kuverts waren weiß und unbeschriftet. Auf anderen stand mit Bleistift "Abschicken oder nicht?" oder als Absender der Name seiner Mutter, zusammen mit einer ihm unbekannten Adresse. Sämtliche Briefe waren nicht zugeklebt. Alejandro schaute verblüfft und runzelte die Stirn. »Was hat das zu bedeuten?«, fragte er sich leise. Plötzlich schlug die Wohnungstür zu. Alejandro erschrak. Es war seine Mutter, die, in der Küche vor sich hinsingend, ihren Einkauf auspackte. Spontan entschied er, die Briefe mitzunehmen. Er huschte lautlos in sein Zimmer und schob den Stapel rasch unter sein Kopfkissen.

Kapitel Einundvierzig

»Athos, nein! Sei ein guter Junge, hörst du? Verlass mich nicht!«, rief Comissario Santos verzweifelt. Seine Augen wurden feucht. Er setzte sich auf die Stufe, zog sanft Athos Kopf auf seinen Schoß und versenkte sein Gesicht in Athos Fell. Sein Hund sollte spüren, dass sein Herrchen ganz nah bei ihm war. Comissario Santos prüfte, ob der Schäferhund noch Lebenszeichen aufwies. Ja, Athos atmete, sein Herz schlug und der Blutverlust schien nicht allzu groß zu sein. Erleichtert stöhnte Comissario Santos auf, legte behutsam Athos Kopf auf die Treppenstufe und erhob sich. Rasch stieg er noch einige Stufen hoch, um einen besseren Handyempfang zu haben. Er rief beim Tierarzt an, der sagte, dass Comissario Santos so schnell wie möglich den Hund zu ihm bringen sollte. »Bitte halte durch Athos.« Vorsichtig streichelte er ihm über den Kopf. Athos fiepte leise. Inspector Diaz kam mit schnellen Schritten die Treppe herunter. »Der Kerl ist entwischt.« Comissario Santos schaute ihn kurz an und schwieg.

»Wie geht es Athos, Miguel?«

»Er lebt. Ich muss ihn umgehend zum Tierarzt bringen.« Vorsichtig hob Comissario Santos ihn mit beiden Armen hoch und trug ihn aus dem Keller. Athos gab ein schmerzerfülltes Wimmern von sich. »Komm schnell, Javier.« Beim Dienstwagen angekommen, öffnete der Inspector die Heckklappe, Comissario Santos legte Athos behutsam auf seiner weichen Decke ab und setzte sich rasch hinters Steuer. Schnell fuhren sie den Hügel Montjuic wieder hinab. »Ich hoffe, es sind nur Streifschüsse, Miguel«, sagte Inspector Diaz und drehte sich zu Athos um, der nur selten zu hören war. »Ich konnte zum Glück keinen großen Blutverlust feststellen. Javier, bitte ruf Señora Morales an und berichte ihr von der halbwegs guten Neuigkeit. Oh schau, da kommt uns die Spurensicherung entgegen.« Mehrere Fahrzeuge rasten an ihnen vorbei, den Hügel hinauf.« Inspector Diaz drehte sich um, schaute kurz durch die Heckscheibe und wählte Alicias Nummer. Er ließ es sechsmal klingeln und wollte schon auflegen, als sie sich meldete.

»Señora Morales, hier ist Inspector Diaz. Ich habe eine sehr gute Nachricht für Sie. Wir haben sie. Wir haben ihre Freundin befreit. Ja, es ist wahr! Soeben ist sie ins Krankenhaus gebracht worden, zusammen mit Marco. Beide waren zu zweit in einer Zelle im Castell Montjuic eingesperrt. Señora Morales, sind Sie noch dran? Señora Morales?« Comissario Santos schaute zu seinem Kollegen.

»Was ist los, Javier?«, fragte er leise. Inspector Diaz zuckte mit den Schultern.

»Oh, Sie sind noch dran. Ja, das glaube ich Ihnen, dass Sie sprachlos vor Freude sind. Nein, wir wissen es nicht, wie es beiden geht. Ich glaube, beide werden erst mal viel Schlaf und Ruhe brauchen. Sie wirkten ziemlich entkräftet und verstört, Señora Morales.« Inspector Diaz zögerte kurz. »Wir haben auch leider eine schlechte Nachricht. Tut mir sehr leid, Ihnen das sagen zu müssen. Der Verdächtige ist uns leider entwischt. Wir hatten ihn fast. Ja, wir finden es auch furchtbar. Ich wünschte, ich müsste es Ihnen nicht sagen. Wir melden uns umgehend bei Ihnen, wenn es etwas Neues gibt. Ich wünsche Ihnen einen schönen Tag. Ja, das werde ich tun. Passen Sie bitte sehr gut auf sich und ihre Familie auf. Adios.« Inspector Diaz beendete das Gespräch. »Ich soll dich von ihr grüßen. Señora Morales freut sich natürlich riesig. Sie ist aber auch geschockt, dass der Mistkerl geflohen ist.« Comissario Santos reagierte nicht auf Inspector Diaz, sondern schaute nur konzentriert geradeaus auf die Straße.

»Wir sind gleich beim Arzt, Javier, Gott sei Dank.« sagte er knapp. Erneut schwieg er. Athos war so still. Comissario Santos warf einen sorgenvollen Blick in den Rückspiegel.

Kapitel Zweiundvierzig

Ich hatte missmutig meine Aktentasche gepackt. Vor einiger Zeit hatte ich ein Vorstellungsgespräch bei einer der größten Banken Madrids gehabt. Einen Posten im Management hatte es dort neu zu besetzen gegeben und ich war sehr sicher gewesen, diese Stelle zu bekommen. Wer konnte schon ›Nein‹ zu mir sagen? Zu mir? Ich war zielstrebig, selbstbewusst, hatte Unmengen an Egoismus und Perfektionismus, war penibel und ging zur Not auch über Leichen. Im wahrsten Sinne des Wortes. Aber das hatte natürlich niemand gewusst. Ich war der perfekte Bewerber dafür gewesen. Ferner sah ich umwerfend aus. Mein Lächeln hatte schon immer eine enorme Wirkung auf Frauen gehabt. Stets öffnet es mir Tür und Tor und ich kann bis zum heutigen Tag problemlos Weiber um den Finger wickeln. Bei Männern erwecke ich schnell Neid und Bewunderung. Mir hatte diese Position im Management der Bank in Madrid zugestanden, da hatte es für mich nie den geringsten Zweifel gegeben. Ich war schließlich ›jemand‹ und kein Schwächling. Vielleicht wäre mein Vater stolz auf mich gewesen. Wenn er denn noch leben würde. Ich hatte bei dem Gedanken amüsiert gelacht. Wer würde besser auf so eine Stelle passen als ich? Doch ich hatte weder eine Zusage noch Absage erhalten. Das Thema Beziehung hatte sich wider Erwarten ebenfalls schwierig gestaltet. Meine letzte Beziehung war in die Brüche gegangen. Sie hatte leider nicht so gespurt, wie ich es wollte. Ich hatte es nicht geschafft, sie zu manipulieren, zu biegen und zu brechen. Sie hatte mir rigoros Widerstand geboten, das hatte bis dahin keine andere Frau geschafft und sie war es auch, die die Beziehung beendet hatte. Das war mir noch nie passiert. Wer konnte schon ›Nein‹ zu mir sagen? Einerseits war ich wütend auf meine Ex, andererseits hatte ich wider Willen Respekt vor ihr. Nach der Trennung war sie wie vom Erdboden verschwunden. Meinen Partnerinnen hatte ich bislang jeden erdenklichen Luxus geboten. Sie hatten sich mir nur völlig zu unterwerfen und mir vor allem keine Fragen zu stellen. Geschweige denn hinterher zu schnüffeln. Nie dürfen sie herausfinden, dass ich Freude daran habe, Menschen und Tiere zu quälen oder sogar zu töten. Sollten sie es dennoch erfahren, muss ich sie ebenfalls beseitigen. Bisher war ich immer mit meinen Morden durchgekommen, ich wurde noch nie verhaftet, bis jetzt.

Eine andere Arbeitsstelle hatte ich angestrebt, mit mehr Geld, mehr Macht. Den Job im Management hatte ich gewollt und als meine Rettung angesehen. Stattdessen hatte ich mir von Montag bis Freitag mit einem Pokerface am Schalter die Probleme der Kunden anhören müssen. In einer kleinen unbedeutenden Bank in Madrid. Teilweise waren es, für mich, lächerliche Probleme, teilweise hatten Menschen vor mir gesessen, die über wenig Einkommen verfügten. Somit waren sie, meiner Meinung nach, schwach und ›niedere Wesen‹. Aber natürlich hatte ich mir nichts anmerken lassen. Ich war schließlich ein freundlicher und hervorragender Mitarbeiter. Keiner wusste, wie ich wirklich war. Niemand ahnte von meinem Doppelleben. Oft hatte ich überlegt, wie es wohl wäre, wenn andere es wüssten. Zweifelsohne wären sie beeindruckt, da war ich mir sicher. Ich hatte am jenen Tag am Schalter gesessen, meinen Notizblock und meinen edlen, goldenen Montblanc-Kugelschreiber eingepackt, der immerhin über 450 € gekostet hatte und vom Job im Management geträumt. Da war ein Kollege, fröhlich vor sich hin pfeifend, an mir vorbeigegangen, ins Büro nebenan. Diesen Typen hatte ich noch nie leiden können, er war in meinen Augen minderwertig und schwach, ein Loser halt. Ich war neugierig gewesen, warum dieser Wicht so verdammt gute Laune hatte. Sonst hatte ich ihn nie so ausgelassen pfeifen hören. Der Kollege war eher der stille und schüchterne Typ gewesen, freundlich und zuvorkommend, aber schwach, nicht so wie ich. In meinen Augen ein absolutes Weichei. Ich hatte mich von meinem Platz erhoben und war unauffällig zum Wasserspender geschlendert, um ihn klammheimlich zu beobachten und zu belauschen. Einen Augenblick hatte ich noch Zeit gehabt, um den Kollegen zu bespitzeln. Ich hatte mir am Wasserspender Zeit gelassen und immer wieder einen verstohlenen Blick ins Büro geworfen. Ich hatte gesehen, wie der Kollege sein Handy aus der Jackentasche gezogen, gut gelaunt auf einem Stuhl Platz genommen und eine Nummer gewählt hatte.

Nach einigen Sekunden hatte er sich gemeldet und zu seinem Gesprächspartner gesagt: »Ja, ich bin´s Schatz! Du wirst es nicht glauben, Marisol! Ich habe die Stelle bekommen.

Ich kann in zwei Monaten in der Managementabteilung der Bank in Madrid anfangen! Ist das nicht unglaublich? Zwei weitere Stellen dort wurden auch neu belegt. Eben gerade rief mich mein neuer Chef an. Er sagte: Herzlichen Glückwunsch Señor Escobar, Sie haben die Stelle!« Ich hatte meinen Kollegen ungläubig angestarrt. Warum hatte man IHN auserwählt? Mein früherer Chef in einer Bank in Sevilla hatte mir schließlich als Dankeschön für meine hervorragende Arbeit als Anlageberater ein rotgoldenes Zigarettenetui plus Feuerzeug als Geschenk überreicht! Etwas später hatte er mir allerdings gekündigt, da er mich mit seiner Frau im Ehebett erwischt hatte. Na ja, sie hatte mir halt nicht widerstehen können. Was um alles in der Welt hatte dieser Escobar, was ich nicht hatte? Dieser Waschlappen. Ich hatte mich erniedrigt gefühlt, meinen vollen Wasserbecher genommen und war lautlos an meinen Schalter zurückgegangen. Dort hatte ich mich hingesetzt, schnell den Becher komplett geleert und nachgedacht. Nachdem einige Sekunden verstrichen waren, hatte ich den Plastikbecher mit einer Hand wütend zerknüllt und hasserfüllt geflüstert: »Marco Escobar, du bist fällig! Das wirst du mir büßen - früher oder später! Du wirst es auf jeden Fall bitter bereuen! Das schwöre ich dir!«

Ich schüttelte die Gedanken an jenes Ereignis zehn Jahre zuvor ab, denn nun hatte ich meine Genugtuung. Ich hatte diesen Wicht und seine neue Freundin eingesperrt und beide gehörig leiden lassen. Eigentlich wollte ich diese Hure umbringen und Marco bis ins Innerste erschüttern. Doch ich hatte festgestellt, dass ich mehr Freude verspürte, beide zu foltern und zu demütigen. Nun wusste Marco, wie es war, sich erniedrigt zu fühlen. Wie konnte er es damals wagen, mir *meinen* Job zu stehlen? Zu allem Überfluss hatte er *meinen* Job einfach hingeschmissen, um hier in Barcelona als popeliger Kellner zu arbeiten. Damit war er eine unwürdige Kreatur, ein ›niederes Wesen‹, mehr nicht. Ein widerliches Insekt, das ich am liebsten zerquetscht hätte. Zu dumm, dass mir die beiden Bullen und der ekelhafte Köter die Tour vermasselt hatten. Zweimal hatte ich auf das Drecksvieh geschossen.

Vielleicht kratzte es ja noch ab. Ich musste zwar so schnell wie möglich flüchten, doch ich war ja durchtrainiert und konnte schnell laufen. Ich eilte zu meinem Auto und raste den Hügel Montjuic hinunter. Unterwegs kamen mir eine Menge Polizeifahrzeuge entgegen. Ich hatte wirklich Schwein gehabt, dass ich noch entkommen war. Ganz knapp hatten mich die Bullen verpasst. Nun musste ich blitzschnell untertauchen und schauen, wo ich bleiben konnte. Die Jagd auf mich war eröffnet. Fieberhaft überlegte ich.

Nach einem kurzen Moment musste ich grinsen. Mein Nachbar, der sein Haus direkt meiner Wohnung gegenüber hatte, war seit vorgestern für zwei Wochen verreist. *Mitunter sind Nachbarn doch recht nützlich,* dachte ich. Ich parkte den Wagen in einer ruhigen Seitenstraße, stieg aus und sah mich um. Keine Menschenseele weit und breit. Flugs rannte ich zum Haus meines verreisten Nachbarn. Dort angekommen, schwang ich mich mit einem Satz über das Gartentor und stand in einem akkurat angelegten, großen und gepflegten Garten. Sogar ein großzügiger Swimming-Pool mit Sprungbrett war vorhanden. Ich fühlte mich unangenehm an mein Elternhaus erinnert und betrachtete grimmig den Pool. Nahe dem Bassin stand eine halb aufgebaute Gartenbar, Werkzeug lag verstreut daneben. Grinsend griff ich nach einem Schraubendreher, eilte weiter zum Haus und blieb vor einem Fenster stehen. Wieder sah ich mich um. Ungestört hebelte ich in Sekundenschnelle das Fenster auf und kletterte problemlos hinein. Ich befand mich im Badezimmer. Dort setzte mich auf den Wannenrand. Meine Gedanken wanderten zu meinen befreiten Gefangenen. Dann wählte ich eine Handynummer aus meiner Anrufliste aus.

»Hola Leon, was gibts denn diesmal?«, fragte mich die genervt klingende Männerstimme.

»Emilio, ich muss untertauchen. Fast hätten die Bullen mich geschnappt. Die haben Marco und Lara befreit. Ich frage mich, wie das passieren konnte. Hast du vielleicht eine Idee?«

»Warum nennst du mich Emilio? Nur mein Weib redet mich so an. Irgendwann verpasse ich Leticia dafür ein weiteres blaues Auge. Die ärgert mich eh schon so viel.«

»Verschone mich gefälligst mit deinen Eheproblemen, Emilio ... Lobo ..., wie auch immer du genannt werden möchtest. Ich habe verdammt schlechte Laune. Als ich in die Zelle wollte, stand so ein Polizeifuzzi mit seinem Köter drin.

Woher wussten die Bullen, wo sie Marco und Lara finden? Ich habe zwar einen nachgemachten Schlüssel von dir bekommen, doch du bist schließlich auch gelegentlich im Castell.«

»Keine Ahnung, woher die das wussten. Ich war Sonntag zu einer Drogenübergabe dort. Vielleicht hat mich der Angestellte verpfiffen, der mich da angequatscht hatte. So ein alter Sack mit dicken Brillengläsern war das! Sah aus wie ein Uhu. Ich habe erwähnt, dass ich mir die tropfenden Rohre im Kellergewölbe demnächst anschaue. Ein anderer Angestellter im Castell hatte mich neulich schon mal darauf angesprochen.«

»Mensch Emilio, du Bastard. Nur wegen dir sind Marco und Lara befreit worden? Ich fass es nicht. Sei froh, dass ich die Füße stillhalten und untertauchen muss, sonst könntest du was erleben.«

»Sag mal, spinnst du, du Wichser? Du weißt doch gar nicht, ob es meine Schuld ist.« Emilio beendete wütend unser Telefonat.

Kapitel Dreiundvierzig

Comissario Santos hatte vor einer Stunde einen Anruf vom Tierarzt erhalten. Athos ging es so weit gut. Die Kugeln waren entfernt worden und Athos außer Lebensgefahr. Überglücklich lenkte Comissario Santos seinen Wagen auf den Parkplatz des Polizeireviers. Er nahm ein in Papier gewickeltes Päckchen vom Beifahrersitz und ging zu seinem Büro. Inspector Diaz stand vor einem surrenden Drucker und begrüßte seinen Kollegen aus der Ferne. »Ach, da bist du ja, Miguel.« Comissario Santos legte das Päckchen auf seinen Schreibtisch und öffnete es raschelnd.

»Es gibt etwas zu feiern, Javier. Athos hatte riesiges Glück und nur zwei kleinere Fleischwunden kassiert. Er wird wieder ganz gesund. Am späten Nachmittag kann ich ihn abholen, dann muss er sich noch einige Tage schonen. Ich habe uns Churros und Hefeschnecken vom Bäcker mitgebracht.«

»Oh Gott, Miguel, du weißt gar nicht, wie beruhigt

ich nun bin.« Comissario Santos deutete auf das Papier in Inspector Diaz Hand.

»Was hast du da ausgedruckt?«

»Ich habe ein Phantombild des Mistkerls erstellen lassen. Der Typ könnte glatt ein Model sein. Schau dir das mal an.« Comissario Santos hielt das Bild hoch und betrachtete es eingehend. Er machte ein zustimmendes Geräusch und legte das Phantombild wieder auf den Tisch.

»Ja, er hätte Model werden sollen, statt Menschen zu entführen, sie wie Vieh einzusperren und zu misshandeln.« Es klopfte an der Bürotür. »Herein!«, rief der Comissario. Die Tür öffnete sich und eine junge Frau steckte ihren Kopf durch den Türspalt. »Hola, Señora Morales. Schön, Sie zu sehen. Kommen Sie doch rein.« Alicia schloss die Tür hinter sich.

»Hola, ich hoffe, ich störe nicht.«

»Aber nein, setzen Sie sich doch.« Alicia nahm lächelnd am Besprechungstisch Platz und sah auf das Kuchenpaket. »Möchten Sie auch etwas Gebäck?«

»Nein, vielen Dank. Gibt es etwas zu feiern?«

»Und ob. Athos geht es besser. Ich kann ihn nachher vom Tierarzt abholen.«

»Besser? Was ist denn passiert, wenn ich fragen darf?«

»Mein Athos wurde vom Entführer zweimal angeschossen. Gott sei Dank waren es nur Fleischwunden. Nur deshalb konnte der Mistkerl auch wieder entwischen. Wenn Athos ihn gehabt hätte, dann würde der Kerl schon in einer Zelle schmoren.«

»Oh nein, wie furchtbar. Schlimm, dass er entkommen ist. Aber gut, dass Athos so ein Glück hatte.«

»Ja wirklich. Und ich hoffe, wir finden ganz schnell den Entführer, damit er endlich seine gerechte Strafe bekommt.«

»Es ist alles nicht so einfach. Einerseits möchte ich Lara am liebsten sofort besuchen, andererseits aber auch nicht«, gestand Alicia zerknirscht, »Sie ist nicht die Lara, mit der ich vor zwei Wochen shoppen war. Und das macht mir Angst. Ich weiß überhaupt nicht, wie ich mit ihr umgehen und was ich sagen soll.«

»Ich hatte vorhin im Krankenhaus angerufen und mich erkundigt, wann wir voraussichtlich Marco und Lara befragen können. Die beiden schlafen sehr viel, zum Teil auch ziemlich unruhig. Oft wachen sie schreiend auf. Wir sollten noch einige Tage mit der Befragung warten«, riet ihr Inspector Diaz.

»Okay, dann lasse ich Ihnen den Vortritt. Ich war gerade in der Nähe und wollte mich persönlich bei Ihnen beiden bedanken, dass sie Lara und Marco gerettet und mich informiert haben. Mir war das sehr wichtig.« Alicia strich sich durchs Haar und stand auf. Sie schob ihren Stuhl ein Stück unter den Tisch, dabei fiel ihr Blick aufs Phantombild. Alicia starrte es mit offenem Mund an, als hätte sie einen Geist gesehen, sie wurde blass. Comissario Santos erhob sich.

»Señora Morales, geht es Ihnen gut?« Alicia schluckte und legte ihre zittrige Hand an die Stirn.

»Ist das der Entführer?«

»Ja. Kommt der Mann Ihnen bekannt vor? Haben Sie

eine Ahnung, wer das sein könnte?« Alicia setzte sich schwerfällig, schloss die Augen und atmete tief durch.

»Ja, ich kenne ihn.«

»Wie bitte? Sie *kennen* ihn? Wissen Sie, wie er heißt?«

»Leon Alvarez«, sagte sie heiser, »mein Ex-Freund.«

Inspector Diaz fragte mit ruhiger Stimme: »Gibt es besondere Kennzeichen an ihm, um wirklich sicherzugehen?« Alicia schloss kurz die Augen und öffnete sie wieder.

»Ein Schlangen-Tattoo auf dem linken Unterarm.« Inspector Diaz schüttelte den Kopf.

»Ich habe leider nichts dergleichen gesehen. Er kam auf mich zu. Doch ich habe nur auf das Gesicht geachtet. Es ging alles so schnell in dem Moment.« Comissario Santos´ Jagdinstinkt war geweckt.

»Wann war diese Beziehung und wie lange waren sie ein Paar, Señora Morales?«

»Das ist sechs Jahre her und wir waren ein Jahr lang zusammen.«

»Wo haben Sie sich kennengelernt? Wieso ist es auseinandergegangen und wer hat das Ganze beendet?« Alicia spielte unruhig mit ihrer Halskette herum, ihre Stimme wurde leise.

»Wir haben uns damals in einem Fitnessstudio kennengelernt. Ich war mächtig beeindruckt, wie stark und durchtrainiert er war und mit welcher Leichtigkeit er die schwersten Gewichte stemmen konnte. Ich saß am Butterfly-Gerät und wir kamen bald ins Gespräch. Unsere ersten Worte wechselten wir, als das Lied

›Always look on the bright side of life‹ im Studio lief.« Über Alicias Gesicht huschte ein leichtes Lächeln. »Ich habe es beendet und das hat ihm überhaupt nicht gefallen. Ganz zu Anfang mochte ich dieses ›Bad Boy-Image‹, ich fand ihn sexy und aufregend. Ich bin damals in den einen oder anderen Schlamassel geraten, den ich heutzutage bitter bereue. Nun habe ich ein Kind und bin ruhiger geworden. Mittlerweile kann ich mir so was gar nicht mehr vorstellen. Na ja, bald merkte ich, dass es nicht nur eine Masche bei Leon war. Er versuchte mich ständig zu kontrollieren und zu manipulieren. Er belog mich und rastete ziemlich häufig aus. Außerdem war er oft weg und sagte mir nie wohin oder wann er wieder kommt. Dafür las er mir jeden Wunsch von den Augen ab. Leon war überaus charmant und überschüttete mich mit teuren Geschenken. Ich hatte das Ganze irgendwann nur noch satt. So wollte ich nicht mehr leben. Ich kann es nicht fassen, dass mein Ex der Entführer meiner besten Freundin ist. Mein Magen fühlt sich gerade an wie zugeschnürt.«

»Wissen Sie, wo ihr Ex wohnt?« Alicia verneinte.

»Miguel, ist es möglich, dass sich dieser Leon rächen wollte? Señora Cortez und Señora Morales haben sehr große Ähnlichkeit miteinander und Lara ist die beste Freundin.«

Comissario Santos strich sich übers Kinn. »Javier, du könntest recht haben. Möglich ist es. Wir werden es erfahren, wenn wir ihn verhaftet und vernommen haben. Hoffe ich. Señora Morales, Sie sollten verstärkt Augen und Ohren offenhalten und vorsichtig sein. Die

Entführten wurden befreit. Vermutlich ist Leon darüber sehr verärgert. Es ist nicht auszuschließen, dass er bei Ihnen auftaucht.«

»Ja, Sie haben recht. Wir werden ganz besonders aufpassen, mein Freund und ich. Ich muss jetzt los nach Hause, ich danke Ihnen. Adios.« Mit einem verkrampften Lächeln verließ sie das Büro.

Kapitel Vierundvierzig

Freitagabend, Alejandro saß allein in seinem Zimmer auf seinem Bett. Er hatte die Briefe aus dem Elternschlafzimmer noch nicht angerührt. Nun holte er den Stapel aus seinem Nachttisch hervor. Er atmete tief durch und begann, sich den Briefen zu widmen. Auf einigen Briefumschlägen stand nur der Absender, auf anderen war nichts. Ein paar lose Zettel lagen dazwischen. Ein kleines Buch rutschte ihm entgegen. Er schlug es auf:

25. *Mai Mittagszeit, Tarragona, liebes Tagebuch …*

Es war die Handschrift seiner Mutter. Rasch klappte er das Buch wieder zu und legte es auf seine Bettdecke. »Ich will das gar nicht lesen. Das ist ihr Tagebuch. Das ist geheim.« Er nahm einen der unzähligen Briefe und öffnete ihn:

Hallo, mein Traummann, ich hoffe, dass ich mich dieses Mal traue, die Zeilen auch abzuschicken. Ich habe so lange nichts von dir gehört. Bin ich dir überhaupt wichtig oder war ich nur ein kleines, nettes Abenteuer für dich? Ich dachte, es wäre etwas ganz Besonderes zwischen uns. Ich habe mich von meinem Mann getrennt, damit unsere Beziehung eine Chance hat. Vielleicht hast du ein Problem damit, dass ich eine kleine Tochter habe. Doch mich gibt es nicht ohne sie. Bitte melde dich. In Liebe, Leticia.

Alejandro schaute neugierig auf die Zeilen. Nirgendwo stand ein Datum. Aber das leicht gelbliche Papier wirkte alt. Hatte seine Mutter wirklich seinen Vater verlassen? Würde sie auch ein zweites Mal den Mut haben? Warum war sie zu seinem Vater zurückgekehrt? Oder redete sie von jemand ganz anderem? Offenbar war seine Schwester damals klein gewesen, als seine Mutter diesen Brief geschrieben hatte. Alejandro bereute es fast, den Stapel aus dem Kleiderschrank genommen zu haben. Nun schwirrten noch mehr Fragen in seinem Kopf. Er legte den Brief zur Seite.

Alejandro entschied sich, doch in ihrem Tagebuch zu lesen. Er atmete tief durch und schlug es auf:

3. August, Tarragona 14:32 Uhr, liebes Tagebuch. Ich freue mich so sehr über meinen Sohn, endlich ist er da! Noch haben wir uns für keinen Namen entschieden. Ich schwanke zwischen Alvaro, Damian und Alejandro. Er hat so schöne blaue Augen, doch das haben fast alle Neugeborenen. Aber vielleicht bleiben sie ja so, dann hat er sie von seinem Vater geerbt. Diana ist ganz vernarrt in ihren kleinen Bruder. Ob sein Vater sich auch freut? Ich bin mir da nicht so sicher. Ich hoffe es sehr. Die Zeit wird es zeigen. Ich bin gerade viel zu glücklich. Liebes Tagebuch, ich melde mich wieder, Leticia.

Alejandro schlug das Tagebuch zu und legte es beiseite. Er zog einen losen Zettel aus dem Stapel und betrachtete ihn kurz. Eine Tagebuchseite ohne Jahresangabe. Dann fing er an zu lesen:

5. Juni, Tarragona, 20:38 Uhr liebes Tagebuch. Ich bin wieder zurück. Das Museum für moderne Kunst war wirklich sehr interessant. Seit ich ein Teenager war, habe ich mich für Kunst begeistert. Ich bewundere die Maler und Bildhauer, die Kunstwerke mit ihren Händen schaffen. Ich bin froh, wenn mir ein Kuchen gelingt. Ich konnte mich gar nicht sattsehen an den vielen Skulpturen, Statuen und Gemälden. Doch es gab etwas, das alles in den Schatten stellte. Ein attraktiver Mann kreuzte öfter meinen Weg. Er war elegant gekleidet, roch sehr gut und lächelte mich jedes Mal an, wenn wir uns begegneten. Ich fühlte mich hübsch, lebendig und begehrenswert, was sonst nicht so ist. Ich sollte mich wirklich trennen, doch ich habe Angst vor diesem Schritt. Als ich vorhin bewundernd vor dem Replikat der Mona Lisa stand, stellte sich der attraktive Unbekannte neben mich. Er sprach mich an und wir kamen ins Gespräch. Selten habe ich mich so wohl gefühlt. Wie charmant er ist! Wir wollen uns morgen wieder vor dem Gemälde treffen. Dann werde ich garantiert seinen Namen wissen. Den hat er mir heute nicht verraten. Oder habe ich ihn vergessen, da ich so fasziniert war? Ich gehe nun zu Bett, liebes Tagebuch und erzähle dir morgen mehr von ihm. Gute Nacht, deine Leticia.

Alejandro atmete tief aus. Ihm reichte es für heute. Diese ganzen Briefe und Bücher seiner Mutter. Und die Pistole. Es war Alejandro zwar klar, dass sein Vater sehr wahrscheinlich kriminell war. Aber eine Knarre zuhause zu finden, war trotzdem ein Schock. Dazu noch eine geladene Waffe! Alejandro nahm den Stapel und das Tagebuch und verstaute beides wieder rasch in die Schublade seines Nachttisches. Danach packte er seine In Ear-Kopfhörer aus und hörte sich Rockmusik an. Er legte sich aufs Bett, verschränkte die Hände hinter dem Kopf und schloss die Augen. Doch immer wieder schweiften seine Gedanken ab. Er war unruhig. Etwas, das er gelesen hatte, war falsch. Doch es war nicht greifbar für ihn. Er lauschte der Musik und versuchte, an etwas anderes zu denken. Alejandro war schon fast eingeschlafen, als er sich plötzlich erschrocken aufrichtete. Nun hatte er es. Er wusste, was ihn die ganze Zeit gestört hatte. Die Erkenntnis war wie eine schallende Ohrfeige. Alejandro wusste, dass er dringend weitersuchen und lesen musste.

Kapitel Fünfundvierzig

Samstagmorgen, kurz nach zehn Uhr. Inspector Diaz stieg auf der Beifahrerseite ein und begrüßte Comissario Santos. Sie fuhren Richtung Krankenhaus, um Marco und Lara zu befragen. Inspector Diaz räusperte sich kurz, dann bemerkte er »Miguel, mir ist vorhin etwas aufgefallen. Ich habe meine Notizen noch mal durchgesehen. Diese drei Schlagzeilen, von denen uns Señora Morales berichtet hatte …«

»Ja, Javier? Ich bin ganz Ohr.«

»Unsere Recherchen hatten ja ergeben, dass die gefundene Leiche bei der Sagrada Familia Fernanda Alvarez hieß. Sie war vierundvierzig Jahre alt, hatte einen Sohn und ihr Mann war zu dem Zeitpunkt bereits längere Zeit verstorben. Alvarez! Unser mutmaßlicher Entführer heißt Leon Alvarez, das hat uns ja Señora Morales verraten.

Ob *das* der Sohn war? Hat er vielleicht damals seine

eigene Mutter ermordet?« Comissario Santos zog eine grüblerische Miene.

»Schon möglich, Javier. Dann wäre es ebenfalls interessant zu erfahren, woran der Vater gestorben ist. Die eigene Mutter an einer Sehenswürdigkeit zu töten, in der das Wort ›Familia‹ steckt, ist ja auch ganz schön zynisch. Obendrein ist es noch eine Kirche.«

»Wir sollten auf jeden Fall nachforschen, woran der Vater starb.« Nach einer zehnminütigen Autofahrt waren sie am Hospital angekommen. An der Rezeption blieben sie stehen und warteten. Endlich beendete die Empfangsmitarbeiterin ihr Telefonat. »Hola, was kann ich für Sie tun, meine Herren?« Comissario Santos fragte, auf welcher Station Marco und Lara untergebracht waren. Sie betraten daraufhin den nächsten Aufzug, fuhren in den vierten Stock und stiegen aus.

»Wir erwähnen aber nicht, dass vielleicht der Ex-Freund von Señora Morales dahintersteckt und auch nicht seinen Namen. Javier. Noch ist schließlich nichts bewiesen.« Sie gingen an den Türen vorbei, die Zimmernummern 428 und 430 suchend. Inspector Diaz schnupperte und schloss dabei genüsslich seine grünen Augen. »Ach. Ich mag den Geruch von Desinfektionsmitteln.«

»Javier. Was zum Teufel stimmt nicht mit dir?«, frotzelte Comissario Santos und lachte. Er winkte den beiden uniformierten Polizisten zu, die zwei nebeneinanderliegende Krankenzimmer bewachten.

Die Ermittler blieben an einer der Türen stehen. Comissario Santos klopfte an, wartete einen Augenblick, dann traten beide ein. Es war ein fast gemütlich wirkendes Einzelzimmer. Lara saß mit Marco an einem Tisch. Sie erhob sich. »Comissario Santos, Inspector Diaz, wie nett. Kommen Sie doch rein.«

»Es dauert nicht lange. Dürfen wir uns zu Ihnen setzen?«

»Aber natürlich. Sie sind unsere Lebensretter. Bitte setzen Sie sich doch.« Die Polizisten nahmen Platz.

»Wie geht es Ihnen beiden denn, Señora Cortez?«, wollte Inspector Diaz wissen. Lara wirkte gerührt.

»Bitte nennen Sie uns doch beim Vornamen. Körperlich geht es uns viel besser, psychisch überhaupt nicht gut.« Marco nickte zustimmend, er schwieg. »Als Sie eben an die Tür geklopft haben, bin ich gleich wieder zusammengezuckt und mein Herz raste.« Dann schwieg auch Lara. Inspector Diaz wandte sich an Marco.

»Wollen Sie uns erzählen, was passiert ist?« Marco blickte beschämt zu Boden.

»Es ist mir so peinlich.« Einfühlsam ließen die Ermittler einen Moment vergehen, bis Inspector Diaz nachfasste.

»Es ist wichtig, dass Sie uns Details zu Protokoll geben. Sobald wir ihn gefasst haben, müssen wir eine Anklageschrift vorweisen, die ihn hinter Gitter bringt.« Lara zuckte zusammen.

»Er ist noch auf freiem Fuß?«

»Er ist uns leider entwischt.« Lara begann nervös, an einem Fingernagel zu knabbern.

»Was machen wir, wenn wir aus dem Krankenhaus entlassen werden?«

»Sie bekommen Polizeischutz«, beruhigte sie

Inspector Diaz. Lara machte einen tiefen Atemzug. Sie wirkte einerseits erleichtert. Um die nötigen Informationen aus ihr herauszubringen, würde es einiges an Fingerspitzengefühl kosten.

»Wie sah der Mann aus? Hatte er markante Merkmale?«

»Er trug ständig Masken. Mal war er Donald Duck, mal der Clown Pennywise aus dem Film ›Es‹, dann Mickey Mouse. Zum Schluss trug er eine Zorro-Maske und eine Skimaske. Wir konnten eigentlich nur seine Augen erkennen. Ich glaube, die waren eher hell, also auf gar keinen Fall braun. Oder Marco?«

»Ja, er hatte blaue Augen, ein helles Blau.« Marco senkte wieder seinen Blick. Aus dem Mann wäre vermutlich nicht viel herauszubekommen. Inspector Diaz setzte auf Lara.

»Erzählen Sie mir etwas über seine Statur.«

»Er war durchschnittlich groß, schlank, ziemlich fit und flink war er. Und er hat gepfiffen.«

»Gepfiffen, Lara?»

»Ja, Inspector Diaz. ›Always look on the bright side of life‹ aus dem Film ›Das Leben des Brian‹« Sie musste schlucken. »Mein ganzes Leben lang werde ich es hassen, wenn jemand pfeift, und ganz besonders dieses Lied. Genauso wie ich simples Türklopfen hassen werde.« Lara wischte sich mit dem Handrücken Tränen aus dem Gesicht. Comissario Santos reichte ihr ein Papiertaschentuch. »Wir waren doch gar keine richtigen Menschen für ihn, nur Spielzeug! Er meinte zu mir, dass mich eh keiner vermisst, dass ich hässlich bin und wenn ich nicht kooperiere, wird jemand zur Strafe draußen leiden! Zweimal hat er mich vergewaltigt und meine Haare abgeschnitten, als ich bewusstlos war.« Sie unterbrach weinend. Marco holte tief Luft und schloss die Augen.

»Mir hat er Zähne ausgeschlagen, mehrmals in meine Genitalien getreten, mich mit einem Besenstil vergewaltigt und mich angepinkelt. Und er hat uns mit ohrenbetäubender Musik stundenlang gefoltert, sodass an Schlaf nicht zu denken war. Er hat mit uns ein furchtbares Spiel gespielt: Wir durften uns nicht bewegen, und wenn einer von uns beiden es doch tat, sollte der andere erschossen werden! Ich bin eingenickt und zur Seite gekippt, da fiel ein Schuss und ich dachte, er hätte Lara erschossen. Dabei hat er absichtlich vorbeigeschossen!« Marco sprach stoßweise, stammelte immer wieder und schlug dann weinend die Hände vors Gesicht. Lara übernahm erneut das Wort.

»Er hat uns gefesselt, unter Drogen gesetzt und uns wenig zu essen und zu trinken gegeben. Zum Schluss wollte dieser Perverse mittelalterliche Folterinstrumente an uns ausprobieren und wir sollten etwas davon auswählen. Bei Marco hat er die Daumenschraube angesetzt, gedreht, aber plötzlich gestoppt. Und dann tauchten Sie beide auf, dem Himmel sei Dank.«

Marcos Kopf ruckte hoch. »Jetzt weiß ich wieder, was mir neulich aufgefallen ist. Er hatte ein Tattoo auf dem linken Unterarm. Ich dachte erst, es wäre Dreck oder eine Narbe. Es könnte eine Schlange gewesen sein.« Die

Ermittler warfen sich einen vielsagenden Blick zu. Lara zitterte.

»Haben Sie eine Vermutung, wer hinter dem Entführer stecken könnte?«, hakte Inspector Diaz nach. Lara verneinte nach kurzem Zögern, Marco schüttelte den Kopf.

»Okay, ich glaube, das reicht für heute.« Comissario Santos klappte seinen Notizblock zu. Inspector Diaz und er erhoben sich und schoben die Stühle wieder an den Tisch. Marco stand ebenfalls auf, ging zum Bett, nahm eine Decke und legte sie Lara um die Schultern. Er strich ihr vorsichtig übers Haar. Sie wirkte abwesend.

»Danke, Sie haben uns das Leben gerettet«, sagte Marco.

»Das ist unser Job, aber gern geschehen. Wir freuen uns, dass wir Sie beide retten konnten«, entgegnete Comissario Santos und lächelte. Die Ermittler verabschiedeten sich, gingen zum Aufzug und traten ein.

»Scheiße«, raunte Comissario Santos.

»Ja, der absolute Horror«, pflichtete ihm Inspector Diaz bei.

»Ja, aber das meine ich nicht.«

»Sondern?«

»Es *ist* vermutlich der Ex von Laras bester Freundin. Mir fällt auch gerade wieder der Arztkoffer aus dem Kellergewölbe ein. Die Spurensicherung hat ihn mitgenommen und gründlich untersucht. Neben den fürchterlichen Folterinstrumenten lag unten im Koffer ein kleines Notizbuch mit vielen gesammelten Infos über Lara und

Marco. Sie wurden nicht *zufällig* entführt, sondern mit Vorsatz. Auch wenn sie keine Ahnung haben, wer ihr Entführer sein könnte. Es gibt ein persönliches Motiv. Er *kennt* seine beiden Opfer.«

Kapitel Sechsundvierzig

Ich lag am Sonntagmittag bequem auf dem riesigen, weichen Ledersofa, nachdem ich ein ausgiebiges Bad im Whirlpool genossen hatte. Auf dem Wohnzimmertisch neben mir stand ein Glas mit einem exzellenten, teuren Rioja-Wein. Die Flasche war schon zu einem Dreiviertel geleert. Im Hintergrund lief leise klassische Musik. Mein alleinstehender Nachbar war ein viel beschäftigter Schönheitschirurg und luxuriös eingerichtet. An der Pinnwand in der Küche hing ein Zettel: ›*Termin vereinbaren für den Einbau der Alarmanlage*‹. Tja, zu spät. Hätte er sich mal früher darum gekümmert. Aufmerksam beobachtete ich, wie einige Kois im weiträumigen Aquarium ihre Bahnen zogen und sah mich im edel wirkenden Wohnzimmer interessiert um.

Emilio hätte seine wahre Freude! Er könnte so viel hier zu Kohle machen! Allein die umfangreiche Sammlung von teuren Comics wie Batman und Superman aus den Vierzigern. Aber einen Teufel werde ich tun und

Emilio diese Info geben. Ach ja, er möchte ja Lobo genannt werden ... ich vergaß! Er ist garantiert daran schuld, dass ich untertauchen musste. Hm, vielleicht bediene ich mich selbst, dachte ich grinsend. Langeweile überkam mich. Nur wusste ich nichts mit mir anzufangen. Besuche bei Marco und Lara schieden ja leider aus. Meine morgige Arbeit in der Bank in Barcelona fiel natürlich auch flach. Zu gerne hätte ich mir diesen Wichser Emilio vorgeknöpft, doch ich wollte Aufsehen vermeiden. Die DVD-Sammlung dieses Chirurgen hatte ich auch schon durchforstet und mir einige Horror- und Pornofilme angeschaut. Seufzend griff ich nach der Fernbedienung des riesigen Fernsehers und schaltete ihn an. Ein Sender zeigte ein Beach-Volleyballturnier am Strand von Miami Beach. Einen Augenblick schaute ich mir interessiert die hüpfenden Frauen in ihren mehr oder weniger knappen Bikinis und Badeanzügen an. Ich schaute aus dem Fenster und hing meinen Gedanken nach.

»Leon, Leon, nun komm doch, hatte ihre piepsige, fröhliche Stimme gelockt. Meine fünfjährige Schwester Chiara war kichernd die Treppe hinaufgerannt, zu meinem Zimmer. Ich hatte dort am Fenster gestanden und ängstlich auf den großen Pool im Garten geschaut. Es war Juni und ziemlich warm. Die Sonne hatte am wolkenlosen Himmel geschienen, kein Lüftchen hatte sich geregt.

Die Hitze war drückend gewesen, gegen Mittag schon knapp dreißig Grad.

»Ich mag nicht Chiara«, hatte ich ihr zugerufen. Sie hatte meine Antwort ignoriert, war durch die offene Tür auf mich zu gerannt, ihr hoher Pferdeschwanz hatte sich tanzend hin- und herbewegt. Lachend war sie vor mir stehen geblieben, ich hatte mich langsam zu ihr umgedreht.

»Nun komm, lass uns spielen.« Ich hatte den Kopf geschüttelt.

»Hast du nicht gehört? Ich habe keine Lust.«

»Bitte, bitte. Mama und Papa wollen sich gleich am Pool sonnen und mir ist so langweilig.« Chiara hatte eine Flunsch gezogen. »Warum magst du denn nicht mit mir spielen?« Ich hatte geseufzt, auf den Boden geschaut und sie schließlich bedrückt angeguckt.

»Vater will, dass ich endlich schwimme. Morgen! Er sagte, er wird sonst wieder richtig wütend. Dann schlägt er mich windelweich, meinte er. Ich habe solche Angst. Das eine Mal zwang er mich ja, von diesem fiesen Brett zu springen. Das hast du ja mitbekommen.«

»Ja, Mama hat mich ganz schnell vom Fenster weggezogen. Soll ich dir das Schwimmen zeigen? Es ist wirklich nicht schwer. Ich kann dir helfen.«

»Wann denn Chiara? Beide legen sich gleich am Pool in die Sonne und dann geht es nicht mehr.«

»Wir machen das morgen früh, wenn sie noch schlafen. Dann bringe ich dir das Schwimmen bei, okay?« Ich hatte kurz gezögert und dann genickt.

»Okay, versuchen wir es.« Chiara hatte begeistert in die Hände geklatscht.

»Au fein. Und nun lass uns spielen, ja? Ich hole den großen Strandball.« Ich hatte tief geseufzt und gelächelt.

»Also gut, du kleine Nervensäge! Du hilfst mir ja schließlich auch.«

»Ja, dann laufe ich mal runter und hole den Ball. Kommst du nach?« Ich hatte genickt und meiner kleinen Schwester grinsend hinterhergeblickt, wie sie die Treppe hinunterrannte. Ich war ebenfalls die Stufen hinabgestiegen und hatte gehört, wie Chiara unsere Mutter fragte, wo der Ball sei. Sie war kurz weg gegangen und hatte ihr den Ball gebracht.

»Aber bleibt beide im Vorgarten, wenn ihr spielen wollt, okay?«, hatte Mutter sie ermahnt. Als ich unten angekommen war, hatte Mutter mir einen langen, eisigen Blick zugeworfen. Dann war sie in ihrem Bikini und mit dem Sonnenhut auf dem Kopf Richtung Swimmingpool verschwunden.

»Komm, Leon, lass uns endlich spielen gehen.« Chiara hatte nach meiner Hand gegriffen und mich hinter sich hergezogen. Chiara und ich hatten uns in einigen Metern Abstand gegenübergestellt und den Ball zugeworfen. Wir hatten herumgealbert, gelacht und für einen Augenblick unsere Sorgen vergessen. »Höher. Wirf ihn höher! Mal gucken, ob ich den Ball dann immer noch fangen kann«, hatte mich Chiara mit geröteten Wangen aufgefordert.

»Okay, versuchen wir es Schwesterchen.« Ich hatte den Ball hochgeworfen und mit der Faust dagegen geboxt. Chiara hatte gekichert und war vor Freude gehüpft. Der Ball war in einem hohen Bogen über die üppigen, riesigen

Sträucher geflogen und auf der anderen Seite des Vorgartens gelandet.

»Ich hol ihn, ich hol ihn.« Chiara war im gleichen Augenblick losgerannt. Ich hatte die Augen aufgerissen.

»Nein, warte. Da ist die Straße. Bleib hier.« Ich war ihr hinterher gehechtet und an der Gartenpforte stehen geblieben. Chiara hatte auf dem Bürgersteig gewartet.

»Ich beeile mich. Bin gleich wieder da.« Sie hatte einen Fuß auf die Straße gesetzt, um den Ball zu holen, der im Rinnstein des gegenüberliegenden Bürgersteigs lag.

»Nein, bleib hier! Hörst du?« Chiara hatte nach rechts und links gesehen und war über die Straße gehuscht. Sie hatte sich durch die dort parkenden Autos durchgequetscht und hatte den Ball an sich genommen.

»Hab ihn. Ich komme jetzt zurück.«

»Chiara? León? Wo seid ihr?«, hatte Mutter verwundert nach uns gerufen. Ich hatte meinen Kopf in ihre Richtung gedreht und wollte antworten. Im gleichen Moment war das Röhren eines Autos ertönt, gefolgt von einem ohrenbetäubenden Quietschen und Kreischen, alles schien gleichzeitig und in Zeitlupe zu passieren. Entsetzt hatte ich zur Straße geblickt.

Wie gelähmt hatte ich dort gestanden und wurde Zeuge, wie meine kleine Schwester gellend aufschrie und von einem viel zu schnell fahrenden Auto erfasst wurde. Das Auto war in leichten Schlangenlinien gefahren und hatte sie voll erwischt. Sie hatte sich mehrfach überschlagen und war mit dem Kopf kräftig und mit einem widerlichen Rumms auf der Straße aufgeschlagen. Der

Wagen war einfach weitergefahren und in der Ferne verschwunden. Danach erdrückende Stille!

»Nein, oh Gott, nein. Mama! Papa! Kommt schnell. Es ist was passiert. Chiara«, hatte ich gebrüllt und mich nicht vom Fleck gerührt. Ich war zu keiner Bewegung fähig gewesen. Mühsam hatte ich die Hände zu Fäusten geballt und geschrien. Einige Nachbarn waren langsam und neugierig nähergekommen. Chiara hatte reglos auf der Straße gelegen, die Augen geschlossen, ein Bein unnatürlich verdreht. Am Hinterkopf hatte sich eine kleine Blutlache auf dem Asphalt gebildet, die rasch größer wurde. Meine Eltern waren angerannt gekommen. Meine Mutter war abrupt auf dem Bürgersteig stehen geblieben, hatte sich die Hände vor den Mund geschlagen und zu schluchzen begonnen. Leise hatte sie immer und immer wieder den Namen ihrer Tochter wiederholt. Vater war langsam und mit leerem Gesicht, auf die Straße gegangen, hatte sich neben seine Tochter gekniet und lauschend ein Ohr auf ihre Brust gelegt. Wortlos war er aufgestanden und hatte sich meiner Mutter zugewandt. »Ich rufe einen Notarztwagen. Doch ich fürchte, es ist zu spät«, hatte er vermutet. Hemmungslos hatte ich zu weinen angefangen, als ich es hörte. Mein Vater hatte mich angestarrt, seine Augenbrauen wütend zusammengezogen. Er hatte sich vor mir aufgebaut und zu mir gesprochen, jedes Wort deutlich und ohne Emotionen.

»Das ist deine Schuld. DU bist schuld, wenn Chiara tot ist. Ich wünschte, DU wärst an ihrer Stelle, du Nichtsnutz!«

Er war weitergegangen, ins Haus verschwunden und

ließ mich mit verweintem Gesicht völlig verzweifelt zurück. Meine Mutter hatte sich immer noch weinend in der Zwischenzeit neben Chiara gekniet. Ich war zögernd auf sie zugekommen. »Mama«, hatte ich mit zitternder Stimme hervorgebracht. Ihr Kopf war herum geruckt, mit einem kalten Blick hatte sie mich angekeift. »Keinen Schritt näher. Verschwinde.« Ich war vor ihr zurückgewichen, hatte einen Blick auf Chiara geworfen, und war ins Haus gelaufen.

Ich war die Treppe zu meinem Zimmer hoch gerannt und hatte mich weinend auf meinem Bett zusammengerollt. Die Sirene des Notarztwagens war immer nähergekommen. Weinend war ich ans Fenster getapst und hatte hinausgeschaut. Noch immer hatte ich Chiara dort liegen gesehen, inmitten von Umstehenden. Die Sanitäter hatten sie angeherrscht, sofort Platz für sie und die Tragbahre zu machen und zu verschwinden, damit sie in Ruhe ihre Arbeit verrichten konnten. Zum Teil murrend und widerwillig, zum Teil beschämt, hatten die Schaulustigen den Unfallort verlassen. Mama und Papa hatten regungslos neben Chiara verharrt. Der Notarzt hatte Chiaras Vitalzeichen überprüft. Nach einem kurzen Moment hatte er unsere Eltern angeschaut und bedauernd den Kopf geschüttelt. Meine Schwester war tot. Und als ob das nicht schon schlimm genug gewesen war, hatte ich mir nun auch noch den übermächtigen Zorn meiner Eltern auf mich gezogen gehabt. Ab dem Moment war ich ganz allein gewesen und hatte niemanden mehr gehabt, der zu mir stand …

Die Trauer um meine kleine Schwester war ein niemals enden wollender Schmerz. Ein volltrunkener Fahrer hatte sie getötet und Fahrerflucht begangen. Doch meine verfluchten Eltern hatten mir den Großteil der Schuld für diesen tragischen Vorfall in die Schuhe geschoben. Schließlich hatte ich Chiara nicht daran gehindert, auf die Straße zu laufen. Keine Ahnung, ob der Fahrer je gefasst wurde und dafür gebüßt hatte. Ich wusste gar nicht, warum mir gerade jetzt dieser Tag wieder in den Sinn kam. Wegen des blöden Beachvolleyball-Turniers? Wie es wohl wäre, wenn sie noch leben würde? Vielleicht säßen wir zu zweit auf einem Sofa, um einen Film anzuschauen, lachend Popcorn kauend. Aber Chiara hatte mich im Stich gelassen. Genau wie meine Oma damals. Und meine Ex-Freundinnen. Weiber! Sie waren alle gleich, früher oder später! Ich seufzte grimmig. Garantiert würde mir noch etwas einfallen, woran ich wieder Spaß hätte und unentdeckt bleiben könnte. Frustriert griff ich nach dem Weinglas und leerte es in einem Zug. Wieder fiel mein Blick auf die träge vor sich hin paddelnden Kois. Plötzlich hatte ich eine Idee. Wieso war ich nicht früher darauf gekommen? Leise lachte ich in mich hinein. Ein zufriedenes Grinsen huschte über mein Gesicht. Dann verfolgte ich weiter das Beachvolleyball-Turnier und verschränkte freudig die Hände hinter meinem Kopf. Höchste Zeit, meine fabelhafte Idee umzusetzen.

Kapitel Siebenundvierzig

Alicia bildete sich ein, den unheimlichen Anrufer gleich am Klingeln zu erkennen. Was natürlich Unsinn war. Aber wer rief sie sonst übers Festnetz an? »Mama, ich habe solche Bauschmerzen«, jammerte Elena mit verkniffenem Gesicht und verschränkte ihre Ärmchen vor dem Bauch. Sie kamen beide zur Haustür rein, als das Telefon klingelte. »Mäuschen, ich mach dir gleich eine heiße Wärmflasche. Das war wohl doch zu viel für dich in der Eisdiele. Ich gehe nur schnell ans Telefon.« ›Private Nummer‹ stand auf dem Display des Telefons, als sie einen Blick rauf warf. *Ich wusste es,* dachte Alicia. Sie überlegte, den Anruf einfach zu ignorieren. Sie griff nach dem Hörer und hielt zögernd sekundenlang inne. Doch ihre Neugierde siegte. »Hola, Señora Morales hier. Mit wem spreche ich?« Stille, nur laute Atemgeräusche. Alicia wollte gerade den Hörer wieder auflegen, da flüsterte die Stimme am anderen Ende der Leitung.

»Hola, ich spreche doch mit Ines. Habe ich recht?« Es klang eindeutig nach einer Männerstimme. Ein kurzes Lachen, dann legte der Anrufer auf. Alicia schaute aus dem Fenster, ihr wurde mulmig. Der Anrufer ängstigte sie immer mehr.

»Mama, mir ist so schlecht«, klagte Elena weiter und zog eine Flunsch.

»Komm, leg dich aufs Sofa. Ich mach dir eine Wärmflasche. Gleich gehts dir besser, Mausi.« Elena ließ sich aufs Sofa plumpsen, Alicia stellte in der Küche den Wasserkocher an und legte kurz darauf ihrer Tochter die heiße Wärmflasche auf den Bauch. »Mach die Augen zu und versuch etwas zu schlafen.« Sie gab Elena einen Kuss auf die Stirn und ging zurück in die Küche, um sich einen Pfefferminztee zu kochen. Dann setzte sie sich mit dem Becher ins Wohnzimmer an den Esstisch. Sie betrachtete Elena, die anscheinend eingeschlafen war. Alicia dachte an den gestrigen Tag, als sie mit Dario Lara und Marco besucht hatte. Einerseits war sie erleichtert gewesen, Lara zu sehen, andererseits aber völlig verkrampft. Alicia hatte ein schlechtes Gewissen gehabt und sich unwohl gefühlt. Lara war verschlossen und sehr schweigsam gewesen. Sie waren fast steif miteinander umgegangen. Alicia fand das sehr schade, aber auch verständlich. *Sie braucht halt sehr viel Zeit. Und ich, ganz viel Geduld,* dachte sie, nippte an ihrem heißen Tee und hing ihren Gedanken nach. *Hoffentlich muss Dario doch nicht so lange heute arbeiten. Wäre schön, wenn er früher als gedacht zuhause wäre. Mir fehlt jemand zum Zuhören.*

Joker kam auf Alicia zu getrottet und kläffte sie

aufgeregt an. *Schon wieder Zeit zum Gassi gehen? Ich sitze ja schon über eine halbe Stunde hier,* dachte Alicia staunend nach einem Blick auf ihre Armbanduhr. Elena gähnte ganz laut und streckte sich. »Geht es dir etwas besser, meine Süße?«, fragte Alicia ihre Tochter.

»Ja, Mama. Mein Bauch tut gar nicht mehr weh. Warum bellt Joker so? Muss er raus? Kann ich mit ihm Gassi gehen, Mama?« Alicia zögerte kurz. Ihr war nicht wohl bei der Vorstellung, sie alleine rausgehen zu lassen, doch sie wollte Elena nicht mit ihrer Angst anstecken. Alicia verdrängte ihr flaues Gefühl.

»Na gut, aber nimm deinen Schirm mit und lauf nicht so weit weg mit ihm, hörst du? Bleib in Sichtweite, okay? Und komm bitte *sofort* zurück, wenn er sein Geschäft erledigt hat.« Elena nickte und nahm die Leine samt Kinderschirm von der Garderobe. Alicia zog ihr eine Jacke über, dann wurde die Kleine auch schon vom angeleinten Joker fiepend durch die Haustür gezogen. Alicia fröstelte, trat ans Fenster und beobachtete beide. Kurz ging sie ins Bad und kehrte ans Fenster zurück. Elena und Joker waren anscheinend auf dem Rückweg. Doch wen hatte Elena da an ihrer Seite? Sie unterhielt sich mit einem Mann. Alicia sagte entsetzt: »Ich habe ihr doch *so* oft gesagt, dass sie sich nicht von fremden Leuten ansprechen lassen soll!« Anscheinend fragte er sie etwas, denn Elena zeigte mit dem Finger Richtung Haus. Joker schien ihn freundlich-neugierig zu beschnüffeln. Alicia riss das Fenster auf und rief: »Mäuschen, kommst du bitte rein zu mir? Sofort.« Elena und der Mann schauten zu ihr rüber, Elena nickte. Alicia hörte sie kichern. Sie schnappte sich ihr Handy, welches sie beim Betreten des Hauses auf den Esstisch gelegt hatte, und wählte Darios Handynummer.

»Hola Schatz, was gibt es denn?« Alicia druckste herum.

»Ich wollte mal horchen, wann du hier bist.«

»Also, ich denke, ich brauche hier noch etwas. Aber in einer Stunde sollte ich spätestens da sein, denke ich. Alles soweit okay bei euch?« Alicia schluckte und sah aus dem Fenster. Keine Spur mehr von Elena und dem Mann. Plötzlich flog die Haustür auf und Elena trat lachend mit dem fremden Mann ein.

»Mama, der Mann hier wollte zu uns. Der hat gefragt, wo wir wohnen.« Sie kicherte.

»Hola, Señora Morales«, raunte er lächelnd und zwinkerte ihr zu.

Alicia hielt immer noch das Handy ans Ohr und starrte den Mann mit großen Augen an. Ihre Nackenhärchen hatten sich aufgestellt, das Herz schlug ihr bis zum Hals. Das war absolut unmöglich. Das konnte einfach nicht wahr sein. Die Augen waren dunkel, er trug eine Brille und einen Bart. Aber diese einschmeichelnde, sonore Stimme. Alicia durchlief es eisig. Hier stand er vor ihr. Kein Zweifel! Leon, ihr Ex-Freund, der ihre beste Freundin entführt und gequält hatte.

»Schatz, bist du noch dran? Du sagst ja gar nix mehr.« Dario klang irritiert. Alicia bemühte sich, völlig normal zu wirken und antwortete mit ruhig klingender Stimme:

»Ja, es ist alles so weit okay. Püppi war mit Joker

Gassi.« Dann legte sie rasch und ohne ein weiteres Wort auf.

Kapitel Achtundvierzig

Dario wurde blass. Langsam ließ er sein Handy sinken. Furchtsam schaute er Alejandro an, den er heimlich im Reisebüro aufgesucht hatte. Dario hatte Alicia vorgeschwindelt, länger arbeiten zu müssen. Er wollte sie mit einem Heiratsantrag überraschen und mit ihr in den Urlaub fahren. Deshalb stöberte er zusammen mit Alejandro nach schönen Orten und Hotels. Alejandro wirkte unkonzentriert und übermüdet.

»Das ist nicht wahr«, flüsterte Dario ungläubig und fuhr sich nervös durchs Haar.

»Was ist denn los, Dario? Was ist passiert?« Alejandro blickte ihn beunruhigt an.

»Ich muss ganz schnell nach Hause.« Dario erhob sich rasch und grapschte nach seiner Jacke und den Schlüsseln.

»Was ist denn los? Du bist ja völlig durch den Wind!«

»Ich muss sofort nach Hause. Alicia hat das Notfall-

Wort gesagt. Das war eine Idee von Comissario Santos. Wir wollten etwas Unauffälliges ausmachen für den Fall, dass Gefahr droht. Also falls Leon, der Entführer, bei uns auftaucht, zum Beispiel. Die Wahrscheinlichkeit ist relativ hoch, weil Lara ja die beste Freundin ist und Leon der Ex-Freund von Alicia.«

»Ja, echt krass das Ganze. Alicia hatte es mir erzählt.« Alejandro schaute ihn ernst an.

»Ich komme mit. Du kannst Unterstützung gebrauchen.«

»Na gut, du kannst gerne mitkommen. Aber es kann gefährlich werden. Das ist dir hoffentlich klar, Alejandro.« Dario eilte Richtung Eingangstür. Alejandro warf sich seine Jacke über und lief ihm hinterher. Daniel trat verwundert aus seinem Büro.

»Wo willst du hin? Was ist passiert, Alejandro?«

»Ein Notfall«, meinte Alejandro kurz angebunden und rannte mit Dario auf die Straße. Nach wenigen Augenblicken standen sie vor Darios Seat, stiegen schnell ein und fuhren los. »Wie lange brauchen wir denn Dario?«

»Ich schätze zwanzig Minuten.«

»Welches Notfall-Wort hatte Alicia eigentlich genannt?«

»Sie hat Püppi gesagt. Püppi war mit Joker Gassi. So nennen wir Elena nie. Sie mag den Spitznamen nämlich nicht.«

Ein Augenblick herrschte Schweigen. Dann sagte Alejandro mit angespannt wirkender Stimme: »Oh Mann, ich hoffe, wir können ihn irgendwie aufhalten.«

»Alicia und ich beherrschen ziemlich gut Taekwondo. Wir sind auf gar keinen Fall wehrlos.«

»Ich auch nicht. Ein Kumpel hatte mir heimlich ein wenig Karate beigebracht, als mein Vater uns immer häufiger schlug. Jahrelang hatten meine Mutter und Diana das Meiste abbekommen. Deswegen ist meine Schwester abgehauen. Als mein Vater irgendwann merkte, dass ich mich gegen ihn wehren konnte, hat er mich meistens in Ruhe gelassen.« Dario reagierte nicht auf Alejandros Worte. Er schien sich nur auf den Straßenverkehr zu konzentrieren. *Bestimmt ist er mit seinen Gedanken bei Alicia und Elena*, überlegte Alejandro und schwieg. Nach einigen Minuten Autofahrt rief ihm Dario zu »Alejandro, da vorne ist schon unser Haus.« Er parkte den Wagen ein Stück weit entfernt und atmete tief durch. »Scheiße«, entfuhr es Alejandro.

»Was ist los?«

»Wir hätten eigentlich vorhin die Polizei informieren müssen.«

»Verdammt, du hast recht.« Dario nahm sein Handy aus der Mittelkonsole und wählte eine Nummer aus. Dann schaltete er den Lautsprecher ein, damit Alejandro mithören konnte. »Hola Polizei Barcelona, Comissario Santos hier.«

»Comissario Santos, hier ist Dario Vazquez. Bitte kommen Sie ganz schnell zu uns nach Hause.«

»Señor Vazquez, was ist denn passiert?«

»Alicia rief mich gerade von zu Hause an. Sie ist mit unserer Tochter dort. Alicia hat unser Notfall-Wort genannt und rasch wieder aufgelegt. Der Entführer ist bei uns. Bitte kommen Sie so schnell Sie können!«

»Verdammt. Wir sind auf dem Weg. Wo sind Sie gerade, Señor Vazquez?« Dario beendete das Gespräch. Alejandro sah Dario fragend an.

»Na, wenn ich ihm sage, dass wir bereits fast vor Ort sind, wird er uns garantiert verbieten, uns einzumischen. Doch ich kann nicht einfach hier im Auto herumsitzen und Däumchen drehen.«

»Ja klar, das verstehe ich nur zu gut. Dann lass uns aussteigen.«

»Wenn dieses Schwein Alicia und Elena auch nur ein Haar krümmt, bringe ich ihn eigenhändig um«, fluchte Dario und öffnete energisch die Fahrertür. Er sah aus den Augenwinkeln, dass Alejandro ihn lange und nachdenklich anschaute.

»Oder ich, Dario.« Nervös stiegen beide aus und eilten zum Haus.

Kapitel Neunundvierzig

León blieb vor Alicia stehen und lächelte sie freundlich an. »Hallo Alicia, weißt du noch, wer ich bin?« Elena leinte kichernd Joker ab und rannte zu ihrer Mutter.

»Er will ein Spiel mit dir spielen, Mama.« Alicia musste schlucken. »Draußen meinte er, dass du nicht weißt, wer er ist. Stimmt das?«

»Deine Kleine hat recht. Erkennst du mich? Ich sehe jetzt etwas anders aus.« Er stieß ein heiseres Lachen aus. Alicia versuchte, sich ihre Nervosität nicht anmerken zu lassen, setzte sich auf den Stuhl und legte ihr Handy wieder auf den Tisch. Sie atmete tief durch.

»Nein, ich habe keine Ahnung, wer Sie sind«, log sie mit ruhig klingender Stimme und sah ihm dabei fest in die Augen. Fieberhaft überlegte sie, wie sie sich verhalten sollte. Vermutlich wäre es besser, weiter die Ahnungslose zu spielen. Er sollte nicht merken, dass sie wusste, dass *er* hinter der Entführung steckte. Sie zwang sich zur Ruhe, denn sie musste auch an Elena und Dario denken. Vielleicht war er bewaffnet. *Verlier ja nicht die Beherrschung Alicia,* ermahnte sie sich in Gedanken. Elena krabbelte auf ihren Schoß, Alicia schlang schützend die Arme um ihre Tochter. Leon wirkte enttäuscht und nahm ihr gegenüber am Tisch Platz. Er stützte den Ellbogen auf und legte sein Kinn auf die Handinnenfläche.

»Oh, wenn du mich siezt, erkennst du mich anscheinend wirklich nicht. Brauchst du einen Tipp von mir?«

»Meinetwegen.«

»Okay, wir spielen ein Spiel. Ich beginne mal mit einem schwierigen Tipp. Du bist ja clever. Kannst du mit Jumping Jack etwas anfangen?«, fragte er und fixierte sie lange mit amüsiert wirkender Miene. Alicia gab vor, angestrengt zu überlegen.

»Hm, da fallen mir doch gleich drei Sachen ein: zum Beispiel ein Film mit Whoopi Goldberg, der ›Jumpin 'Jack Flash‹ heißt. Ein Lied der Rolling Stones heißt genauso. Es ist ebenfalls eine Übung aus dem Fitnessstudio und zwar der gute, alte Hampelmann.«

»Hampelmann«, kicherte Elena und schlug sich dabei die Hände vor den Mund. Leon nickte Alicia zu.

»So viele Möglichkeiten. Nicht schlecht. Aber ich weiß ja, dass du schlau bist. Denk nach. Erkennst du mich wirklich nicht?«

Alicia ermahnte sich erneut in Gedanken. *Mach ihn nicht wütend. Er kann so schnell explodieren vor Wut.* Als könnte Leon ihre Gedanken lesen, fragte er in einem scharfen Ton »Wieso schnüffelt dein verfluchter Köter so an mir herum? Das macht mich verdammt sauer.

Würdest du dem Mistvieh sagen, dass er damit aufhören soll? Ich hasse Hunde.« Alicia befahl Joker energisch, es zu lassen und rief ihn zu sich. Gehorsam legte sich der Jack Russell-Terrier zu ihren Füßen.

»Warum magst du Joker nicht?«, fragte Elena zaghaft. Leon ignorierte sie.

»Haben dein Freund und deine Tochter eigentlich eine Ahnung, wer du bist? Wer du *wirklich* bist?« Leon grinste spöttisch und strich über seinen Bart. Alicia erschrak.

»Wie bitte? Wie meinen Sie denn das?«

»Spiel doch nicht die Unschuld vom Lande, *Ines*!« Seine Stimme wurde laut. Alicia erstarrte.

»Mama, warum nennt er dich so?« Elena schaute fragend zu ihr hoch.

»Das erkläre ich dir ein anderes Mal genauer, mein Schatz«, sagte Alicia im leisen Tonfall zu ihr und gab ihr einen Kuss auf den Scheitel. Leon betrachtete beide spöttisch grinsend. *Ich muss Elena von ihm wegschaffen,* überlegte sie und sagte dann zu ihr: »Mäuschen, was hältst du davon, wenn du mit dem Bild für Papa in deinem Zimmer weiter machst? Er hat doch übermorgen Geburtstag. Du zeichnest drüben fleißig weiter und dafür koche ich uns nachher den Milchreis, denn du so gerne magst.« Elena warf einen kurzen, misstrauischen Blick zu Leon, der immer noch grinsend dasaß. Dann sprang sie von Alicias Schoß.

»Au ja, Mama.« Sie rannte in ihr Zimmer. Alicia sah ihr hinterher und drehte sich wieder zu ihrem Ex-Freund.

»Leon. Habe ich recht?« Es gelang ihr, äußerlich Ruhe zu bewahren, obwohl ihr Puls raste.

»Bingo, die Kandidatin hat hundert Punkte. Ich war übrigens auch der geheimnisvolle Anrufer.«

»Ach, das warst du! Nachdem der Name Ines fiel, hatte ich gedacht, es wäre einer von meiner früheren Bande. Dass mich jemand aufgespürt hat und sich nun an mir rächen will. Oft hatte ich mich in den letzten Wochen beobachtet gefühlt.«

»Hat man dich damals also wirklich ins Zeugenschutzprogramm gesteckt, ja?«

»Ja, meine beste Freundin war schließlich an gepanschten Drogen verstorben. Das hatte mir endlich die Augen geöffnet und dafür gesorgt, dass ich, Gott sei Dank, den Absprung geschafft hatte. Mir war damals wichtig gewesen, dass alle dafür in meiner Bande bezahlen. Egal, wer eigentlich dafür verantwortlich war. Doch als ehemaliges Mitglied gegen diese Truppe und vor allem gegen Sergej, den Kopf der Drogenbande, auszusagen, war viel zu gefährlich für mich und meine Familie. So wurde aus Ines Rivero Alicia Morales. Aber ... woher weißt du das?«

»Ich habe ›Vitamin B‹, Ines. So so, Alicia nun, mit Kind und Köter. Wie rührend.« Seine Stimme troff vor Verachtung. »Kaum trennst du dich von mir, geht es bergab mit dir. Du hättest alles von mir haben können. Habe ich dich nicht damals wie eine Königin behandelt und dir jeden Wunsch von den Augen abgelesen?« Alicia lachte bitter.

»Ja, das hattest du. Allerdings. Nur dafür musste ich

mich von dir manipulieren und belügen lassen. Und Kinder wolltest du auch nicht.« Alicia wurde zornig, sie biss sich rasch auf die Unterlippe. Sie wollte doch ruhig bleiben und ihn nicht reizen. Doch Leon grinste sie nur breit an.

»Manipulieren. Was redest du denn da? Das bildest du dir ein. Deswegen bist du bei Nacht und Nebel abgehauen? Und Kinder ... Tja, ich kann weder mit Tieren noch mit Kindern etwas anfangen. Ist das denn so schlimm, Ines?«

»Bitte nenn mich nicht dauernd so. Wie siehst du überhaupt aus? Willst du Johnny Depp Konkurrenz machen? Man erkennt dich wirklich kaum.«

»Ach, ich habe etwas Ärger an der Backe und musste mich anders zurechtmachen. Ich erzähle dir gerne mehr davon, wenn du willst, Ines.« Alicia ignorierte den Namen.

»Ja, das kannst du machen, wenn du schon mal hier bist. Wir sollten uns aussprechen und alles aus dem Weg räumen, was zwischen uns steht. Möchtest du einen Kaffee?« *Am liebsten würde ich ihm den Hals umdrehen. Ich muss ihn so lange wie möglich festhalten und Zeit schinden, bis die Polizei hier ist. Und dafür sorgen, dass er keinen Ärger macht. Hoffentlich hat Dario den Wink mit dem Zaunpfahl verstanden und die Polizei ist bald da.*

»Ja, einen Kaffee nehme ich sehr gern. Danke.« Leon warf ihr sein schönstes Lächeln zu.

Kapitel Fünfzig

Comissario Santos und Inspector Diaz rasten zu Alicias Wohnadresse. »Hoffentlich schnappen wir ihn dieses Mal, Miguel.«

»Ja, es muss ein Ende haben.« Comissario Santos nickte beipflichtend und drückte noch mehr aufs Gaspedal. Inspector Diaz orderte Verstärkung über die Zentrale an.

»Sag mal, Miguel, was ist eigentlich bei der angeordneten Hausdurchsuchung bei Leon Alvarez herausgekommen?«

»So einiges. Wir haben eine Menge Zeitungsartikel, Fotos und Unterlagen bei ihm gefunden. Er quälte schon als kleines Kind gerne Tiere. Da waren widerliche Fotos, die teilweise aus der Zeit seiner Kindheit stammen müssen. Richtige Fotoalben hat er damit angelegt. Auf einem Bild ist wahrscheinlich er als kleiner Junge, der hinter einem geköpften Hund steht. Das arme Tier liegt im Gras und Leon schaut mit einem bösen Lächeln direkt in die Kamera. Neben ihm steht ein grinsender Mann, der seinen Daumen emporstreckt. Möglicherweise der Vater von Alvarez. Es gibt auch sehr viele Fotos von einem kleinen Mädchen, oft mit ihm zusammen. Vermutlich seine kleine Schwester. Aus diversen Unterlagen ist ersichtlich, dass der Junge im Alter von sieben Jahren in ein Heim gesteckt wurde. Das war kurz nach dem Tod seiner Schwester Chiara gewesen, die er wohl sehr geliebt hatte. Sie war bei einem tragischen Autounfall gestorben. Man hatte Leon die Schuld daran gegeben. Im ersten Heim war er schnell auffällig geworden, da er sehr aggressiv war und andere Kinder und Tiere gequält hatte. Als er ruhiger geworden war, hatte man versucht, ihn in eine liebevolle Pflegefamilie zu integrieren. Doch die hatten ihn innerhalb weniger Tage wieder im Heim abgegeben, weil sie mit ihm nicht fertig wurden und sogar Angst vor ihm hatten. Er hat eine wahre Odyssee an Pflegefamilien und Heimen hinter sich. Mit sechzehn war er anscheinend fortgelaufen und hatte sich so durchgeschlagen. Und wir fanden mehrere Fotos von Frauenleichen in seiner Wohnung, dazu passende Zeitungsartikel, die eindeutig mit den Zeitungsausschnitten übereinstimmen, die Lara und Alicia erhalten haben!« Inspector Diaz schüttelte den Kopf.

»Ich werde es nie verstehen, wie eine so schöne und tolle Frau wie Alicia mit so einem Kerl zusammen sein konnte. Der muss ihr ja alles Mögliche vorgespielt haben!« Comissario Santos schmunzelte. »Javier, das hört sich ja fast an, als hättest du selbst ein Auge auf sie geworfen.« Inspector Diaz' Wangen nahmen eine leicht rötliche Färbung an. Er räusperte sich. Comissario Santos redete weiter. »Liebe macht blind, heißt es! Alicia wird wahrscheinlich vieles ignoriert und toleriert haben, wie es in Millionen anderen Beziehungen auch passiert, Javier.«

»Stell dir bloß mal vor, dass du mit einem Mörder eine Beziehung hast und du weißt nichts davon, Miguel. Echt gruselig.«

»Ja, aber noch schlimmer finde ich es, wenn es der Partner weiß und sich trotz allem nicht trennen möchte.«

»Apropos Alicia und Beziehungen. Was war das denn eben mit Señor Vazquez?«

»Was meinst du, Javier? Weil er meine Frage wo er steckt nicht beantwortet hatte?«

»Ja, genau!«

»Hm, entweder hat er keinen Kopf für längere Telefonate oder er will uns nicht verraten, wo er sich aufhält. Mich würde es auch überhaupt nicht wundern, wenn er selbst auf dem Weg zu seiner Freundin und seiner Tochter ist, Javier. Eine Kurzschlussreaktion - einfach los, ohne nachzudenken!«

»Möglich. Es ist ja auch eine Ausnahmesituation, in der man nicht unbedingt auf den Kopf hört, sondern einfach spontan handelt!«

»Wir müssten übrigens gleich da sein! Dann werden wir wissen, ob Señor Vazquez schon vor Ort ist. Hoffentlich gießt er damit nicht noch Öl ins Feuer und macht alles schlimmer.«

»Ja, dieser Psycho ist vielleicht bewaffnet und ziemlich skrupellos. Reue und Gewissen scheint er nicht zu kennen!« Sie bogen in die Straße des ruhigen Wohngebietes ein. Das Haus war schon von weitem zu sehen.

»Bald wissen wir mehr, Javier!«

Kapitel Einundfünfzig

Als Alejandro und Dario Stimmen im Haus hörten, blieben sie stehen. Vorsichtig traten sie näher. »Sie sind hier im Wohnzimmer. Es brennt Licht. Pst, leise, das Fenster ist angekippt«, flüsterte Alejandro Dario zu. Kurz nach sieben Uhr abends dämmerte es bereits. Sie hockten sich zwischen einige Büsche nahe dem Fenster, um nicht von Anwohnern und Passanten gesehen zu werden. Sie wollten nicht versehentlich für Einbrecher gehalten oder gar von den Dreien im Haus entdeckt werden.

Eine halbtransparente Gardine behinderte die Sicht. Undeutlich sahen Dario und Alejandro Alicia am Tisch, von Leon sahen sie nur die Rückseite. Elena schien nicht im Wohnzimmer zu sein.

»Hoffentlich reden sie auch laut genug«, flüsterte Dario und blickte kurz zu Alejandro rüber, der zustimmend nickte. Sie versuchten zu lauschen. Dario schüttelte frustriert den Kopf.

»Ich verstehe absolut nichts von dem, was sie dort reden. Und wo zum Teufel ist Elena?«

»Oh, wow! Das war knapp. Dieser Leon hat gerade die Gardine ein Stück zur Seite gezogen und kurz rausgeschaut. Hoffentlich hat er uns nicht entdeckt.« Alejandros Herz wummerte.

»Mist, ich habe gerade nicht hingesehen. Wie sieht dieser Bastard eigentlich aus?«

»Das ging alles so verdammt schnell. Dunkle, längere Haare. Ich glaube, zu einem Pferdeschwanz gebunden. Brille, Bart, dunkle Augen und so eine komische Mütze.« Leon erhob seine Stimme.

»Der Kaffee riecht ja wunderbar Ines, ich meine Alicia, sorry. Die Macht der Gewohnheit halt.« Alejandro und Dario sahen, wie Alicia mit einer Kaffeekanne und zwei Kaffeebechern hereinkam und alles auf dem Tisch abstellte.

»Eigentlich möchte ich gerade gar keinen Kaffee trinken«, sagte Alicia. Ihre Stimme klang gepresst.

»Wieso nennt er Alicia Ines? Ist das ihr Zweitname Dario?«

»Das verstehe ich auch nicht. Nein, sie hat keinen Zweitnamen. Also nicht, dass ich wüsste. Aber warum machen die nun gemütlich Kaffeeklatsch?«, fragte Dario und schüttelte aufgebracht den Kopf.

»Mensch, das ist doch logisch, Dario. Sie will ihn hinhalten, bis die Polizei eintrifft. Und wahrscheinlich will sie dafür sorgen, dass er ruhig bleibt. Sie macht es auch für dich und Elena. Also beruhige dich bitte!«

»Ja, du hast ja recht.« Dario fuhr sich hilflos durchs

Haar. Leon und Alicia erhoben ihre Stimmen. Dario und Alejandro schwiegen und lauschten weiter.

»Aha, na mir ist das eigentlich so was von egal, ob *du* das möchtest oder nicht, meine Liebe. Du wirst jetzt den Kaffee in *beide* Becher gießen. Dann wirst du auch schön aus *deinem* Becher trinken, damit ich sehe, dass du nichts reingemischt hast. Wie ich erfahren habe, ist dein Freund schließlich Apotheker. Haben wir uns verstanden?« Leon saß immer noch lässig auf seinem Stuhl. Alicia stand auf. Sie goss sich und Leon Kaffee ein und nahm einen Schluck.

»Ja, ich bin Apotheker und kenne viele Mittelchen, du Bastard!«, flüsterte Dario. Alejandro schaute sich aufmerksam um.

»Sag mal, Dario, lasst ihr die Haustür unverschlossen? Es scheint hier in der Gegend sehr friedlich und ruhig zu sein. Ich frage für den Fall, dass wir doch noch reinstürmen.«

»Ja, wir haben sie in der Regel nicht verschlossen. Wir könnten einfach die Klinke runterdrücken und stehen drin.«

»Okay, gut zu wissen.«

»Pst, sie reden gerade lauter.«

»Wie hast du mich gefunden, Leon?«, hörten sie Alicia fragen.

»Ich habe eure Werbeanzeige fürs Reisebüro in der Zeitung entdeckt. Da stand was über die Eröffnung, mit einem netten Foto von euch allen. Da war ein dicklicher Kerl mit einem feisten, grinsenden Gesicht zu sehen, und du. Dein Chef nehme ich an. Eine andere Frau war auch noch zu sehen. Auch wenn keine Namen dabeistanden, *dich* habe ich gleich erkannt, Ines! Vor einigen Tagen bist du mit eurem Köter Gassi gegangen, wenige Meter von mir entfernt.« Alejandro hörte, wie Dario Luft einzog. Alicia ging auf seinen letzten Satz nicht ein.

»Ah, *das* Foto. Verstehe. Eigentlich haben wir noch einen Azubi, der war aber an diesem Tag krank.«

»Was interessiert mich euer pubertärer Bubi? Als du neulich mit dem Hund an mir vorbeigegangen bist, habe ich wieder daran gedacht, was für eine schöne Zeit wir doch miteinander hatten. Doch du hast alles kaputtgemacht.«

»*Wir* hatten eine schöne Zeit? Nein, *du*. Ich bin gegangen, und ich habe es bis heute nicht bereut. Ich habe den besten Freund der Welt und eine wunderschöne Tochter.« Wie aufs Stichwort erklang eine helle Kinderstimme.

»Mama, ich habe Hunger.« Dario und Alejandro spähten durch die halbtransparente Gardine. Elena schien vor ihrem Kinderzimmer zu stehen und zu ihrer Mutter und Leon rüber zuschauen.

»Elena, da ist sie ja«, flüsterte Dario und atmete tief durch. Leon erhob sich von seinem Stuhl und wandte sich ihr zu.

»Deine Mama ist beschäftigt. Siehst du das nicht? Also gib Ruhe«, herrschte Leon sie an.

»Leon, schrei meine Tochter nicht so an. Sie hat mit dem Ganzen doch nix zu tun.« Alicias Stimme wurde laut.

»Rede nicht so mit meinem Kind, du Bastard!«,

brummte Dario draußen wütend, erhob sich zwischen den Büschen und trat unruhig von einem Fuß auf den anderen.

»Dario, bleib ruhig. Die Polizei ist bestimmt gleich da.« Alejandro hob beschwichtigend eine Hand.

»Mama, ich habe echt Hunger. Wann machst du mir denn Milchreis?« Elena quengelte weiter und ging vorsichtig auf ihre Mutter zu. Sie blieb erschrocken stehen, als sich Leon laut und vernehmlich räusperte.

»*Was* habe ich gerade gesagt? Ich rede mit deiner Mutter. Und Kinder haben die Schnauze zu halten, wenn Erwachsene sich unterhalten. Also halt´s Maul, du nerviges kleines Biest. Sonst vergesse ich mich«, schrie Leon Elena an, die daraufhin lautstark zu weinen begann. Alejandro nahm neben sich eine rasche Bewegung wahr und hörte ein verärgertes Aufstöhnen. Er sah einen wütenden Dario, der zur Haustür hinrannte.

»Dario. Bleib hier!«, rief er ihm erschrocken hinterher und folgte ihm schnell. Er lief fast in ihn hinein, als Dario abrupt an der Haustür stehenblieb und die Klinke herunterdrückte. Lautlos öffnete er die Tür, blieb im Türrahmen stehen und betrachtete die Szene im Wohnzimmer. Alejandro stand hinter ihm und warf einen zaghaften Blick ins Zimmer.

Keiner der Anwesenden dort schien sie wahrzunehmen. Alicia saß auf ihrem Stuhl und blickte Leon böse an, Elena hielt sich weinend die Hände vor die Augen. Leon starrte Elena an, ein bösartiges Lächeln spielte um seinen Mund.

Kapitel Zweiundfünfzig

Alejandro schlug das Herz bis zum Hals. *Das ist doch der pure Wahnsinn. Was ist, wenn der Mistkerl bewaffnet ist? Mach keinen Scheiß, Dario!* Alejandros Gedanken überschlugen sich. Dario hingegen wirkte erstaunlich kontrolliert. Er stand vor Alejandro, mit leicht gespreizten Beinen und geballten Fäusten. Seine Stimme klang ruhig, als er sich Leon zuwandte: »Du! Lass meine Familie in Ruhe!« Leons Kopf ruckte hoch, Alicia schrie erschrocken auf.

»Dario«, entfuhr es Alicia keuchend, sie sprang von ihrem Stuhl auf.

»Papa!«, rief Elena, ihr Weinen verebbte schlagartig. Leon wirkte überrumpelt, er öffnete und schloss den Mund wie ein Fisch. Rasch fing er sich wieder.

»Papa? Dario? Dann bist du der Freund von Ines, interessant.« Doch Dario schwieg nur und rührte sich nicht vom Fleck. Leon erblickte Alejandro hinter Darios Rücken. »Und wer bist du da hinten?«, wollte er von ihm wissen. Alejandro trat hinter Dario hervor und stellte sich neben ihn. Alicia starrte ihn verwundert an.

»Alejandro.« Seine Stimme zitterte leicht. »Ich arbeite mit Alicia zusammen.« Leon und Alejandro musterten sich lange gegenseitig. Dann fing Leon an zu lachen.

»Alejandro? Etwa der Azubi? Ihr beide kommt mir gerade recht.« Leon langte rasch in seine Jackentasche und zog seine Pistole heraus. Mit kaltem Blick richtete er sie auf Dario und Alejandro. »Macht die Tür zu. Von innen. Sofort.« Alejandro schloss mit zittriger Hand die Tür. »Azubi, komm her zu mir«, befahl Leon Alejandro und machte zwei Schritte nach vorne, immer noch auf ihn zielend. »Und du Dario bleibst gefälligst da hinten stehen.« Alejandro schaute erst zu Dario und zu Alicia, bevor er zögerlich auf Leon zutrat und wenige Meter vor ihm stehen blieb. Leon betrachtete ihn abschätzig von oben bis unten und verzog spöttisch seinen Mund. »Sag mal Azubi, bist du ein Waschlappen oder ein richtiger Mann? Mein leiblicher Vater hat mir früh eingetrichtert, weder ein Weichei noch ein Angsthase zu sein. Und im Nachhinein bin ich darauf stolz und ihm überaus dankbar.«

»Nein, er ist kein Waschlappen, sondern ein toller junger Mann«, antwortete Alicia hinter Leons Rücken. Leon lachte schallend, Alejandro starrte ihn stumm und mit regloser Miene an. Sein Herz wummerte heftig.

»Ein toller junger Mann. Also doch eher ein Weichei und Loser. Bestimmt nimmst du heimlich Drogen und stiehlst. Viele in deinem Alter tun das«, versuchte Leon

Alejandro zu provozieren. Der Junge sah ihn entrüstet an. Leon redete weiter, mit der Waffe auf den Jungen zielend. »Neulich erst habe ich wieder diese junge Frau im Park gesehen, die dort so oft herumlungert. Blass, dünn, bunte Haare, ständig schwarze Klamotten.« *Diana!* Alejandro erschrak. Leon lachte wieder und schüttelte dabei amüsiert den Kopf. »Sie verkörpert das pure Versagen nahezu perfekt. Überall an den Armen Schnittwunden, sie zittert am ganzen Körper und haut sämtliche Drogendealer um Stoff an. Ein hoffnungsloser Fall, eine unwürdige Kreatur. Da hilft nur noch der Gnadenschuss.« Alejandros Gesicht hatte sich vor Zorn gerötet, während Leon sich ereiferte. Selbstbewusst trat er noch einen Schritt auf Leon zu, seine Stimme klang aufgebracht.

»Rede verdammt noch mal nicht so von meiner Schwester, *Vater*!« Das letzte Wort stieß er überdeutlich und verächtlich hervor.

»*Was?*«, riefen Dario und Alicia gleichzeitig. Einige Sekunden herrschte absolute Stille im Zimmer. Leon wirkte verblüfft und zog eine Augenbraue hoch.

»Was zum Teufel redest du da, du Bengel? Ist das ein schlechter Witz?«

»Keinesfalls. Ich wünschte bei Gott, es wäre ein Scherz. Mein Name ist Alejandro Bayarri und meine Mutter heißt Leticia, früher Leticia Delgado, *Vater*.« Einen kurzen Moment konnte Alejandro ihm die Fassungslosigkeit ansehen. Doch schnell schien Leon sich wieder zu fangen.

»Leticia? Hm, ach ja, da gab es mal vor Ewigkeiten

eine. Ich habe sie, glaube ich, in einer Ausstellung oder sowas kennengelernt. Leticia dachte, es wäre die große Liebe. Ach, was interessiert mich deine Scheißmutter? Die hat nix getaugt.« Plötzlich klingelte es an der Haustür. Leon schaute irritiert. Alejandro nutzte die Gelegenheit und stürzte sich wutentbrannt auf seinen leiblichen Vater. Alicia lief zur wimmernden Elena, nahm sie rasch auf den Arm und trat zur Seite. Fassungslos schaute sie Alejandro und Leon zu. Leon versuchte die Waffe auf Alejandro zu richten, doch der Junge bog Leons Arm von sich weg. Leon stolperte, fiel zu Boden und riss Alejandro mit sich. Sie rollten miteinander kämpfend auf dem Fußboden. Plötzlich fiel ein Schuss.

Kapitel Dreiundfünfzig

Die Haustür flog mit einem Schwung auf. Comissario Santos, Inspector Diaz und zwei weitere Polizisten stürmten herein. Leon schrie und hielt sich seinen getroffenen Oberschenkel, aus dem rasch Blut hervorquoll. Alejandro erhob sich schnell. Inspector Diaz kniete sich neben Leon und drehte ihm beide Hände auf den Rücken. Dann klickten die Handschellen. »Leon Alvarez, Sie sind hiermit vorläufig festgenommen«, sagte Comissario Santos, der vor ihm stand. Leon wand sich vor Schmerzen, protestierte dennoch.

»Weswegen?«, ächzte Leon und blickte zum Ermittler hoch.

»Dringender Verdacht auf Menschenraub, Körperverletzung und Mord in mindestens drei Fällen. Zudem besteht eindeutig Fluchtgefahr.« Leon wandte sich an Alejandro, der ihn mit eisiger Genugtuung betrachtete.

»Hey Kleiner, du bist doch nicht so feige, wie ich

zuerst dachte. So, mein Kumpel Emilio hat dich also großgezogen. Die Welt ist echt klein.« Alejandro setzte sich aufs Sofa und starrte vor sich hin. Er wirkte geschockt. Dario setzte sich zu ihm und legte mitfühlend eine Hand auf Alejandros Schulter. Alicia trat mit der ängstlich brüllenden Elena auf dem Arm hinzu. Erfolglos versuchte sie ihre Tochter zu beruhigen. Leon keuchte und blickte zu ihnen hinüber. »Weißt du, Ines, deine Tochter erinnert mich sehr an meine kleine Schwester Chiara. Leider ist sie schon lange tot. Und ich bin daran schuld.«

»Du hast sogar deine Schwester ermordet, du Mistkerl?« Alicia schaute ihn schockiert an. Er schwieg. Zwei Sanitäter kamen mit einer Trage herein. In Polizeibegleitung wurde Leon in den schon bereitstehenden Krankenwagen geschoben, Inspector Diaz stieg ebenfalls ein. Comissario Santos zog sich Latexhandschuhe über. Er hob die Waffe vom Fußboden auf, die Leon fallengelassen hatte und ließ sie in einen Plastikbeutel gleiten. Er ging zum Sofa hinüber. »Was ist hier eigentlich genau passiert? Wer hat auf Leon geschossen?«, wollte er wissen.

»Keine Ahnung.« Dario zuckte mit den Schultern.

»Ich weiß es auch nicht, Comissario Santos. Alejandro und Leon haben miteinander gekämpft.« Alicia lächelte nervös.

»Señor Vazquez, wissen Sie überhaupt, wie viel Glück Sie, Ihre Familie und Alejandro hatten? Das hätte richtig böse enden können. Wie kann man so dumm sein, sich einfach so einzumischen und wie ›Rambo persönlich‹ ins Haus stürmen? Den Vorwurf kann ich Ihnen leider nicht ersparen.« Comissario Santos streifte sich die Handschuhe ab.

»Eine Kurzschlussreaktion. Ich habe nicht nachgedacht. Als ich durchs Fenster sah, dass er unsere Tochter anschrie und zum Weinen brachte, bin ich losgerannt. Ich dachte, er tut ihr jetzt auch noch etwas an. Da sind mir die Sicherungen durchgebrannt. Alejandro konnte mich weder beruhigen noch bremsen, er hat es versucht. Ohne Erfolg.« Alejandro saß nur da, mit starrem Blick.

»Alejandro, alles okay? Gehts wieder? Du siehst ziemlich fertig aus.« Alicia blickte ihn besorgt an. Elena weinte immer noch. Alejandro schüttelte langsam den Kopf.

»Nein, Alicia, nichts ist okay. Mein leiblicher Vater ist ein grausamer Entführer, wenn nicht sogar Schlimmeres. Und mein Stiefvater ist gewalttätig, vermutlich kriminell und obendrein Leons Kumpel. Ich habe daheim Waffen gefunden, zum Teil geladen oder noch verpackt. Es ist ein Albtraum.«

»Alejandro, woher wusstest du, dass Leon dein leiblicher Vater ist?«, erkundigte sich Comissario Santos erwartungsvoll.

»Ich habe vor kurzem zu Hause Briefe und Tagebücher meiner Mutter entdeckt. Einiges hatte ich gelesen. An einer Stelle im Tagebuch steht etwas über den Tag meiner Geburt. Meine Mutter erwähnte meine blauen Augen und dass ich diese vielleicht von meinem Vater geerbt hatte. Aber mein Vater, nein ... mein Stiefvater, Emilio hat graue Augen. Und als ich weitersuchte, entdeckte ich meine Geburtsurkunde. Meine Blutgruppe ist mit ›AB‹ angegeben. Mein Stiefvater hat aber Blutgruppe ›Null‹, also kann er gar nicht mein leiblicher Vater sein. Außerdem fehlt in der Urkunde der Name meines Vaters. Irgendwann fiel mir der Name Leon Alvarez auf. Der stand auf einem Briefumschlag. Im Brief stand etwas von der Beziehung meiner Mutter mit Leon.«

»Und dir hat keiner die Wahrheit erzählt? Weder deine Mutter noch Diana?« Alicia schaute betroffen.

»Ich wollte meine Mutter vor einigen Tagen fragen. Wir hatten uns das erste Mal seit Jahren wieder in einem Café getroffen, Diana, Mutter und ich. Doch ich habe es nicht fertiggebracht. Wir hatten uns alle so gefreut, uns wiederzusehen. Ich habe mich echt nicht getraut zu fragen. Jetzt weiß ich auch so, dass mein Stiefvater nicht mein leiblicher Vater ist. Aber *er* glaubt, ich wäre sein Sohn. Zumindest steht es im Tagebuch. Ich denke, meine Mutter hat ihm nie die Affäre gebeichtet, aus Angst vor Gewalt. Meine Mutter hatte nur ein kurzes Verhältnis mit Leon, sie wurde schwanger und hat meinen Stiefvater verlassen. Mama kam zu ihm zurück, weil Leon sie anscheinend nicht wollte. Du hast doch gehört, dass sie in seinen Augen nix taugt. Natürlich ist sie auch des Geldes wegen zurück gegangen.« Elena hatte aufgehört zu weinen, sie wirkte verstört. Dario stand auf, legte einen Arm um Alicia und gab ihr einen langen Kuss auf den Mund.

»Und nun zu dir. Was hat es mit dem Namen Ines auf sich, Schatz?«

»Das erzähle ich dir nachher in aller Ruhe, Hasi.« Alicia blickte zum Ermittler. »Wie geht es eigentlich Athos? Gehts ihm so weit gut?«

»Danke, dass Sie nachfragen, Señora Morales. Ja, es geht ihm von Tag zu Tag besser. Athos muss sich noch etwas schonen. Deswegen hat er uns heute auch nicht begleitet.«

»Das freut mich sehr zu hören. Aber bitte, nennen Sie uns doch Alicia und Dario.«

Comissario Santos nickte und verabschiedete sich von den Anwesenden. »Ich werde nun gehen. Leon wurde festgenommen. Für mich gibt es hier nichts mehr zu tun. Falls noch etwas sein sollte, rufen Sie mich an. Nun lassen Sie erst mal alles sacken. Alles Gute und Adios.«

Kapitel Vierundfünfzig

Knappe drei Wochen waren vergangen, seitdem Alicia Lara und Marco im Krankenhaus besucht hatte. Einige Male hatte Alicia bei ihr angerufen, um zu hören, wie es ihr ging. Doch Lara wirkte stets kurz angebunden und hatte sie um etwas Zeit gebeten. Gestern am Freitag, hatte sie Alicia angerufen und gefragt, ob sie Lust hätte, sie zu sehen. Nun war Alicia auf dem Weg zu ihr. *Endlich will mich Lara sehen. Doch ich habe Angst. Ich weiß nicht, was ich sagen soll. Vielleicht will sie mir auch die Freundschaft kündigen. Oh Gott, ich bin so aufgeregt.* Alicia war fast eine Stunde zu früh losgegangen, denn sie hatte es zu Hause nicht mehr ausgehalten. Sie war viel zu unruhig. Als sie beim Port Vell vorbeikam, setzte sie sich auf eine Bank und ließ ihre Blicke schweifen. *Hier hatte Laras Entführer sie angesprochen. Einfach gruselig. Sie hatte hier nur gesessen und an nichts Böses gedacht. Und plötzlich war sie verschwunden.* Das helle

Klingeln einer Fahrradklingel riss Alicia aus ihren düsteren Gedanken. »Hola, du Urlauberin!«, rief ihr eine freundliche Stimme zu. Alicia drehte sich um und lächelte.

»Alejandro. Was treibt dich denn hierher?«

»Ich habe einen Termin mit Comissario Santos und Inspector Diaz.«

»Oh, was ist passiert?«

»Hast du einen Moment Zeit? Ich lade dich auf einen Kaffee ein, dann erzähle ich es dir.«

»Ja gerne. Ich hoffe nichts Schlimmes. Ich bin gerade auf dem Weg zu Lara, aber eh zu früh dran.« Wenig später saßen sie in einem Café. »Schieß los, Alejandro.«

»Zuerst einmal muss ich sagen, dass ich echt froh bin, dass du überhaupt noch mit mir sprichst, Alicia.« Sie schaute ihn verwundert an und trank einen Schluck von ihrem Latte Macchiato.

»Warum sollte ich denn nicht? Ich verstehe nicht, was du meinst.«

»Na, mein leiblicher Vater hatte deine beste Freundin gefangen gehalten, gequält und gefoltert. Und wie sich nun herausstellte, hatte mein Stiefvater Emilio Lara hier am Port Vell entführt, in Leons Auftrag. Und vergiss nicht: Ich konnte Dario nicht aufhalten. Es hätte deshalb schlimm enden können. Vielleicht würden wir beide dann gar nicht hier sitzen.«

»Ich habe dir nie für irgendetwas die Schuld gegeben, Alejandro. Aber Moment mal, ich dachte Leon hätte Lara entführt, genau wie Marco. Emilio ist der Entführer?«

»Ja. Mein Stiefvater ist seit Anfang der Woche im Knast. Ich habe ihn verpfiffen.«

»Was? Was ist passiert? Ist alles okay mit deiner Mutter und Diana?«

»Ja, es geht beiden sehr gut. Emilio hatte auf seinem Terminkalender einen Kundentermin stehen, mit dem Zusatz ›Handy und Schmuck‹. Ich habe diesen Kunden vorgewarnt. Er hat Emilio auf frischer Tat ertappt, als er die Wertsachen eingesteckt hat. Ich hatte Beweise gesucht, dass mein Stiefvater kriminell ist. Dadurch bin ich ja überhaupt erst auf die Briefe meiner Mutter gestoßen. Emilio hat gestanden, Waffen, Schmuck und vieles andere gestohlen zu haben, auch bei seinen Kunden. Und er gab zu, Lara entführt zu haben. Emilio ist noch an diversen anderen Straftaten beteiligt, unter anderem Hehlerei und Geldwäsche.«

»Wow, das ist ja der Hammer.«

»Ja, das kannst du laut sagen. Mein lieber Stiefvater wollte sich mit dem gebunkerten Geld ein schönes, neues Leben aufbauen. In Dubai glaube ich, ohne meine Mutter natürlich. Du hattest ja mitbekommen, dass sie einige Tage in der Einrichtung ›Lichtfunke‹ war. Nun ist sie wieder daheim, seit mein Stiefvater im Knast ist. Sie hat nun übrigens eine Arbeit als Verkäuferin in einer Boutique.«

»Wie geht es Diana? Ich hatte sie auf der Straße getroffen, als sie damals zur Polizei gegangen ist, um sich selbst anzuzeigen. Ich hatte mit ihr an dem Tag ein wenig geredet. Sie hatte einen Verband getragen. Sie hatte gemeint, sie wäre schon mal reanimiert worden, weil sie einen Drogencocktail zu sich genommen hatte. Diana erinnert mich sehr an meine frühere beste Freundin Belinda. Wir kannten uns, als ich noch Ines hieß und wir beide Bandenmitglieder waren. Belinda starb aufgrund gepanschten Heroins.« Alicia schaute Alejandro betrübt an.

»Das tut mir sehr leid, Alicia. Auch Diana geht es sehr gut. Sie ist immer noch clean und hat vorgestern eine kleine Wohnung für sich gefunden. Sie bewirbt sich auch schon fleißig um Arbeitsstellen.«

»Das hört sich alles klasse an. Aber warum willst du *dann* zur Polizei?«

Alejandro schaute Alicia lange an, dann winkte er einer Kellnerin. Lächelnd kam sie auf ihn zu und er bezahlte. Dann wandte sich Alejandro Alicia wieder zu.

»Weil mir etwas klar geworden ist, Alicia. Ich möchte gerne Polizist werden.«

»Oh, das ist ja eine Neuigkeit. Ich bin platt.«

»Ja, ich hatte vor einigen Tagen schon mal den Gedanken und er lässt mich einfach nicht los. Ich habe sehr viel nachgedacht und gemerkt, dass ich eigentlich gar nicht im Reisebüro arbeiten möchte. Ich glaube, so richtig wollte ich das nie.«

»Das hatte ich auch mal vermutet, dass der Beruf eigentlich nicht das richtige für dich ist, da du ja eher der Introvertierte bist. Obwohl sich das auch schon sehr gebessert hat.« Alicia lächelte ihn an. »Du wirkst viel selbstbewusster und offener als noch vor einigen Monaten. Und das nicht erst, seit Leon festgenommen wurde.«

»Ja, kann sein. Mir geht es viel besser. Kann sein, dass

es auch mit an Diana liegt. Weil sie endlich wieder da ist. Sie hat mir wahnsinnig gefehlt.«

»Das glaube ich dir. Und was machst du heute im Polizeirevier?«

»Ich möchte mit Comissario Santos und Inspector Diaz sprechen und ihnen von meinem Plan berichten. Ob es für mich möglich wäre. Vielleicht haben sie Tipps, wie ich mein Ziel am besten erreichen kann. Ich will dafür sorgen, dass solche Gestalten wie Leon und mein Stiefvater ihre gerechten Strafen bekommen und ins Gefängnis kommen. Da, wo sie hingehören!«

»Das finde ich klasse, Alejandro. Ich denke, du könntest es schaffen.«

»Danke, ich muss nun los. Grüß Lara bitte ganz lieb von mir.

»Das mache ich. Drück mir bitte die Daumen, dass alles gut verläuft. Ich habe ziemlichen Bammel, wenn ich ehrlich bin.«

»Du schaffst das schon. Wir hören voneinander. Adios.« Er schwang sich auf sein Rad und fuhr rasch davon. Nervös brach auch Alicia auf. Sie malte sich alles Mögliche aus. *Was, wenn sie mich anschreit? Oder mich anschweigt? Sei auf alles gefasst, Alicia.* Als sie vor Laras Haus stand, klingelte und klopfte sie mehrmals. Keine Reaktion. *Jetzt habe ich glatt ein Deja vu,* dachte Alicia nervös, atmete tief durch und ging ums Haus herum. »Alicia? Ich bin hier hinten.« Laras Stimme klang monoton und emotionslos.

Alicia erreichte die Terrasse hinter Laras Haus. Ihre

Freundin lag mit geschlossenen Augen auf einer Gartenliege, eingehüllt in einer Decke.

»Hola Lara.« Alicia klang ruhiger, als sie sich fühlte. Sie setzte sich in einen Gartenstuhl neben sie. »Ich freue mich sehr, dass ich hier bin.« Lara schlug die Augen langsam auf und sah Alicia ernst an.

»Ich brauchte Zeit.« Alicia zögerte kurz.

»Das ist doch klar. Lara, ich weiß nicht so recht, wie ich mich verhalten soll. Ich möchte dich nicht verärgern oder verletzen. Und bedrängen natürlich auch nicht. Es fällt mir so schwer. Es tut mir alles so wahnsinnig leid.« Lara nickte. Ihr Blick hing an einem Baum. Auf einem dünnen Ast hüpfte ein zwitschernder Vogel hin und her.

»Geht es dir etwas besser?«, erkundigte sich Alicia behutsam.

»Nein, nicht wirklich. Ich habe ziemliche Probleme in geschlossenen Räumen. Deswegen bin ich sehr oft im Freien. Wie geht es dir, Dario und Elena?«

»Im Großen und Ganzen geht es uns sehr gut. Ein Grund, weshalb ich hier bin Lara: Dario und ich wollen heiraten. Er hat mir vor einigen Tagen einen Antrag gemacht. Ich wollte dich fragen, ob du meine Trauzeugin werden möchtest. Ich würde mich wahnsinnig darüber freuen.« Lara schwieg einen Moment, strich sich durch ihr kurzes Haar und blickte zu Alicia.

»Das ist schön. Freut mich sehr für dich und euch. Ich weiß es nicht, Alicia.« Alicia schaute sie aufmerksam an. »Ich bin nicht mehr dieselbe wie noch vor einigen Monaten. Zu oft habe ich Bilder im Kopf und erlebe alles noch mal. Mit Marco treffe ich mich auch ab und zu zum

Reden, obwohl wir beide Psychotherapeuten haben. Miteinander reden hilft uns ein wenig.«

»Natürlich, das ist ja verständlich.«

»Marco ist nur noch ein Schatten seiner selbst. Er weint, wie ich, sehr viel. Oft fragt er, wieso er überhaupt noch lebt. Ich frage mich das auch gelegentlich.« Alicia schluckte. »Nein, sag jetzt bitte nichts, Alicia. Du weißt nicht, wie wir uns fühlen, Marco und ich. Nicht mal im Ansatz.«

»Gibst du mir die Schuld, Lara? Ich habe mir so oft gewünscht, dass ich früher zur Polizei gegangen wäre, um dich als vermisst zu melden.« Lara schwieg erneut einen Moment.

»Nein, ich gebe dir nicht die Schuld. Du hast bestimmt gedacht, ich genieße meinen Urlaub und treffe mich, so oft es geht, mit Marco.« Alicia glaubte, eine Spur Bitterkeit herauszuhören und hob hilflos die Schultern.

»So in etwa, ja. Ich soll dich ganz lieb von Alejandro grüßen. Er möchte gerne Polizist werden. Ich habe ihn eben kurz getroffen, als er zu Comissario Santos und Inspector Diaz wollte.« Aus Rücksicht und Angst hatte Alicia ihr bis jetzt verschwiegen, dass Laras Entführer ihr Ex-Freund und Alejandros leiblicher Vater war. Doch vielleicht wusste das Lara bereits alles. Alicia wollte abwarten. Lara lächelte leicht.

»Wer hätte das gedacht? Unser schüchterner Alejandro hat sich um hundertachtzig Grad gedreht. Vielleicht schafft er es ja, sein Ziel zu erreichen.«

»Ja, er ist sehr intelligent und besitzt viel Empathie

und Gerechtigkeitssinn. Und er ist ehrgeizig. Ein ungeschliffener Diamant.« Lara gähnte und reckte sich.

»Alicia, sei mir bitte nicht böse. Aber ich würde gerne eine Runde schlafen. Ich bin immer sehr schnell müde und kraftlos.«

»Natürlich. Ich komme gerne wieder ... Wenn ich darf.«

»Das darfst du. Wann wollt ihr denn heiraten? Ich muss, wie gesagt, schauen, wie es mir geht und ich mich wieder einigermaßen fit fühle.«

»Wir wollen in vier Monaten heiraten, im kleinen Kreis und standesamtlich. Wie gesagt, Dario und ich würden uns sehr freuen.«

»Ich melde mich die nächsten Tage bei dir Alicia. Ich verspreche es. Bitte sei so lieb und geh jetzt, ja?« Alicia erhob sich und streichelte kurz Laras Hand.

»Kein Problem, Lara. Schlaf gut und erhol dich ordentlich. Und wenn was ist ... Ich bin für dich da. Auch wenn du nur quatschen willst. Ruf mich jederzeit an, auch nachts.« Alicia wandte sich zum Gehen.

»Vielen Dank, Alicia.« Lara hob zum Abschied kurz die Hand. Alicia warf ihr noch vorsichtig lächelnd einen Blick zu und ging davon. Sie war enttäuscht, dass ihr Besuch so kurz ausgefallen war. Hatte sie etwas verkehrt gemacht? Alicia fröstelte innerlich, denn sie hatte eine gewaltige Kälte und Leere in Laras Augen entdeckt. Dachte Lara wirklich an einen Suizid? Angst beschlich sie. Mit einem unguten Gefühl in der Magengegend verließ sie langsam das Grundstück.

Kapitel Fünfundfünfzig

Drei Monate später

Eines der beiden Entführungsopfer stand auf einem Hochhaus in Barcelona. Es trug von Kopf bis Fuß schwarze Kleidung und eine Donald Duck-Maske - optisch eine Kopie des Peinigers. Das Opfer ließ langsam den Blick über die Stadt schweifen. Eine wunderschöne Metropole, doch mittlerweile nur noch ein Ort der bösen Erinnerungen und des Schreckens. Es war fast Ende Januar und eisig kalt auf dem Flachdach. Doch das war dieser Person völlig egal. ›Donald Duck‹ ging gedankenverloren umher, setzte sich hin und lauschte der Musik. Es war der Titel ›Sound of Silence‹, der über die Ear Buds ertönte. Hier sah keiner das tieftraurige Gesicht oder gar die Tränen, die über die Wangen liefen. ›Donald Duck‹ litt seit dem traumatischen Vorfall unter massiven Schlafproblemen und gewaltigen Angstzuständen. Vor wenigen Tagen lief in einem Supermarkt das Lied ›Always look on the bright side of life‹. Das Opfer war zusammengezuckt, als hätte es einen Stromschlag erhalten und hatte schreiend das Geschäft verlassen. Kunden und Kassierer hatten erschrocken hinterhergeschaut. Draußen hatte sich das Opfer an eine Werbetafel gelehnt und nach Luft gerungen. Es hatte am ganzen Leib gezittert, der Puls hatte gerast und die Tränen waren aus den Augen geschossen. Das Herz hatte wild geklopft. Eine mitfühlende Passantin war stehen geblieben und hatte leise gefragt, ob sie helfen könne. Die Antwort war nur ein Flüstern gewesen, immer wieder unterbrochen von Schluchzern. »Mir kann keiner helfen. Niemand.« Die Passantin war nach einem kurzen Moment weitergegangen, hatte aber einige Male einen raschen Blick zurückgeworfen. Dieses unerträgliche Lied wühlte stets alles gnadenlos auf. Jeder Schmerz und jede Angst waren sofort wieder da. »Man muss halt viel Geduld haben«, meinte die Psychotherapeutin. ›Donald Duck‹ hatte einfach keine Kraft mehr. Zu übermächtig waren die Depressionen und die ständigen Angstattacken, unter anderem in geschlossenen Räumen. Das komplette Leben lag in Trümmern und Einsamkeit war allumfassend. Irgendwann verloren alle Menschen nach und nach die Geduld und das Verständnis und zogen sich zurück. Die Nähe zu Menschen war schwierig, auch körperlich.

Was zum Teufel sollte man mit so einem Leben anfangen? Jeden Tag musste ›Donald Duck‹ Medikamente nehmen. Irgendwann war Alkohol dazugekommen, um sich zu betäuben und um zu vergessen. Doch es gab nur Einbahnstraßen und Sackgassen: kein Vorankommen, kein Entkommen. Das Opfer durchlebte Nacht für

Nacht in Albträumen und tagsüber in Angstattacken das Martyrium Gefangenschaft. Angst vor der Dunkelheit und vor Klopfgeräuschen hatten sich hinzugesellt, ebenfalls eine gelegentliche Schwerhörigkeit, ausgelöst durch die grausame Musikfolter. Oft dachte das Opfer an die Vergewaltigungen, an die damit verbundenen Schmerzen, an die Demütigungen und an die Schreie. Und an die Freude, die der Mistkerl Leon daran gehabt hatte. ›Donald Duck‹ verzog unter der schützenden Maske gequält das Gesicht, stand wieder auf und begann hin und her zu tigern. Weit unten schienen einige Menschen zu stehen und hochzuschauen. Es konnte aber auch täuschen. Denn wen kümmerte es schon? Mit einem tiefen Atemzug ging die Gestalt an den Rand des Daches, schaute in die Tiefe und schloss die Augen. Vor dem inneren Auge entstanden Bilder. Visionen, in denen Lara und Marco lachend Bogenschießen übten, zusammen spazieren gingen und die La Sagrada Familia bestaunten. Sie wirkten glücklich und zufrieden. Erinnerungen an Familie, Freunde und Kollegen zogen vorbei. Die letzten Tränen rannen aus den brennenden Augen. Die Gestalt ging noch dichter an den Rand, schloss wieder die Augen und breitete die Arme aus. »Lebt wohl. Vergebt mir. Ich kann nicht mehr. Ich will einfach nur meinen Frieden.« Plötzlich riss sich die Gestalt die Maske vom Gesicht und sprang vom Dach. »Endlich frei!«, rief Marco lachend und stürzte in die Tiefe.

Danksagung

»An einem Nachmittag im Frühsommer ging Jane Whittaker zum Einkaufen und vergaß, wer sie war.«

Mit diesem Satz beginnt der Roman ›Lauf, Jane lauf!‹ von Joy Fielding. Dieses Buch erweckte in mir den großen Wunsch, selbst ein Buch zu schreiben und zu veröffentlichen. Nun habe ich es wirklich geschafft. Dies ist meine erste Danksagung, ich kann es immer noch nicht glauben.

Hiermit danke ich allen, die (direkt oder indirekt) daran beteiligt waren, mir meinen größten Traum zu erfüllen:

An erster Stelle danke ich meinem Lebensgefährten, der mich stets motivierte und in jeglicher Hinsicht unterstützte. Vielen Dank für deine unendliche Geduld, deine Ideen und deine Kritik.

Des Weiteren danke ich sehr Jörg Piesker für seine unschätzbare, riesige Hilfe, ebenso für sein Lob und seine Kritik.

Ich danke meinen Lehrern für ihre Unterstützung im Fernkurs ›Kreatives Schreiben‹.

Ferner danke ich besonders Joy Fielding, Arno Strobel, Jörg Piesker, Felicity Whitmore, Tirba Mey, Sebastian Fitzek und V.C. Andrews für unzählige, schöne Lesestunden, Inspirationen, Tipps und Lesungen.

Danke Felicity für deinen Tipp »Lass deinen Figuren Dummes passieren, lass sie Umwege machen und Hindernisse bewältigen, sonst ist dein Buch wirklich sehr dünn und du hast nur eine Kurzgeschichte.« Das hat mir immens weitergeholfen.

Zudem danke ich natürlich all meinen Freunden, auch in den Social-Media-Kanälen, für ihren Support, der mich bestärkte, nicht aufzugeben und immer weiterzumachen.

Danke, dass es Euch alle gibt.

Caitlyn Bennett

Printed in Poland
by Amazon Fulfillment
Poland Sp. z o.o., Wrocław

44904733R00181